VERLAG ANTJE
KUNSTMANN

Zu diesem Buch:

Das Monströse ist das Normale – das Normale ist monströs: Unerwartet sieht man sich in diesen ganz und gar unkonventionellen Geschichten mit den Extremen des Lebens konfrontiert. Seltsam wie die Liebe ist das Schicksal der Protagonisten von Barbara Gowdys Stories. Sie erzählt von Blinden, Behinderten, Transsexuellen, siamesischen Zwillingen, von Nekrophilen und von Exhibitionisten. Das Innenleben dieser »Freaks«, der Menschen, die wegen Deformationen oder Obsessionen von der konformen Gesellschaft ausgegrenzt werden, aber erweist sich als seltsam vertraut und ganz und gar »normal«. In der faszinierend-abstoßenden Welt der Andersartigen treffen Bilder von dunkler Schönheit uns mitten ins Herz.

Die Autorin:

Barbara Gowdy, geboren 1950, lebt in Toronto. Sie studierte Theaterwissenschaft und Musik, arbeitete erst als Lektorin in einem Literaturverlag, später als freie Mitarbeiterin für verschiedene Zeitungen und das Fernsehen. Im Verlag Antje Kunstmann sind von ihr außerdem erschienen: Die Romantiker (2003), Der weiße Knochen (1999), Mister Sandman (1995), Fallende Engel (1992).

Barbara Gowdy
Seltsam wie die Liebe
Stories

Aus dem Englischen von Sigrid Ruschmeier,
Ulrike Becker und Claus Varrelmann

Verlag Antje Kunstmann

Für meine Schwester Beth

Inhalt

Leib und Seele 9
Deutsch von Ulrike Becker und Claus Varrelmann

Sylvie 62
Deutsch von Ulrike Becker und Claus Varrelmann

Kirchgängerüberweg 101
Deutsch von Ulrike Becker und Claus Varrelmann

Dreiundneunzig Millionen Meilen weit weg 130
Deutsch von Sigrid Ruschmeier

Der Mann mit den zwei Köpfen 159
Deutsch von Sigrid Ruschmeier

Eidechsen 182
Deutsch von Sigrid Ruschmeier

Seltsam wie die Liebe 225
Deutsch von Sigrid Ruschmeier

Fleisch von meinem Fleisch 247
Deutsch von Sigrid Ruschmeier

Leib und Seele

für Annie Dillard und Marius von Senden

Im Haus gegenüber von ihrer Wohnung spaziert eine Katze sechs Stockwerke über dem Erdboden auf dem Geländer eines Balkons herum.

»Katze«, verkündet Julie. Dann reißt sie den Mund auf und ahmt pantomimisch nach, wie ihre Mutter geschrien hat, als einmal eine Katze bei ihnen auf dem Klo saß.

»Welche Farbe hat sie?« fragt Terry.

»Schwarzweiß.«

»Oh, schwarz*weiß*.« Terrys Verachtung entspricht der Verachtung ihrer zweiten Pflegemutter für Schwarzweißfilme.

»Schwarzweiß, schwarzweiß, schwarzweiß«, ruft Julie und haut mit ihrer Puppe auf die Fensterbank.

»Ich bin nicht taub«, sagt Terry förmlich. Sie wendet sich vom Fenster ab, und in dem Moment hört sie von draußen ein Geräusch, als ob eine Sirene losgeht. Sie will gerade fragen: Was war denn das? Aber sie brüllt statt dessen: »Tante Bea!«, weil aus Julies Kehle das gurgelnde Geräusch kommt. »Tante Bea!«

»Bin schon da«, sagt Tante Bea, und ihre Sandalen klappern ins Zimmer. Terry wird von ihrer breiten Hüfte zur Seite geschubst, während Julie, die keinen epileptischen Anfall hat, Tante Beas Arm wegstößt.

»Also wirklich«, sagt Tante Bea mißbilligend, aber Julie schlägt ihr den Bleistift aus der Hand, verstummt dann plötzlich und sorgt so für einen Augenblick traumhafter Stille, der Tante Bea die Gegenwart Gottes deutlich macht. Sie spürt, daß der Blutdruck in ihren Schläfen absackt wie Quecksilber in einem Thermometer. Sie lächelt, schaut in Julies perlmutt schimmernde Augen und sagt: »Das war wohl falscher Alarm.«

Julies Gesicht verzieht sich in häßlichem, untröstlichem, ganz persönlichem und unermeßlichem Kummer.

»Geht es dir wieder gut?« sagt Tante Bea. Sie weiß es nie genau, aber sie vermutet, daß Julie ihr Lächeln erwidert.

»Penny –« Julie deutet mit ihrer Puppe auf das Fenster.

»Ja?« sagt Terry. »Penny«, so wird Terry von Julie genannt – niemand weiß, warum.

Julie hat vergessen, was sie sagen wollte. Sie fängt an, mit ihrer Puppe gegen die Fensterscheibe zu schlagen.

»Immer mit der Ruhe. Ich sehe mal nach«, sagt Tante Bea und schiebt ihre Hand zwischen Julies Puppe und das Fenster. Sie greift nach dem Haarknoten der Puppe. »O Gott«, sagt sie.

»Was?« schreit Terry.

Tante Bea senkt das Kinn, um durch den oberen Teil ihrer Zweistärkenbrille zu schauen. »Also«, sagt sie, »da unten auf dem Parkplatz scheint eine Katze zu liegen.«

»Runtergefallen«, sagt Julie mit Verzweiflung in der Stimme.

»Tatsächlich?« sagt Tante Bea. »Du meine Güte.«

»Tot«, sagt Julie.

»Nein, nein, das glaube ich nicht«, sagt Tante Bea, aber angesichts der Blutlache und des unnatürlich abgewinkelten Kopfes denkt sie: mausetot.

»Blutet sie?« schreit Terry.

Tante Bea versteht »atmet* sie«, und ihr Herz zieht sich zusammen. Es gibt ihr jedes Mal einen Stich, wenn sie feststellt, daß in der Vorstellung dieses kleinen blinden Mädchens alle Menschen Adleraugen haben. »Ja«, sagt sie langsam, als würde sie es überprüfen. »Ja, weißt du, ich glaube, ihre Brust bewegt sich auf und ab.«

»Blutet sie?« wiederholt Terry. Sie streckt eine Hand aus.

»Sie bewegt sich *nicht* auf und ab«, sagte Julie in ernsthaft-vorwurfsvollem Ton.

Tante Bea könnte schwören, daß Julie nur dann in ganzen Sätzen spricht, wenn sie sie bei einer Lüge ertappen kann. »Es ist natürlich schwer zu sagen«, sagt sie.

»Aber *blutet* sie?« schreit Terry. In ihrer ausgestreckten

---

* Ähnlichkeit der Wörter to bleed/bluten und to breathe/atmen.

Hand spürt sie die leichte Wärme, die von Tante Beas wieder ansteigendem Blutdruck ausgeht.

»Anscheinend kommt niemand nach unten«, bemerkt Tante Bea, um das Thema zu wechseln.

»Du rufst am besten den Tierarzt an«, schreit Terry.

»Wahrscheinlich hast du recht«, sagt Tante Bea. Sie greift nach Terrys Hand und drückt sie, um das Kind zu beruhigen. »In Ordnung, ich rufe dort an«, sagt sie und geht aus dem Zimmer.

»Blutet sie?« fragt Terry Julie. Blut beschäftigt Terry. Sie war fassungslos, als sie erfuhr, daß Augen bluten können.

»Tot«, sagt Julie.

»Ich habe gefragt, ob sie *blutet.*« Terry ist kurz davor, in Tränen auszubrechen. Sie will eine Antwort auf diese Frage bekommen, auch wenn sie sich nie auf das verläßt, was Julie sagt. Jedesmal wenn Julie ans Telefon geht und eine Frau am Apparat ist, sagt sie: »Es ist meine Mutter.«

»Schwarzweiß, schwarzweiß«, sagt Julie.

Terry seufzt. »*Das* weiß ich schon«, sagt sie resigniert.

Julie meint damit jedoch das karierte Kleid der Frau, die über den Parkplatz gelaufen ist und jetzt neben der Katze kniet. Mama! denkt Julie begeistert. Dann wird ihr klar, daß es nicht ihre Mutter ist, und sie kaut nachdenklich auf dem Fuß ihrer Puppe herum.

»Wenn man blutet, bedeutet das noch nicht, daß man stirbt«, sagt Terry, während sie zu ihrer Frisierkommode geht. Mit der Innenfläche ihrer Hand tastet sie nach den

Borsten ihrer Haarbürste, um das Kribbeln zu spüren, das sie an Cola-Trinken erinnert.

Terry glaubt, daß Cola kribbelig *aussieht*. Milch, die sich weich anfühlt, stellt sie sich rund vor. Das einzige, wovon sie kein Bild hat, das einzige, bei dem sie sich auf eine Überraschung gefaßt macht, sind Farben.

Terry wurde vor neun Jahren als Tochter einer achtzehnjährigen Maispflückerin geboren, die die Abtreibungsfrist hauptsächlich deswegen verstreichen ließ, weil sie neugierig war, wer der Vater sein könnte. Die Haarfarbe des Babys würde es ihr verraten. Aber Terry kam kahl und blind auf die Welt, und ein Muttermal bedeckte den größten Teil ihrer linken Gesichtshälfte. Terrys Mutter verließ noch am selben Abend das Krankenhaus und pöbelte die Krankenschwester, die sie aufhalten wollte, an: »Ich hättse ja auch zu Hause kriegen und innie Mülltonne schmeißen können!«

Die Schwestern liebten Terry über alles. Sie weinte fast nie; meistens lächelte sie sogar. (Einige der Schwestern meinten, es beweise, daß Lächeln angeboren sei und nicht erlernt werden müsse.) Tagsüber wurde sie in einen Babykorb gelegt, der ins Schwesternzimmer auf einen Tisch neben den Fotokopierer gestellt wurde, und es stellte sich heraus, daß der Rhythmus des hin- und herfahrenden Schlittens auf Terry einschläfernd wirkte. Als sie zahnte, ordnete die Stationsschwester schriftlich an, daß der Kopierer so lange in Betrieb bleiben sollte, wie Terry quengelig war. Die Stationsschwester, eine Sammlerin von Folklorepuppen, häkelte in ihrer Freizeit Kleider für Terry. Mit unzähligen Rüschen, Spitzen und Schürzen verzierte Gewänder und dazu passende Haarschleifen, die auf der Rückseite mit Klebeband versehen waren, damit sie auf Terrys kahlem Kopf befestigt werden konnten. Die anderen Schwestern kauften ihr Spielzeug und Strampler, und wenn jemand von einer Adoptionsvermittlung vorbeikam, um Fotos zu machen, zogen sie Terry hübsch an und bedeckten das Muttermal mit Schminke, damit sie eine reelle Chance hatte.

Dennoch wollte kein Ehepaar sie haben. Das Jugendamt brauchte zwei Jahre, um wenigstens eine Pflegemutter aufzutreiben, und selbst die nahm Terry offensichtlich nur widerstrebend auf. Sie hieß Mrs. Stubbs. »Terry wird nicht bevorzugt behandelt«, teilte sie den Krankenschwestern mit. »Mein eigener Sohn hat Asthma, und ich behandele ihn genauso wie meine Tochter.« Sie weigerte sich, Terrys Kleider mitzunehmen, denn sie mußten mit der Hand gewaschen und gebügelt werden. »Ich habe Besseres zu tun«, sagte sie.

Zum Beispiel putzen. In Mrs. Stubbs Haus steckten die Lampenschirme noch in Plastikfolie, und Terry wurde beigebracht, eine Hand unter das Kinn zu halten, wenn sie Kekse aß, um die Krümel aufzufangen. Es gab noch zwei Kinder in dem Haushalt: die Tochter, die ausriß, als Terry sechs war, und den asthmatischen Sohn, der sich leidenschaftlich für Goldfische interessierte. Einmal erlaubte er Terry, ihre Hand in das Aquarium zu stecken, um die vorbeischwimmenden Goldfische zu spüren. Sie war überrascht, wie weich und schlüpfrig sie waren; sie hatte die kalte Härte des Eherings ihrer Pflegemutter erwartet. Ihre Pflegemutter bewunderte die Schnecken, die das Goldfischglas sauberhielten, aber die Goldfische fand sie ekelhaft, da sie im selben Wasser auf die Toilette gingen, das auch durch ihre Kiemen strömte. Die Toilette im Haus der Pflegemutter roch nach Kiefernzapfen. Terry wurde geohrfeigt, wenn sie die Zahnpastatube offenließ, wenn sie im Haus Schuhe trug, wenn sie irgend etwas verschüttete – das waren die schlimmsten Vergehen. Das Leben bei dieser Pflegemutter machte sie zu einem hochsensiblen Kind mit regelrechten Antennenfingern. Sie brauchte nur ihre Hand ausstrecken, um zu spüren, ob ein anderer Mensch im Zimmer war. Durch den Luftzug, der an ihren Fingern vorbeistrich, konnte sie erkennen, ob jemand in ihre Richtung atmete.

Terry weinte herzzerreißend, als sie dieses Zuhause verlassen mußte, um näher an die Blindenschule zu ziehen. Aber schon nach wenigen Tagen liebte sie ihre zweite Pflegemutter wahnsinnig. Die beiden verbrachten die meiste Zeit auf dem Sofa vor dem Fernseher, wobei die Pflegemutter einen Arm um Terry gelegt hatte und in der anderen Hand die Fernbedienung hielt, auf die sie alle zwei Minuten drückte, weil sie keine Werbung sehen wollte und weil die Fernsehserie »Andy of Mayberry«, die einzige Sendung war, über die sie sich nicht furchtbar aufregte.

»Ach, laß uns damit bloß in Frieden«, sagte sie zum Nachrichtensprecher und beseitigte ihn dann. »Mein Gott«, sagte sie und trommelte mit ihren langen Fingernägeln auf die hölzerne Armlehne neben Terry, »wer hat sich *den* Scheiß bloß ausgedacht?«

Ihre derbe Ausdrucksweise ließ Terry zusammenzucken, aber von dem »uns« war sie geschmeichelt und begeistert.

Der Ehemann ihrer zweiten Pflegemutter war ein fröhlicher Fernfahrer. Er kam einmal in der Woche nach Hause und fuhr am nächsten Morgen, noch bevor Terry aufwachte, wieder weg. Terrys Pflegemutter stöhnte, wenn sie hörte, wie seine Zugmaschine in die Auffahrt einbog. Sie machte ihm Bohnen mit Schweinefleisch und saß rauchend und seufzend am Eßtisch, während er mit vollem Mund urkomische Geschichten zum besten gab, die er und seine Kumpel sich gegenseitig über Kurzwellenfunk erzählt hatten. Terry verstand selten die Pointen, aber wegen seines ansteckenden Lachens lachte sie mit, und dann zerzauste er ihre Haare und sagte: »Das gefällt dir, was, Waisenkind Annie?« Als er gar nicht mehr nach Hause kam, war sie nicht überrascht. Wenn er ein Mann auf dem Fernsehschirm gewesen wäre, hätte er keine fünf Sekunden überdauert.

Aber sie *war* überrascht – und so erschüttert, daß sie

ihr dünnes, flaumweiches Haar im Schlaf ausriß; jeden Morgen steckten ganze Büschel in ihrer geballten Faust –, als sie erfuhr, daß sie wegen seines Verschwindens dort nicht bleiben konnte.

Ihre dritte Pflegemutter wohnte zwei Häuserblocks entfernt. Mit einer Stimme, die Terry sehr vertraut vorkam, sagte sie: »Mrs. Brodie klingt zu förmlich. Ich will nicht, daß du mich so nennst. Wie wär's, wenn du mich einfach Tante Joyce nennst?«

»Wie wär's, wenn ich dich Tante Bea nenne?«

»Tante Bea?« Mrs. Brodies tote Schwester hatte Bea geheißen, daher war sie erstaunt.

»Aus ›Andy of Mayberry‹.«

Mrs. Brodie lächelte. »Also, weißt du, ich muß zugeben, es gibt da eine gewisse Ähnlichkeit. Zwar hat sie einen Dutt, wenn ich mich recht entsinne. Und ich trage eine Brille, was sie, glaube ich, nicht tut. Außerdem bin ich etwa fünfzig Pfund schwerer. Aber unsere Gesichter gleichen sich in gewisser Weise, mußt du wissen, sie sind...« Sie berührte ihr Gesicht.

»Alt«, schlug Terry vor. Sie ging davon aus, daß jeder Mensch die gleichen Gesichtszüge hatte.

»Alt!« Mrs. Brodie lachte. »Das stimmt! Was hältst du davon, mir beim Kuchenbacken zu helfen?«

17

Das einzig Unangenehme am Zusammenleben mit Tante Bea waren die Besuche von Marcy, ihrer Enkelin. Bei ihrem ersten Besuch sagte sie kein Wort, bis sie und Terry draußen auf dem Spielplatz waren, und dann sagte sie: »Alle hassen dich«, und kniff sie in den Arm.

Bis zu dem Augenblick hatte Terry geglaubt, Marcy sei stumm. Ein stummer Junge hatte oft mit dem Sohn ihrer ersten Pflegmutter gespielt. Trotz der Tatsache, daß Marcys Atem Terry in der Höhe ihres Gesichts traf, hatte sich Terry ein sanftes, kleines, stummes Wesen vorgestellt, das man in einer Hand halten konnte. Das Kneifen verlieh Marcy urplötzlich die stachelige Form eines Schreis. »Verschwinde!« rief Terry.

»Sie ist *meine* Großmutter!« brüllte Marcy. Sieh du lieber zu, daß du verschwindest, bevor ich dich umbringe!«

Terry rannte los. Aber da sie keinen Orientierungssinn und kein räumliches Empfinden hatte und »weit weg« für sie daher lediglich bedeutete, daß es länger dauerte, dorthin zu gelangen als nach »in der Nähe«, lief sie einen großen Kreis und bis zum Bruchteil einer Sekunde, bevor Marcy ihr etwas ins Ohr schrie, erkannte sie nicht, daß sie wieder dort angekommen war, wo sie losgelaufen war.

»Die beiden sind ja Feuer und Flamme füreinander«, sagte Tante Bea.

Sie und ihre Tochter, Marcys Mutter, hatten am Fenster der Wohnung Posten bezogen. Die Tochter versuchte gerade, das Fenster zu entriegeln. Sie blickte hinüber zu

Tante Bea und dachte, Herr im Himmel, sie ist stocktaub. Als sie es schaffte, das Fenster zu öffnen, streckte sie ihren Kopf hinaus und rief laut: »Marcy! Jag sie nicht auf die Straße! Marcy! Hörst du mich?«

»Ja!!« brüllte Marcy, ohne nach oben zu schauen. Sie rannte zum Sandkasten, um einen Stock zu holen, den sie dort entdeckt hatte. Terry stand ganz still und unbeteiligt da, wie jemand, der auf einen Bus wartet.

Tante Beas Tochter schloß seufzend das Fenster. Man konnte es Marcy kaum übelnehmen. Plötzlich wohnte diese Streunerin bei ihrer Oma, schlief in dem Bett, das früher für *sie* reserviert gewesen war, und spielte mit ihrer Barbiepuppe. »Ich wünschte, du hättest vorher mit mir darüber gesprochen«, sagte sie.

»Du brauchst nicht zu brüllen«, sagte Tante Bea sanft.

Marcy warf den Stock wie einen Speer in Richtung auf Terry und verfehlte sie nur um Zentimeter. »Herrje«, sagte Tante Beas Tochter. Sie blickte in Tante Beas friedfertiges Gesicht. »Es heißt, man soll danach mindestens ein Jahr lang keine wichtigen Entscheidungen treffen«, sagte sie. »Jetzt bist du wieder angebunden.«

Gott sei Dank, dachte Tante Bea.

»Häng dein Herz nicht zu sehr an sie«, sagte ihre Tochter. »Sie kann dir jederzeit wieder weggenommen werden.«

Tante Bea kreuzte ihre Arme über der Wölbung ihres Busens und sagte. »Gestern habe ich Baiser gemacht, und weißt du, was sie gesagt hat, als ich ihr eines gab?«

»Keine Ahnung.«

Tante Bea kicherte. »Sie sagte. ›Was für leckeres Styropor.‹«

»Ich werde nie vergessen, wie es war, als ich hier vorbeikam und du den Gasherd angelassen hattest«, sagte ihre Tochter. »Ich werde krank vor Sorge sein, wenn wir nach Sasakatoon ziehen.«

Es war geplant, ein Mädchen zu finden, das so quietschfidel wie Marcy, aber etwas älter war, elf oder zwölf vielleicht, die mit Terry spielen, sie zur Blindenschule bringen und von dort wieder abholen würde. Der Weg dorthin war unglaublich beschwerlich für Tante Bea. Die Schule lag zwar nur ein paar Straßen entfernt, aber Tante Beas Knöchel waren morgens, kurz nach dem Aufstehen, noch so angeschwollen, daß sie kaum in ihre Schuhe paßte.

Aufgrund einer Verwechslung brachte ihr die Sozialarbeiterin jedoch Julie. Sie sollte an einem Nachmittag mitten in der Woche vorbeikommen, wenn Terry in der Schule war. Die Sozialarbeiterin hatte Tante Bea empfohlen, zu warten, bis sie und das neue Mädchen – sie hieß Esther, hatte man ihr gesagt – sich getroffen hatten, ehe sie Terry von ihr erzählte. Der Besuch war ein Test. Wenn Esther eine starke Abneigung gegen Tante Bea zeigte (oder umgekehrt, obwohl Tante Bea sich nicht vorstellen konnte, ein Kind nicht zu mögen), dann würde das Jugendamt ein anderes Mädchen suchen.

Während sie am Eßzimmerfenster saß und nach dem alten blauen Chevy der Sozialarbeiterin Ausschau hielt, war sie damit beschäftigt, einen dicken Skipullover zu stricken, der sich in ihrer Vorstellung allmählich von Terrys in Esthers verwandelte. Als sie das Auto sah, faltete sie ihr Strickzeug zusammen und legte es in die Schublade der Anrichte. Dann ging sie wieder zum Fenster. Die Sozialarbeiterin schritt um den Wagen herum, als wolle sie die Beifahrertür öffnen, aber die Tür ging auf, ehe sie dort angekommen war. Tante Bea rückte ihre Zweistärkenbrille zurecht, um besser zu sehen.

»Oje«, sagte sie laut.

Der Name Esther hatte sie in die Irre geführt. Sie hatte ein jüdisches Mädchen vor Augen gehabt – dunkelhaarig, unterernährt... mit angsterfülltem Anne-Frank-Blick. Sie hatte eine Strickjacke vor Augen gehabt, die mehrere Nummern zu klein war. Das Mädchen, das aus dem Auto kletterte, war fett – Herr im Himmel, genauso fett wie Tante Bea selbst – und trug ihr weißblondes Haar in einem verrückten Bürstenschnitt. Sie ging schnurstracks auf das falsche Haus zu. Als die Sozialarbeiterin sie zurückrief, machte sie auf dem Absatz kehrt und ging schnurstracks in die andere Richtung. Sie bewegt sich wie ein ferngesteuertes Auto, dachte Tante Bea. Noch etwas anderes war merkwürdig an diesem Gang... Ein Schlackern in Beinen und Rumpf, ein sichtliches Bemühen um Koordination, das ausgesprochen unnatürlich wirkte.

»Armes Ding«, sagte Tante Bea zu sich selbst. Nicht so sehr aus Mitgefühl, sondern eher aus dem angestrengten Bemühen heraus, Mitgefühl aufzubringen. »Armes, kleines, mutterloses Ding.«

Sie hatte die Wohnungstür kaum geöffnet, als das Mädchen »Hi« sagte. Sie sagte es so unvermittelt und so laut, als wolle sie Tante Bea einen Schreck einjagen. Dann rollte sie mit den Augen, als ob sie gleich ohnmächtig werden würde.

»Hi! Komm rein! Komm rein!« sagte Tante Bea mit Begeisterung in der Stimme, dachte aber »geistig behindert«, und dann war sie wirklich etwas verdutzt. »Blas nicht Trübsal«, las sie laut vom Sweatshirt des Mädchens ab.

»Glauben Sie mir«, sagte die Sozialarbeiterin, »es war nicht *meine* Idee, daß sie es angezogen hat.« Sie nahm das Mädchen beim Arm und drehte es herum.

»Blas mir einen«, las Tante Bea. Sie begriff es nicht.

»Es gehörte ihrer Mutter«, sagte die Sozialarbeiterin und warf Tante Bea einen vielsagenden Blick zu.

»Ach ja?« sagte Tante Bea.

»Komm schon, Julie, hör damit auf«, sagte die Sozialarbeiterin. Das Mädchen schob mit den Fäusten das Sweatshirt nach oben und entblößte einen Bauch, der aussah wie ein Hügel aus unberührtem Schnee.

Julie? dachte Tante Bea.

»Sollen wir die Schuhe ausziehen?« fragte die Sozialarbeiterin.

»Nein, nein«, sagte Tante Bea und blinzelte sich wieder in die Wirklichkeit zurück. »Setzt euch irgendwo hin. Es gibt Kekse und Kakao, und der Kaffee ist auch schon fertig. Möchtest du Kakao?« fragte sie. Sie schaute das Mädchen an und fügte hinzu: »Julie?«

»Kaffee«, sagte Julie laut und deutlich.

»Julie trinkt schon seit Jahren Kaffee«, sagte die Sozialarbeiterin und ließ sich in einen Sessel fallen. »*Und* Bier *und*, ich mag gar nicht daran denken, was sonst noch alles.« Die Sozialarbeiterin war eine unscheinbare Frau mit krausen Haaren. Sie trug eine Latzhose und festes Schuhwerk. »*Ich* allerdings hätte nichts gegen einen Becher Kakao«, sagte sie.

Blas nicht Trübsal, sagte Tante Bea zu sich selber, während sie den Kaffee einschenkte. Blas mir einen. Apropos Sweatshirt, sie war schweißgebadet. »Alles in Ordnung«, murmelte sie. »Alles in bester Ordnung.« Sie summte ein Kirchenlied.

»Ein anvertrautes Gut hab' ich zu bewahren,
Einen Gott zu verehren.
Eine unsterbliche Seele zu retten,
Und für den Himmel zu bereiten.«

Als erstes würde sie Julie anstelle dieser verrückten Halbstarkenfrisur eine Dauerwelle machen lassen.

Als sie aus der Küche zurückkam, fragte sie Julie nach ihrem Alter. Fünfzehn, vermutete sie.

»Fünf«, antwortete Julie.

»Fünf?« Tante Bea schaute die Sozialarbeiterin an.

»Elf«, sagte die Sozialarbeiterin leicht verärgert.

Tante Bea nickte. Wenigstens *dabei* hatte sich das Jugendamt nicht vertan. Sie gab Julie den Kaffee, und Julie kippte mit einem Schluck die Hälfte hinunter.

»Da ist kein Zucker drin«, sagte Julie und hielt den Becher hoch.

Tante Bea war erschrocken. Sie dachte ein paar Minuten zurück. »Doch, da ist Zucker drin.«

»Da ist *kein* Zucker«, sagte Julie. Wie wirkte erbost.

»Ach ja!« Tante Bea lachte. »Ja, du hast recht. Es ist Süßstoff!« Sie strahlte die Sozialarbeiterin an. »Mir fällt der Unterschied gar nicht auf.«

»Sei ruhig und trink«, sagte die Sozialarbeiterin.

»Nein, nein, ich habe Zucker.« Tante Bea eilte hinüber zu Julie, um ihr den Becher wieder abzunehmen. Sie blickte lächelnd in Julies Augen, die plötzlich ausdruckslos geworden waren. Ganz, ganz blasse, fast weiße Pupillen. Tante Bea hatte noch nie solche Augen gesehen.

Die Sozialarbeiterin schien davon auszugehen, daß alles geklärt war. »Ich bringe sie Montag morgen vorbei«, sagte sie, nachdem Tante Bea mit Julie eine Führung durch die Wohnung gemacht und ihr das Bett, das sie mit Terry teilen würde, die leeren Kommodenschubladen für ihre Kleidung und ihren Stuhl am Eßtisch gezeigt hatte. Julie stellte ihren Bauch zur Schau und rollte mit den Augen.

An der Haustür überreichte die Sozialarbeiterin Tante Bea eine Akte und sagte. »Die können Sie ruhig behalten.«

»Das ist nett«, sagte Tante Bea, als ob ihr der Inhalt bekannt wäre, sie die Akte aber für alle Fälle gerne haben wollte. Als sie allein war, setzte sie sich mit einer Tasse Kaffee und den restlichen Keksen auf die Couch und öffnete den Aktendeckel. Später würde sie den Leuten (ihrer Tochter) Julies Anwesenheit damit erklären, daß sie von mehreren Zufällen überrascht worden war, besonders von dem Zufall, daß Julies Nachname »Norman« lautete. »Das gab den Ausschlag«, würde Tante Bea sagen.

Den Namen ihres Ehemanns zu sehen oder zu hören, versetzte Tante Beas Herz immer noch einen Stich, aber seinen Namen neben dem dieses armen, verlassenen Mädchens geschrieben zu sehen, ließ Tante Beas Brille beschlagen. Sie fuhr mit dem Finger unter einem Auge entlang, und – richtig – sie weinte. Vor Normans Tod hätte sie nicht geglaubt, daß es möglich war, zu weinen, ohne es zu merken. Vor Normans Tod hätte sie niemals vermutet, daß ihre Brillengläser beschlugen, wenn sie weinte, obwohl sie nicht daran zweifelte, daß es passiert war und sie es nur vergessen hatte. In der letzten Zeit hatte sie am meisten erschreckt und bedrückt, wieviel man vergessen konnte. Den Nachnamen des Mädchens würde sie jedenfalls nicht vergessen, dafür konnte sie garantieren. Sie nahm die Brille ab, putzte sie mit ihrer Bluse und legte die Füße auf den Couchtisch.

Der Bericht war handschriftlich abgefaßt und schwer zu entziffern. Bei »Mutter« stand entweder »Sally« oder »Sandy« und daneben »38«. Es folgte eine kurze, tragische Biografie. Sally oder Sandy hatte einen Universitätsabschluß in englischer Literatur gemacht, aber außerdem hatte sie ein Drogenproblem und war unzählige Male wegen des Besitzes und Verkaufs von Drogen verhaftet worden. Sie verbüßte gerade eine fünf- oder achtjährige Haftstrafe. Sie hatte noch ein weiteres Kind gehabt, das heroinsüchtig zur Welt gekommen und einen Tag später gestorben war.

Während sie las, schüttelte Tante Bea voller Mitleid und Erstaunen den Kopf. Zufällig hatte sie eine Cousine namens Sally, die früher Lehrerin gewesen war, aber ihren Ehemann und ihre Stellung wegen Alkoholsucht verloren hatte. Sie war mit vierzig Jahren als gebrochene, alte Frau gestorben.

»Gott sei ihr gnädig«, betete Tante Bea für Julies Mutter.

Bei »Vater« stand nur »Michael, III«.

»Herr im Himmel!« sagte Tante Bea. Er war bestimmt der Stiefvater, dachte sie. Oder vielleicht war er der Vater der Mutter. Aber trotzdem... III. Und dann jauchzte sie vor Lachen auf, als sie erkannte, daß dort in Wirklichkeit das Wort »ill«, also »krank«, stand. Sie lachte und lachte und mußte erneut ihre Brille abnehmen und sie putzen. Nachdem sie sich wieder beruhigt hatte, war sie etwas irritiert. Was bedeutete »krank«? War er verrückt? Lag er im Sterben? Hatte er Aids und sollte das verschwiegen werden, weil die Leute Julie sonst aus Angst nicht aufnehmen würden? Beim Gedanken an derartige Unwissenheit schnalzte Tante Bea mit der Zunge.

Sie blätterte die Seite um und stieß auf einen weiteren Zufall: Julie litt an epileptischen Anfällen. Tante Beas jüngere Schwester, die mittlerweile seit vierunddreißig Jahren tot war, hatte an Epilepsie gelitten. Tante Bea konnte daher mit einem Bleistift Hilfe leisten. Zuerst die Zunge außer Gefahr bringen und den Kopf in den Nacken drücken. Kein Grund zur Sorge, solange überall im Haus unangespitzte Bleistifte verteilt waren.

»Neigt zu Wutanfällen«, las Tante Bea. »Herrschsüchtig.« Sie dachte an ihre Tochter und fand, sie sei darauf gut vorbereitet. »Alterseinstufung nach Sozialverhalten und geistiger Entwicklung«, las sie, »fünf bis sechs.« Nun ja...«, sagte sie zweifelnd. Sie war sehr beeindruckt davon gewesen, daß Julie den Süßstoff herausgeschmeckt hatte.

Noch am selben Nachmittag teilte sie Terry die Nachricht auf dem Heimweg von der Schule mit. Erst als sie Julie genau beschrieb, wurde ihr klar, wie groß die Last war, die zu teilen sie von Terry verlangte. So hatte sie es ganz und gar nicht geplant. Das Mädchen mit dem Gehirnschaden, auf das sie Terry gerade vorbereitete, war mitnichten die hilfsbereite, muntere große Schwester, die ihr vorgeschwebt hatte. Sie versuchte, ein möglichst freundliches Bild zu zeichnen. »Wir werden uns trotz allem prima amüsieren«, sagte sie, »wir drei.«

»Wobei?« fragte Terry.

»Ach, ich weiß nicht...« Tante Bea dachte zurück an die Zeit, als ihre Tochter klein war. »Wir werden mit der Fähre zu den Inseln fahren«, sagte sie, obwohl sie auf Schiffen immer Herzflimmern bekam.

Terry zog gewissenhaft Halbkreise mit ihrem weißen Stock.

»Und wir werden in den Zoo gehen«, sagte Tante Bea, obwohl der Zoo rund 80 Kilometer entfernt war und Tante Bea nicht mehr Auto fuhr.

»Wo wird sie schlafen?« fragte Terry.

»Bei dir. Wenn es dir recht ist. Das Bett ist groß genug.«

»Was ist, wenn sie in die Hose macht? Bei uns in der Schule ist ein Junge, der ist fünf und macht in die Hose.«

»Ich bin mir sicher, in der Beziehung ist sie elf«, sagte Tante Bea, obwohl sie dachte: »Das kann schon sein«, und überlegte, ob sie nicht besser ein paar Müllsäcke unter dem Laken ausbreiten sollte.

»Wird sie zur Schule gehen?«

»Sie geht schon. Auf die Schule in der Bleeker Street. Du erinnerst dich, da, wo der Fußweg ganz rissig ist.«

»Wird sie alleine hingehen?«

»Nein, das glaube ich nicht. Wir beide werden sie dorthin begleiten, und dann bringe ich dich zur Schule.«

Terry blieb stehen und rechte ihr dünnes Gesicht Tante Bea entgegen. »Deine Füße werden dich umbringen!« rief sie triumphierend.

»Herrje«, sagte Tante Bea. »Herrje, du hast recht.«

Julie hält Tante Beas linke Hand. Terry hält Tante Beas rechte Hand. Die drei nehmen die gesamte Breite des Bürgersteigs ein, und die Leute, denen sie begegnen, müssen auf die Straße ausweichen. Julie ist davon begeistert, denn sie glaubt, es geschehe, weil sie nicht ängstlich riecht. »Penner und Hunde können es riechen, wenn du Angst hast«, hat ihre Mutter ihr gesagt. Daher hält sie beim Gehen den Kopf wie zum Angriff gesenkt. Jedesmal, wenn jemand einen Bogen um sie macht, murmelt sie: »Penner.«

Schließlich fragt Tante Bea: »Wozu die Eile?« Sie denkt, Julie sagt »rennen«.

»Hund«, sagt Julie bedächtig – gerade ist ein Hund auf die Straße getrottet. Sie lacht und zieht ihr Kleid hoch.

»Nein!« sagte Tante Bea.

»Nein!« wiederholt Terry, die das vertraute Geräusch erkennt, wenn Tante Bea Julies Kleidung nach unten zerrt.

»Oh-kay, Oh-kay«, sagte Julie.

»Jetzt nicht«, sagt Terry. Manchmal spielen Julie und Terry ein Spiel, das Julie erfunden hat und bei dem Julie oh-kay, oh-kay singt, während sie und Terry sich bei den Händen fassen und ihre Arme hin und her schwingen, zuerst nur ein bißchen und dann höher und höher, bis sie ganz herum und hoch über ihre Köpfe hinweg schwingen. Terry ist nicht scharf auf dieses Spiel, aber sie macht mit, um Julie zu beruhigen. Sie nimmt an, daß Julie blau gestreift ist. Tante Bea ist grün. Blut ist rot.

Tante Bea gibt jeder von ihnen ein Life-Saver-Drops und nimmt sie dann wieder an die Hand. Die Bewegungen des weißen Stocks empfindet Tante Bea als eine Segnung, als eine fortdauernde Weihung ihres Weges. »Ich möchte, daß ihr euch in der Kirche wie zwei Engel benehmt«, sagt sie. »Heute ist ein besonderer Tag.«

»Ich weiß«, sagt Terry bedeutungsvoll.

Julie lutscht an ihrem Drops und reibt mit Tante Beas Handgelenk über ihre Wange.

»Weißt du was?« sagt Terry.

»Was?« sagt Tante Bea.

»Julie hat ihrer Puppe die Augen ausgestochen.« Das Loch in ihrem Drops hat sie daran erinnert.

»Ja, das habe ich gesehen«, sagt Tante Bea.

Julie beachtet die beiden nicht. Sie denkt an den Telefonanruf ihrer Mutter und hängt einem Tagtraum nach, in dem ihre Mutter »Six Little Ducklings« singt. Julie lächelt ihre Mutter an, und Tante Bea, die Julies Lächeln auch nach einem Jahr noch nicht von ihren Grimassen unterscheiden kann, sagt daraufhin: »Hör zu, *mir* ist es egal. Es ist *deine* Puppe. Wenn du sie kaputtmachen willst, ist das deine Sache.«

»Glaub nicht, daß du eine neue kriegst!« schreit Terry.

»So ist es«, sagt Tante Bea.

»Meine Mutter ist raus aus dem Gefängnis«, sagt Julie.

»Was?« Tante Bea bleibt stehen.

»Sie hat gestern angerufen. Sie hat es Penny gesagt.«

»Nein, hat sie nicht!« schreit Terry. Ihr schrilles Lachen jagt einen Schmerz durch Tante Beas Augen.

»Doch, hat sie«, sagt Julie langsam und blutrünstig.

»Es ist komisch!« schreit Terry. Sie reißt sich von Tante Beas Hand los und schlägt aufgeregt in die Luft. Sie trägt weiße Filzhandschuhe. »Du weißt doch, sie behauptet immer, daß ihre Mutter am Telefon ist. Also, weißt du was – gestern, als du in der Waschküche warst, klingelte das Telefon, und ich bin rangegangen, und es war eine Frau und sie sagte: ›Hier spricht Sally, ist Marge...‹ oder wer auch immer... doch, der Name war Marge. Sie sagte: ›Hier spricht Sally, ist Marge da?‹ Und ich sagte ihr, sie habe sich verwählt, und dann erzählte ich es Julie, und sie behauptete, daß ihre Mutter Sally heißt.«

»Das stimmt«, sagt Tante Bea. »So heißt sie.«

»So heißt sie«, sagt Julie und wirft Terry einen finsteren Blick zu.

»Aber es ist so komisch!« schreit Terry. Der Riemen ihrer weißen Plastikhandtasche rutscht von ihrer Schulter. Sie greift danach und läßt den Stock fallen. »Nein!« kreischt sie, denn sie bildet sich ein, der Hund, den Julie eben erwähnt hat, kommt, um den Stock zu apportieren.

Tante Bea hebt ihn auf. »Schätzchen, das war eine *andere* Frau namens Sally«, sagt sie zu Julie.

Julie schiebt den Saum ihres Kleides nach oben und rollt mit den Augen.

»Das habe ich ihr auch erklärt«, sagt Terry.

»Aber deine Mutter wird eines Tages aus dem Gefängnis kommen«, sagt Tante Bea, während sie Julies Kleid nach unten zieht. »Und Penny und ich wollen, daß du bis dahin bei uns wohnst.«

Julies Gesichtsausdruck wird leer. Sie ist ganz benommen von der plötzlichen Erinnerung an die Frau, die neben der vom Balkon gefallenen Katze kniete, der Erinnerung an das schwarzweiße Kleid der Frau, das genauso aussieht wie das ihrer Mutter. Sie vermutet, daß die Frau schon einmal im Gefängnis war und entlassen wurde.

»Alles in Butter?« sagt Tante Bea.

Julie bedeckt ihren Mund mit beiden Händen, so wie die Frau es getan hat.

»Alles in Butter«, antwortet Tante Bea an ihrer Stelle.

Mitten in der Predigt wird Tante Bea von der Vorstellung heimgesucht, daß Terry von Julie vielleicht deshalb »Penny« genannt wird, weil irgend jemand, zum Beispiel ihre gebildete Mutter, ihr von den Münzen erzählt hat, die früher auf die Augen der Toten gelegt wurden, die natürlich nicht mehr sehen können.

Sie wirft einen grübelnden Blick auf Julie, die ihn mit

einem leeren Blick erwidert und dann anfängt zu zucken. Ehe Tante Bea begreift, was los ist, tritt sie schon gegen die Kirchenbank. Sie fuchtelt mit den Armen und schlägt Tante Beas Brille herunter.

»Hör damit auf!« sagt Terry zu Julie. Tante Beas Brille ist in ihrem Schoß gelandet. Sie hält sie über Julies Kopf. Julie ist erstarrt und rutscht von der Bank. Tante Bea schnappt sich die Brille. »Sie tut nur so!« sagt Terry. »Sie ist eifersüchtig.«

»Schsch!« zischt Tante Bea. Julie fängt wieder an zu zucken. Tante Bea schüttet den Inhalt ihrer Handtasche aus, aber sie kann den Bleistift nicht finden. Schließlich schiebt sie ein Gesangbuch in Julies Mund und wirft dann eines ihrer Beine über Julies Oberschenkel, um sie daran zu hindern, weiter gegen die Bank zu treten. In dem Moment wird ihr bewußt, daß Terry von Hazel Gordimer zum Mittelgang geführt wird und daß Tom Alcorn, der Pastor, fragt, ob sich unter den Besuchern der Kirche ein Arzt befindet.

»Alles in Ordnung«, ruft Tante Bea. »Das passiert andauernd. Es ist in null Komma nichts vorbei.« Sie lächelt die besorgten Gesichter an, die sich zu ihr umgedreht haben. Sie weiß, es sieht schlimmer aus, als es ist. Und glücklicherweise ist es ein kurzer Anfall. Mit einem tiefen Atemzug lockert Julie die Spannung in ihrem Körper, und Tante Bea ruft Tom Alcorn zu: »Alles vorbei! Sie können jetzt weitermachen!« Sie schaut sich nach Terry um, aber sie ist nicht da; Hazel muß sie nach draußen gebracht haben. Daher sammelt sie eilig den Inhalt ihrer Handtasche wieder ein, zerrt das Gesangbuch aus Julies Mund und hilft ihr auf die Füße. »Entschuldigung«, sagt sie zu den Leuten in ihrer Bank. »Haben sie recht herzlichen Dank«, sagt sie und meint damit deren Gebete für Terry.

Der Mann, der direkt am Mittelgang sitzt, ein stattlicher Mann, etwa in ihrem Alter, faßt sie am Arm und führt sie und Julie in den hinteren Teil der Kirche. In der Stille hört man die glockenhellen Stimmen der Kinder, die im Keller in der Sonntagsschule »All Things Bright and Beautiful« singen. Normalerweise wären Terry und Julie auch dort unten, aber das Thema dieses Gottesdienstes, »Lasset die Kinder und wehret ihnen nicht, zu mir zu kommen«, war Terry gewidmet, und Tante Bea wollte, daß sie ihn mit anhörte. Den größten Teil hatte sie immerhin mit angehört. Sie hatte gehört, wie ihr Name in zwei Gebeten erwähnt wurde. Tante Bea fährt mit der Hand über ihre pochende Stirn, und der Mann, an dessen Namen sie sich gerne erinnern würde, drückt ihren Arm. Ach, von einem stattlichen, männlichen Kirchgänger getröstet zu werden! Tante Bea ist so frei, sich ein bißchen an ihn zu lehnen. Julie lehnt sich an sie. Tante Bea schaut zu ihr hinunter, und tief in ihrem Innern weiß sie, daß der Ausdruck auf Julies Gesicht ein Lächeln ist.

An der Tür läßt der Mann ihren Arm los, und sie gehen alle drei nach draußen und dann die Stufen hinunter zu Hazel Gordimer und Terry. Terrys Augenlider sind rot geweint. Plötzlich kann Tante Bea den Gedanken nicht ertragen, daß diese zarten Lider mit einem Skalpell in Berührung kommen werden. Sie läßt das eine Kind los, geht hinüber zu dem anderen und umarmt es.

»Sie hat nicht das Geräusch gemacht, als ob Wasser durch den Abfluß läuft«, sagt Terry kühl. »Das macht sie sonst immer als erstes.«

Tante Bea kann sich nicht erinnern, ob Julie das Geräusch gemacht hat oder nicht. »Es war ein unpassender Moment, das gebe ich zu«, sagt sie. Terry windet sich aus ihrer Umarmung und beginnt, mit ihrem Stock den Bürgersteig abzutasten. »Wo willst du hin?« Terry geht auf den Mann zu, der zur Seite tritt, und dann auf Julie, die nicht zur Seite tritt. Terry hat das jedoch geahnt, und kurz bevor ihr Stock gegen Julies Schuh stößt, weicht sie auf den Rasen aus.

»Penner«, murmelt Julie.

»Das hab' ich gehört!« sagt Terry. Am Fuße der Stufen, die in die Kirche führen, hält sie verwirrt an – sie hat gedacht, sie wäre in die andere Richtung gegangen.

»Willst du zurück in die Kirche?« fragt Tante Bea.

Terry weiß es nicht. Sie fängt wieder an zu weinen. Ihr hohes Wimmern, wie von einem jungen Hund, betrübt Julie zutiefst und bringt sie auch zum Weinen.

»Ist ja schon gut«, seufzt Tante Bea und geht hinüber zu Terry.

»Julie ist blöd«, sagt Terry.
»Nicht doch«, ermahnt Hazel Gordimer sie.
»Julie ist nicht ganz dicht«, sagt Terry.

Zwei Tage später geht Terry ins Krankenhaus. Sie ist äußerst zuversichtlich. Am Aufnahmeschalter fragt sie, ob irgend jemand ein blindes Mädchen kennt, das einen fast fabrikneuen Stock gebrauchen kann.

Tante Bea ist auch zuversichtlich. Terry ist, seit sie geboren wurde, immer von demselben Arzt betreut worden, und der Arzt meint, daß sie genau das richtige Alter für die Operation hat. Er spricht von einem komplizierten Routineeingriff mit extrem hohen Erfolgsaussichten. »Das einzige, worüber ich mir wirklich Sorgen mache«, sagt er, »ist, wie Terry darauf reagieren wird, wenn sie plötzlich sehen kann. Es wird sicher Gewöhnungsprobleme geben.«

»Sie denken an das Muttermal«, sagt Tante Bea ohne Umschweife. Obwohl der Arzt Terry erklärt hat, daß nächstes Jahr ein Schönheitschirurg mit einem Laserstrahl das Muttermal wegradieren wird (genau das Wort hat er gebraucht, so als ob jemand purpurfarbene Tinte über ihre Wange verschüttet hätte), erwartet Tante Bea von Terry nicht gerade, daß sie einen freudigen Luftsprung machen wird, wenn sie zum ersten Mal in einen Spiegel schaut.

Aber der Arzt sagt. »Probleme mit dem räumlichen Sehen. Anfangs zumindest eine Unfähigkeit, Tiefe und Entfernung einzuschätzen.«

»Ach so«, sagt Tante Bea. Wenn es weiter nichts ist – sie hat selber Probleme mit dem räumlichen Sehen. Als sie noch Auto fuhr, fand sie es furchtbar schwierig, sich in den Verkehr einzufädeln.

Die Kirche hat für ein Zimmer auf der Privatstation gesorgt, und Mitglieder der Gemeinde haben es bereits mit Blumen geschmückt. Terry ist hingerissen. Tante Bea ist gerührt, aber kurz bevor sie gehen muß, legt Terry sich ins Bett, um auf ihr Abendessen zu warten, und in dem Moment sind Tante Bea all die Blumensträuße, die den kleinen Körper umgeben, unbehaglich. Nach dem Essen läßt sie das schmutzige Geschirr auf dem Eßtisch stehen und eilt zurück ins Krankenhaus. Diesmal nimmt sie Julie mit und außerdem eine große Tüte Schokoladenkekse, die Terry trotz der Blumen sofort riecht. »Die darf ich nicht essen!« schreit sie.

»Nein?« fragt Tante Bea.

Terry nickt einmal mit dem Kopf, was bei ihr »auf gar keinen Fall« bedeutet. »Ich darf bis zur Operation nichts essen. Ich muß einen leeren Magen haben.«

»Ach ja, natürlich«, sagt Tante Bea. Sie ärgert sich über sich selber. Nach Normans unzähligen Operationen sollte sie es eigentlich noch wissen.

Julie ist in der Tür stehengeblieben. Obwohl sie bisher kein Wort gesagt hat, spürt Terry ihre Anwesenheit. »Was stehst du da rum?« fragt sie.

»Los komm, Schätzchen, komm her und hilf mir, ein

paar von denen hier wegzuputzen«, sagt Tante Bea, plumpst auf einen Stuhl und greift in die Kekstüte.

»Kann Penny sehen?« fragt Julie mit lauter Stimme.

»Natürlich nicht!« schreit Terry. »Ich bin noch gar nicht operiert worden!«

»In einer Woche wird Terry sehen können«, sagt Tante Bea. Sie hievt ihre schmerzenden Füße auf die Heizung.

Julie macht ein mißmutiges Gesicht und steckt sich einen Finger ins Ohr. Sie drückt so lange, bis sie aufstöhnt.

»Was ist denn los?« sagt Tante Bea. »Komm doch her.«

Julie bleibt, wo sie ist. Innerlich wandert sie durch Tante Beas Wohnung. Sie sieht den Hammer und die Nägel in einer Obstkiste auf dem Boden des Besenschranks. Sie sieht die beiden Schraubenzieher in der Saftdose. Sie geht ins Schlafzimmer und sieht die Bügel im Kleiderschrank, und sie bleibt dort, weil ihr wieder einfällt, wie ihre Mutter einmal einen Bügel geradegebogen und damit in einer Haschpfeife herumgestochert hat.

Trotz ihres Verbandes ist Terry sicher, daß sie schon die Farbe Rot wahrnimmt. »Rot leuchtet sehr stark«, sagt sie. »Es kann einen sogar verletzen.«

Sie redet nur noch über Farben. Zum ersten Mal in ihrem Leben überlegt sie, welche Farbe Schrift hat.

»Schwarz«, sagt Tante Bea. »In neunzig Prozent aller Fälle.«

Terry versteht nicht, wie die Schrift dann überhaupt

sichtbar sein kann – sie begreift das Prinzip von Schwarz auf Weiß nicht, und Tante Bea gibt den Versuch, es ihr zu erklären, schließlich auf. »Du wirst es ja sehen«, sagt sie.

»*Ich werde es ja sehen*!« Terry liebt es, diesen Satz zu sagen. Sie hält das für den geistreichsten Witz überhaupt. *Sie wird es ja sehen* – in ein paar Tagen wird ihr alles klar werden. Sie geht davon aus, daß sie lesen kann, sobald sie nur ein Buch öffnet.

Sie geht auch davon aus, daß Ehepaare sie adoptieren wollen, jetzt wo sie »normal« ist. Die Vorfreude, mit der sie davon spricht, verletzt Tante Bea. In vorsichtig optimistischem Tonfall sagt sie: »Vermutlich schon.« Natürlich ist Tante Bea klar, daß einige Ehepaare an Terry interessiert sein werden, aber es wird immerhin noch die Gewöhnungsprobleme geben, die der Arzt erwähnt hat. Und dann ist da auch noch das Muttermal. Dabei geht es nicht nur um den ersten, schockierenden Anblick, sondern auch darum, die Laserstrahloperation durchzustehen sowie *deren* Folgen – teure Cremes oder Entzündungen oder was auch immer. Nach Tante Beas Erfahrung gibt es immer irgendwelche Probleme. Wider Willen spürt sie einen Hauch der Erleichterung, wenn sie das berücksichtigt. Sie umarmt Julie und sagt: »Mach dir keine Sorgen. Ehe du dich's versiehst, ist Penny wieder zu Hause.«

Julie sagt: »Kann Penny schon sehen?«

Das fragt sie alle zehn Minuten. Außerdem ist sie plötzlich von dem Gedanken an Terrys Mutter besessen.

Jedesmal wenn sie im Hausflur an einer Frau vorbeikommen, fragt Julie – sogar wenn sie die Frau kennt: »Ist das Pennys Mutter?«

»Wie oft habe ich es dir schon gesagt?« sagt Tante Bea, und das macht ihr ebenfalls Sorgen – nicht Julies Fragen (wer kann schon hoffen, zu durchschauen, was in dem beschädigten Gehirn dieses Kindes vorgeht), sondern ihre eigenen, ungeduldigen Antworten. Um sich selbst Kraft zu geben, singt sie: »Onward, Christian Soldiers.« Eines Nachts empfindet sie wegen Julies Kindheit so heftiges Mitleid, daß sie wie in einem Sumpf darin versinkt. Sie steht auf und näht Julie ein Kleid aus grünem Samt und weißer Seide, obwohl sie vorgehabt hat, aus den Stoffen ein Kleid für Terry zu nähen. Am nächsten Morgen schenkt sie Julie das Kleid. Ab er Julie stemmt die Hände in die Hüften und sagt: »Schmeiß es in den Müll.« Also trennt Tante Bea die Nähte wieder auf und ändert das Kleid, damit es letztendlich doch Terry passt. Sie bringt es ins Krankenhaus, denn von Anfang an wollte sie, daß Terry, wenn ihr der Verband abgenommen wird, etwas in der Farbe sieht, die sie zu ihrer Lieblingsfarbe erklärt hat.

Der Arzt führt Terry zu einem Sessel und bittet sie, Platz zu nehmen. Tante Bea sitzt auf der Kante des Sofas.

»Ich hoffe, daß die Jalousien geschlossen sind«, sagt Terry.

»Sind sie.« Der Arzt lacht.

»Sie denkt ja wirklich an alles«, sagt Tante Bea und beugt sich vor, um Terrys Kleid glattzustreichen. Sie bedauert, das Kleid mit einer weißen Schärpe und mit weißer Borte versehen zu haben; sie glaubt, es erweckt den Eindruck, daß Terrys Gehirn bandagiert war. Plötzlich schluchzt sie laut auf und erschrickt selber darüber.

»Es ist so unheimlich hier drin«, sagt die Krankenschwester verständnisvoll.

»Weinst du?« fragt Terry. »Warum weinst du denn?«

Tante Bea zieht ein Kleenex aus dem Ärmel ihres Pullovers.

»Ich weine immer bei Wundern«, sagt sie. Sie drückt Terrys knochiges Knie. Terry ist so aufgedreht, daß sie die Knie durchgedrückt hat wie eine Puppe. Sie winkelt sie jedoch schnell an, nachdem der Arzt gefragt hat, ob sie bereit sei. Er stellt einen Hocker vor sie hin, setzt sich und gibt der Schwester ein Zeichen, die daraufhin einen Regler an der Wand betätigt.

Das Zimmer wird dunkel. Alles, was weiß ist, scheint hervorzuspringen – sein Kittel, die Seide, der Verband, die Halbmonde unter den Nägeln der Finger, die den Verband berühren. Tante Bea blickt auf die Halbmonde ihrer eigenen Finger und auf das Kleenex. Sie schaut hinauf zu der Lampe und fragt sich, ob eine spezielle Glühbirne darin steckt. An der hinteren Wand sind die Lichtstreifen zu sehen, die durch die Spalten zwischen den Lamellen dringen.

»Oh«, sagt Terry.

Der Verband ist ab.

Das Weiße ihrer Augen ist unglaublich weiß.

»Tun deine Augen weh?« fragt der Arzt.

Terry blinzelt. »Nein«, flüstert sie. Der Arzt wartet einen Augenblick, dann hebt er seine Hand ein wenig, und die Schwester dreht an dem Regler.

»Engel«, sagt Terry. Sie sieht nichts als blendende Schlitze und Punkte.

Tante Bea ist überwältigt. »O gütiger Gott«, schluchzt sie.

»Das ist Licht«, sagt der Arzt.

»Ich weiß«, sagt Terry zustimmend. Inzwischen leuchten die Schlitze und Punkte nicht mehr so stark, und sie kann Umrisse erkennen, die mit etwas gefüllt sind, das Farbe sein muß. Zwischen den bunten Flächen ist alles schwarz.

»Was siehst du noch?« fragt der Arzt.

»Sie«, flüstert sie, aber es ist nur eine Vermutung.

»Was hat sie gesagt?« fragt Tante Bea, die ihre beschlagenen Brillengläser abwischt.

»Sie sieht mich.«

»Ich sehe Sie«, sagt Terry, und diesmal stimmt es. Das ist sein Gesicht. Es wird größer, kommt näher. Er starrt in eines ihrer Augen und dann in das andere. Er schiebt ihre Unterlider nach unten. Sie erwidert seinen Blick und starrt ihm in die Augen. »Augen sind glitschig«, sagt sie.

Nachdem er seine Hand weggenommen hat, schaut sie auf ihr Kleid hinab und dann hinüber zu Tante Bea, die nicht grün aussieht. Noch überraschender ist, daß Tante Beas Gesicht sich von dem des Arztes unterscheidet. Männer haben anscheinend andere Gesichter als Frauen, denkt sie, aber dann schaut sie die Krankenschwester an, und *deren* Gesicht sieht wiederum anders aus. Die Schwester ist ganz winzig, sie ist nur ein paar Zentimeter groß. Terry schaut wieder Tante Bea an und denkt über die schimmernden Linien nach, die von Tante Beas Augen zu ihren Lippen verlaufen. »Ich sehe deine Tränen«, sagt sie.

»Ach, Schätzchen«, sagt Tante Bea.

Terry streckt einen Arm aus, die Hand scheint Tante Bea zu berühren, aber sie greift ins Leere. Terry wedelt mit der Hand und streift dabei das Gesicht des Arztes. »Aber –«, sagt sie verwirrt.

»Sehen Sie, das habe ich gemeint«, sagt der Arzt zu Tante Bea. »Sie wird eine Weile brauchen, bis sie Entfernungen abschätzen kann.« Er wendet sich an die Schwester. »Lassen Sie uns die Jalousien öffnen.«

Die Schwester geht zum Fenster. Terry beobachtet sie. Sie wächst, während sie näher kommt, und schrumpft, sobald sie sich entfernt und auf das andere Ende des Zimmers zubewegt. Das ist nicht überraschend – Terry hat immer damit gerechnet, daß manche Menschen aus der Nähe groß und aus der Ferne klein aussehen. Aber sie hat keine Vorstellung davon gehabt, daß man etwas hinter einem

Menschen sehen kann, daß die Dinge sichtbar bleiben, die hinter einem sind. Sie dreht den Kopf hin und her und versucht, einen Blick auf die Finsternis hinter ihr zu erhaschen.

»Du brauchst nicht sitzen zu bleiben«, sagt der Arzt.

Terry steht auf und dreht sich zum Fenster.

»Das da oben sind der Himmel und die Wolken«, sagt der Arzt. »Blauer Himmel, weiße Wolken, und darunter sind Bäume zu sehen, die grünen Blätter der Bäume. Die Scheiben sind getönt, darum erscheint alles ein bißchen dunkler als in Wirklichkeit.«

Terry macht einen Schritt vorwärts. Dann bleibt sie stehen, weil sie sicher ist, beim Fenster angekommen zu sein. Sie streckt die Hand vor und Tante Bea springt auf und greift nach der Hand. »Ach, Schätzchen«, sagt sie. Mehr bringt sie nicht heraus.

»Nein«, sagt Terry in scharfem Tonfall und schüttelt Tante Beas Hand ab. Sie fühlt sich wohler, wenn ihre Hand vor ihr ausgestreckt ist. Sie geht zwei weitere Schritte vorwärts, ist aber immer noch nicht am Fenster angelangt. Noch zwei Schritte und noch zwei. Die Schwester tritt zur Seite. Noch zwei weitere Schritte, und dann stoßen Terrys Finger gegen die Scheibe.

Ihre Hand, deren Innenfläche flach auf dem Glas liegt, veranlasst sie stehenzubleiben. »Was sind das für Risse?« sagt sie, und meint damit die Falten auf ihren Fingerknöcheln.

Tante Bea steht neben ihr. Sie betrachtet die Aussicht.

»In dem Gebäude?« fragt sie. Sie überlegt ob Terry die Streifen zwischen den Mauersteinen meint. »Da drüben?«

»Nein!« Terry schlägt gegen das Fenster. Sie ist plötzlich von Panik ergriffen. »Wo ist Julie?« sagt sie.

»In der Schule«, sagt Tante Bea und legt einen Arm um sie.

»Das weißt du doch, Schätzchen. Du wirst sie zu Hause sehen.«

»Wo ist mein Gesicht?« sagt Terry und beginnt zu weinen.

»Alles in Ordnung«, sagt der Arzt. »Es ist ziemlich überwältigend, nicht wahr, Terry?« Er sagt ihr, sie solle sich hinsetzen und die Augen schließen. Er rät ihr, jedes Mal, wenn sie überwältigt ist, für ein paar Sekunden die Augen zu schließen.

Terry nimmt die Couch ins Visier. Sie wedelt mit den Armen, um Tante Bea davon abzuhalten, ihr zu helfen. Sie hat den Eindruck, in ein Bild aus flachen Gestalten hineinzugehen, die wegen der Hitze, die Tante Beas Körper für sie deutlich spürbar verströmt, aus ihrem Blickfeld wegschmelzen.

Terrys Hand liegt auf dem Abbild ihres Gesichts im Badezimmerspiegel.

»Du weißt doch, das wird noch weggemacht«, sagt Tante Bea. »Dann wird deine Haut überall die gleiche Farbe haben.«

Terry bewegt die Hand vom Spiegel zu ihrer hellen Gesichtshälfte. Mit den Fingerspitzen betastet sie sich, und macht dabei, so kommt es Tante Bea vor, eigenartig zufällige Sprünge vom Wangenknochen zum Kieferknochen, zur Augenbraue, zur Nase, zum Mund und dann zur Wange der anderen Gesichtshälfte, wo sie einen Augenblick innehält.

Sie beginnt dort über die Haut zu streichen – sie will herausbekommen, ob das Muttermal abgeht. »Weißt du was?« sagt sie.

»Was?«

»Ich liebe Purpur«, sagt sie wehmütig.

»Ich auch!« ruft Tante Bea aus.

»Aber ich hatte erwartet, Purpur wäre grün«, sagt Terry. Sie dreht den Kopf so vorsichtig herum, als bestünde die Gefahr, daß ihre Augen herausfallen. Ihre Augen sehen seit der Operation völlig anders aus. Sie wirken kleiner ... und älter – sie blicken mit einer verschwommenen Intensität, die Tante Bea an alte Menschen erinnert, die sich etwas anhören, das für sie neu und schwer zu begreifen ist.

»Möchtest du mehr Purpur sehen?« fragt Tante Bea.

Terrys Augen blicken wie gebannt auf Tante Beas linke Hand. »Weißt du was?« sagt sie. »Ich habe geglaubt, Adern wären rot.«

Auf der Fahrt im Autobus nach Hause hat Terry durch die riesige Sonnenbrille, die sie zum Schutz vor grellem

Licht trug, die Adern auf Tante Beas Händen eingehend betrachtet. Alle paar Minuten hob sie vorsichtig den Kopf, um die anderen Fahrgäste und die Reklameschilder über den Fenstern anzuschauen, aber sie schaute nicht *durch* die Fenster, obwohl sie ein- oder zweimal in einer Scheibe ihr verschwommenes Abbild wahrnahm, die Bewegung ihres Kopfes erkannte und das erste Mal, als es passierte, beunruhigt sagte: »Das ist ein Spiegel!«

Zwischen diesen Erkundungen beschäftigte sie sich mit dem, was sie wirklich interessierte – mit der Betrachtung von Tante Beas Handrücken. Auf dem Weg von der Bushaltestelle zur Wohnung zeigte Tante Bea ihr, wie die Adern verschwanden, wenn sie den Arm für einen Moment nach oben streckte und wie sie, als sie ihn senkte, wieder auftauchten und ihre Hand dann aussah, als würde sie in fünf Sekunden um fünfzig Jahre altern. Terry war begeistert. »Noch mal«, sagte sie. »Noch mal.«

Sobald sie die Wohnung betraten, schob sie jedoch Tante Beas Hand ungeduldig weg, schaute den Flur hinunter und sagte: »Über dem Waschbecken hängt doch ein richtiger Spiegel, oder?«

»Ja«, sagte Tante Bea argwöhnisch. Im Krankenhaus hatte Terry zwar gefragt, wo ihr Gesicht sei, aber jedes Mal die Augen geschlossen, wenn der Arzt sie überreden wollte, in einen Spiegel zu schauen. »Ja«, sagte Tante Bea. »Ein richtiger Spiegel.«

»Kannst du die mal halten?« fragte Terry und nahm

die Sonnenbrille ab. Dann machte sie sich auf den Weg ins Badezimmer.

Sie geht in den Flur, bleibt stehen und schließt die Augen. So bewegt sie sich fort – sie bleibt alle fünf, sechs Schritte stehen, schließt die Augen und ihr Gesicht nimmt einen Ausdruck flehender Konzentration an. Tante Bea versucht sie zu überreden, die Sonnenbrille aufzusetzen, aber sie sagt, die dunklen Gläser schalten das Licht aus. Überall sieht sie Lichter. Im Ficus benjamina, in Tante Beas Frisur; Lichtstreifen auf einer Vase, Quadrate und Späne aus Licht, die Tante Bea erst nach einer Weile und unter Aufbietung all ihrer Vorstellungskraft entdeckt.

Terry schaltet den Fernseher ein. Sie sieht auf dem Bildschirm ein Gesicht, das dem des Arztes ähnelt. Sie regt sich darüber auf, daß Tante Bea sagt, es sei jemand anders. Bei jedem Bildschnitt schreit sie: »Was ist los?«, obwohl es ihr meist klar ist, noch ehe Tante Bea antworten kann. Etwa nach einer Viertelstunde schaltet sie den Fernseher aus und sagt: »Zu viele Leute.« Sie will Julie sehen, die von einer Nachbarin von der Schule abgeholt wird.

»Sie wird um vier zu Hause sein«, sagt Tante Bea.

Daraufhin will sie die Küchenuhr sehen. Tante Bea nimmt sie von der Wand, und Terry darf sie in die Hand nehmen. »Aber wo ist die Zeit?« schreit sie verzweifelt.

Mit der Bibel ist es genauso. »Aber ich kann nicht sehen, was dort steht«, schreit sie. Sie sitzen auf Tante Beas Bett, die Bibel liegt in Terrys Schoß und ist auf einer Seite aufgeschlagen, deren Buchstaben alle rot sind, was bedeutet, daß Jesus spricht.

Tante Bea sagt: »Natürlich kannst du das nicht, Schätzchen.«

Terry klappt die Bibel zu und legt sie mit einer Miene respektvoller, aber endgültiger Ablehnung auf den Nachttisch. Sie schaut hinunter auf Tante Beas Hände. »Zeig mir deine Adern«, sagt sie.

Die Wohnungstür geht auf. Tante Bea und Terry sind noch im Schlafzimmer. »Wir sind hier!« ruft Tante Bea, und plötzlich steht Julie im Türrahmen, und hinter ihr steht Anne Forbes, die auf der gleichen Etage wohnt.

»Hi!« sagt Terry mit verträumter Stimme. Sie weiß, wer von den beiden Julie ist, und ihre Aufmerksamkeit ist so sehr von Julie in Anspruch genommen, daß Anne Forbes, eine große, pferdegesichtige Frau, die runde, goldene Ohrringe und in ihrem roten Haar zwei grüne Kämme trägt, nur wie eine unscharfe Anhäufung von Farben wirkt.

»Kann Penny schon sehen?« fragt Julie.

»Ich sehe dich«, sagt Terry. »Du hast etwas Blaues an.«

»Also dann«, seufzt Julie. Sie schaut sich zu Anne Forbes um. »Deine Mutter ist hier.«

»Oh, meine Güte«, trällert Anne Forbes.

»Das ist Mrs. Forbes«, sagt Terry. Sie erkennt die Stimme.

»Oh-kay, oh-kay«, sagt Julie laut.

»Um Himmels willen, Julie, du weißt doch, daß es Mrs. Forbes ist.«

Indem sie sich am Rand der Kommode festhält, schafft Tante Bea es, auf die Beine zu kommen.

Julie wirft den Kopf in den Nacken und stiert in Anne Forbes Gesicht. »Oh-kay, oh-kay«, brüllt sie und rollt mit den Augen.

»Ist das ein Anfall?« fragt Anne Forbes mit nervösem Lachen und tritt einen Schritt zurück.

»Nein, nein«, sagt Tante Bea, »sie ist nur ein bißchen aufgeregt.« Sie will gerade hinüber zu Julie gehen. Aber in dem Moment steht Terry auf und läuft in Julies Richtung los, und daher bleibt Tante Bea, wo sie ist.

Terry durchquert das Zimmer ohne anzuhalten. Ihre Finger stoßen gegen Julies Schulter, und Julie, die sie vorher nicht zu beachten schien, schaut sie nun an und sagt, für ihre Verhältnisse, sanft: »Oh-kay, oh-kay.« Sehr andächtig und sehr pflichtbewußt fassen die beiden sich an den Händen und beginnen, sie hin und her zu schwenken.

Julie ist partout nicht davon zu überzeugen, daß die Spezialistin, die zweimal in der Woche vorbeikommt, um Terry bei ihren Gewöhnungsproblemen zu helfen – eine Schwarze übrigens –, nicht Terrys Mutter ist. Außerdem geht es nicht in ihren Kopf, daß Terry sie nicht mehr braucht, um zu berichten, was auf dem Parkplatz und auf dem Spielplatz vor dem Haus nebenan passiert.

»Rotes Auto«, sagt sie, und Terry schaut hinaus und sagt: »Ich weiß, ich sehe es.« Und Terry, die nach Meinung der Spezialistin erstaunliche Fortschritte macht, fügt sogar noch hinzu: »Es hat ein Fließheck.«

»Fließ-Heck! Fließ-Heck!« brüllt Julie, und sie brüllt und entblößt ihren Bauch und ihre Brüste so lange, bis Terry in Tränen ausbricht.

»Julie fühlt sich allein gelassen«, erklärt Tante Bea der Frau von der Zeitung, die zufällig Zeugin eines Anfalls von Julie wird. »Natürlich«, fügt sie hinzu, »ist Terry etwas überempfindlich.«

»Ich verstehe«, sagt die Frau. Aber sie beschließt, für ihre »Kinder suchen ein Zuhause«-Kolumne, in der jeden Tag ein anderes Pflegekind angepriesen wird, von Terrys Charakter nur mitzubekommen, daß sie »aufgeweckt, selbständig und entzückend ist ... ein freundliches, fröhliches Plappermäulchen«. Nachdem Tante Bea einen Vormittag lang mit sich gerungen hat, ruft sie die Kolumnistin an und sagt ihr gehörig die Meinung. »Es wäre nur gerecht, ein genaues Bild zu zeichnen«, sagt sie. »Ich meine, schließlich gibt es keine ›Bei-Nichtgefallen-Geld-zurück-Garantie‹.«

»Im Anfangsstadium«, sagt die Kolumnistin, »muß die Strategie darin bestehen, Interesse zu wecken.«

Das Interesse von drei Ehepaaren wird geweckt. Aus dem einen oder anderen Grund überlegen es sich jedoch alle anders, bevor sie Terry überhaupt gesehen haben.

Tante Bea bricht es fast das Herz angesichts dieser knapp verpassten Chancen. Aber gleichzeitig hat sie das Gefühl, als ob ihr in letzter Minute ein Aufschub gewährt würde, und hat deswegen Anfälle von Schuldgefühlen. Die Anfälle sind so quälend, daß sie an die Briefkastentante der Zeitung einen Brief schreibt, den sie mit »Besitzergreifend in Port Credit« unterschreibt. Da sie um einen vertraulichen Rat bittet, rechnet sie nicht mit einer Antwort – sie hat sich ganz einfach nur die Last von der Seele schreiben wollen. Wie dem auch sei, sie schaut jeden Tag in der Zeitung nach, und, siehe da, einen Monat später findet sie dort einen aus zwei Sätzen bestehenden Ratschlag für »Besitzergreifend in P. C.«, der vermutlich ihr gilt, obwohl sie sich darauf keinen rechten Reim machen kann. »Seien Sie nicht länger die Gelackmeierte, Sie Landei«, lautet er. »Tun Sie sich selbst einen Gefallen und gehen Sie zu einer Beratungsstelle, und zwar dalli.«

Aber statt dessen fällt Tante Bea – wie schon in der ganzen letzten Zeit – drei- bis viermal pro Tag auf die Knie und betet. Ihre Unterarme zeigen danach immer den Abdruck der Chenilledecke, die sie seit Normans Tod nicht mehr gewaschen hat, weil sie glaubt, an ihr hafte noch immer der Geruch seines Körpers. Außerdem erlegt sie sich eine Buße auf – wahrhafte Hingabe an Julie. Wenn Terry gebannt vor dem Fernseher hockt oder die Stapel der Illustrierten durchblättert, die ihr die Spezialistin mitbringt, gehen Tante Bea und Julie nach unten, um zu schaukeln.

Tante Bea muß immer lachen, wenn sie beide mit den Beinen strampeln wie Käfer, die auf dem Rücken liegen; zwei Fettsäcke, die Gefahr laufen, mit dem ganzen Gestell zusammenzubrechen. Nach ein paar Minuten rutscht Julie unbeholfen von der Schaukel, um Tante Bea anzuschubsen. Sie schubst lieber an, als angeschubst zu werden, und sie ist, weiß Gott, stark wie ein Ochse und ebenso zäh. Wenn es nach ihr ginge, würde sie den ganzen Tag dort stehen und Tante Bea anschubsen. Sie schubst sie so hoch, daß Tante Bea sich fast überschlägt und laut aufschreit.

Julie ist immer wieder überrascht, daß die Spezialistin weggeht, ohne Terry mitzunehmen. Doch dann fällt ihr der Grund dafür ein: Im Haus von Terrys Mutter lebt ein böser Mann. Es ist derselbe Mann, der Julies Mutter verprügelt und die Katze im Klo ersäuft hat.

»Wenn der Mann im Gefängnis sitzt«, versichert sie Terry, »wird deine Mutter dich mit nach Hause nehmen.«

»Ich habe keine Mutter!« schreit Terry.

»Wenn der Mann sitzt...«, sagt Julie nickend. Ihr Glaube daran ist unerschütterlich.

Sie wartet auf das Erscheinen ihrer eigenen Mutter. Sie geht immer sofort ans Telefon, und sie drückt unverzüglich auf den Summer, wenn jemand an der Eingangstür klingelt. Häufig redet sie sich selber ein, die Frau an der Haustür sei tatsächlich ihre Mutter, und wenn es nur Anne Forbes, die Spezialistin oder irgend jemand anders ist, will sie es nicht glauben. Sie läuft hinüber zum Fenster, weil sie hofft, einen Blick auf ihre Mutter werfen zu können, wie sie weggeht. Denn sie glaubt, ihre Mutter habe im letzten Moment beschlossen, doch nicht hoch zu kommen. Julie steigert sich in einen Anfall hinein. Sie schlägt auf Tante Bea ein. Eines Tages, während Tante Bea auf dem Flur mit jemandem spricht, schnappt sie sich Tante Beas blauen Pullover, der über der Lehne ihres Stuhls hängt, und wirft ihn aus dem Fenster. Einen Augenblick später taucht Terry aus dem Badezimmer auf, lehnt sich aus dem Fenster und schreit: »Da unten ist ein kleiner Teich!«

»Teich! Teich!« Julie äfft sie nach. Sie wird wütend, wenn Terry solche Fehler macht. Ein Pullover ist doch kein Teich! Terrys Mutter wird furchtbar böse sein! Julie stolziert mit bis zum Hals hochgerollter Bluse durch das Wohnzimmer. Sie ist wütend und wird immer unerschrockener. Bevor es Tante Bea gelingt, ihren Besuch loszuwerden, ist Julie in die Küche gegangen, hat ein Eßstäbchen aus der Besteckschublade geholt und damit ein Plastikset durchbohrt.

»Nein«, kreischt Terry.

Julie hält das Set hoch. »Oh-kay, oh-kay«, sagt sie enttäuscht. Das Loch ist so klein, daß sie noch nicht mal einen Finger hindurchstecken kann.

Terry sieht die Dinge um sie herum so, wie Tante Bea sie nie zuvor gesehen hat, oder zu sehen verlernt hat. Wenn die U-Bahn den Bahnhof verläßt, denkt Terry, daß sich der

Bahnsteig bewegt und nicht die U-Bahn. Sie sieht, wie die Speichen eines Fahrrades sich scheinbar in die verkehrte Richtung drehen. Sie sieht Gesichter in einem Baumstamm. Die Borke eines Baumes vergleicht sie mit Tante Beas Handrücken. Sie sagt: »Der Himmel reicht herunter bis zum Boden« – in dem Moment stehen sie gerade am Ufer des Sees –, und Tante Bea denkt: Das ist wahr, der Himmel ist gar nicht über uns, er ist überall um uns herum, wir sind *im* Himmel.

»Du bist Gottes kleine Seherin«, verkündet sie Terry.

Manchmal ist sie einfach nur glücklich, weil sie all dies miterleben darf. Manchmal würde sie mit den beiden Mädchen am liebsten auf eine einsame Insel fliehen. »Warum hat mich noch niemand adoptiert?« fragt Terry gelegentlich, eher verblüfft als gekränkt. »Das dauert seine Zeit«, antwortet Tante Bea mit wenig Überzeugung, aber da mehrere Wochen vergehen und keine weiteren Anfragen von Ehepaaren kommen, glaubt sie langsam, daß es wirklich seine Zeit dauert. Und die furchtbaren Ängste und Schuldgefühle lassen langsam nach.

Langsam verstreichen die Tage – gesegnete, hart erkämpfte Tage. Tante Bea glaubt, den Lohn für ihre Gebete zu empfangen. Sie spürt in der Wohnung die Anwesenheit des Herrn, der ihren Blutdruck genau im Auge behält. Sie schiebt Julies Bluse herunter und hält mit Gewalt Julies herumfuchtelnde Arme fest, und es regt sie nicht mehr auf, als Wäsche aufzuhängen, wenn es windig ist und ihr die

Laken gegen den Kopf flattern. Sie erinnert sich an die Wutanfälle ihrer eigenen Tochter in diesem Alter, an deren kränkende Worte, und sie sagt zu Terry: »Das ist halb so schlimm. Damit wirst du schon fertig.«

Eines Tages jedoch stapft Julie so energisch durch das Wohnzimmer, daß plötzlich das Bild über der Couch krachend herunterfällt – ein Ölgemälde, auf dem zwei Scotchterrier abgebildet sind, die genauso aussehen wie die beiden Hundegeschwister namens Angus und Haggis, die Tante Bea und Norman früher besaßen –, ein Stück Putz mit herausreißt und Terry, die auf dem Fußboden in einer Illustrierten blättert, nur um Haaresbreite verpasst.

Nach ein paar Sekunden der Stille, die auf Terrys Schrei folgen, dreht sich Tante Bea zu Julie um und sagt: »Böses Mädchen.« Sie ist so wütend, daß ihr Kiefer zittert.

Julie wirft sich auf den Boden und schlägt auf ihren Kopf ein.

»Böse«, sagt Tante Bea. Ein Schluchzen dringt aus ihrer Kehle.

Terry kniet über dem Bild. Es ist mit der Vorderseite nach unten auf dem Boden gelandet, und Terry versucht anscheinend, ihre Finger unter den Rahmen zu schieben.

»Laß das!« schnauzt Tante Bea sie an.

»Aber wo ist ihr Rücken!« schreit Terry. »Wo ist ihre Rückseite?«

Tante Bea bleibt nichts anderes übrig, als Fred, den Hausmeister, anzurufen, damit er das Loch in der Wand verputzt. Sie haßt es, Fred um etwas zu bitten, weil er immer so tut, als würde man ihn bei etwas Wichtigem stören, und weil Terry, als sie ihn das erste Mal nach ihrer Operation sah, zu ihm sagte: »Ich habe geglaubt, Sie hätten Haare auf dem Kopf.« Aber Fred sagt nur: »Herrje, das sollte ich mir wohl mal anschauen.« Er kommt vorbei, rührt in Tante Beas Salatschüssel aus geschliffenem Glas den mitgebrachten Putz an und macht sich an die Arbeit. Sobald er fertig ist, bittet er Tante Bea, aus dem Badezimmer zu kommen, damit er ihr den Nagel vor die Nase halten kann. »Wollen Sie mir etwa erzählen, daß Sie *den* benutzt haben?«

Tante Bea versteht nicht, was er meint.

»Sie können ein Bild von der Größe nicht an einem eineinhalb Zentimeter langen Nagel aufhängen. Dafür müssen Sie einen Haken nehmen. Ein Loch bohren. Einen Dübel in die Wand stecken.«

»Ach so, ich verstehe.« Tante Bea legt eine Hand aufs Herz.

»Würden Sie das bitte für mich machen, Fred?« Sie besitzt keine Bohrmaschine. Sie leidet unter Herzflimmern und Blähungen. Ihr ist gerade eingefallen, daß heute ihr Hochzeitstag ist. Sie bringt Julie, die immer noch auf dem Fußboden liegt und wilde Grimassen schneidet, nicht einmal dazu, sie anzuschauen.

»Der Putz ist noch feucht«, sagt Fred, als ob sie schwer von Begriff sei.

»Dann eben, wenn er trocken ist«, sagt Tante Bea.

»Ich habe auch nicht den ganzen Tag Zeit«, sagt er. »Ich bohre das Loch eben ein paar Zentimeter neben der Stelle, wo es vorher war. Scheint sowieso nicht in der Mitte der Wand gewesen zu sein.«

Er holt seine Bohrmaschine. Sobald er sie anschaltet, hält Terry sich die Ohren zu, aber Julie steht auf und stellt sich neben ihn. Sie steht so dicht neben ihm, daß er den Ellbogen anhebt und sie auffordert, einen Schritt zurückzutreten.

Ein paar Sekunden später sagt er: »Mein Gott, nun schau mal, was ich deinetwegen gemacht habe.« Er hat ein Loch gebohrt, das für die Dübel in seiner Tasche zu groß ist.

Er geht wieder in den Keller. Terry begleitet ihn bis zum Fahrstuhl, damit sie auf den Knopf drücken kann. Tante Bea geht ins Badezimmer, um noch eine Magentablette zu schlucken.

Julie nimmt die Bohrmaschine in die Hand.

Sie schreit nicht, sie gibt keinen Ton von sich. Tante Bea hört das Dröhnen und denkt bloß: Das ging aber schnell. Sie kommt aus dem Badezimmer und sieht noch, wie Terry im Wohnzimmer verschwindet.

Terrys Schrei ist spitz und scharf wie ein Skalpell.

»Oje«, sagt Tante Bea, weil sie noch nicht begreift, was sie da sieht. Julies Kopf zuckt, als ob sie niest. Rote Farbe tropft von ihrer Stirn. Sie hält die Bohrmaschine mit beiden Händen fest. Freds Bohrmaschine – nur deswegen ist Tante Bea verärgert. Freds Farbe.

Terry schreit erneut. Der Schrei dringt direkt in Julies Kopf, direkt in das Loch hinein, in das Julie jetzt ihren Finger steckt. Tante Bea fällt zu Boden und reißt dabei den Ständer mit dem Nippes um.

Alle versuchen, Tante Bea zu beruhigen. Die Ärztin steckt mehrere Stäbe in ein mit Gummi überzogenes Gehirn, um vorzuführen, wie ungefährlich der Weg des Bohrers war und wie ungefährlich ein Dutzend anderer Wege gewesen wären. Der Kinderpsychologe sagt, Julie wäre, wenn sie nicht das Loch gebohrt und den Finger hineingesteckt hätte, wahrscheinlich nie davon zu überzeugen gewesen, daß keine Steine in ihrem Kopf sind. Die Sozialarbeiterin sagt, Julies Mutter habe voll Entsetzen erkannt, daß ihre Verantwortung nicht an der Zellentür ende. Eine andere Sozialarbeiterin – diejenige, die Julie in ein Heim bringt – sagt, Julie hätte schon immer unter geistige behinderten Kindern leben sollen.

Aber so einfach ist das für Tante Bea nicht. Wenn Terry in der Schule ist, fällt ihr nach und nach wieder ein, was Julie alles gesagt und getan hat. Jede Geste, jedes Wort wirkt wie ein Anhaltspunkt. Tante Bea ist fassungslos angesichts der Menge der Anhaltspunkte.

Sie findet sich damit ab, daß man ihr Terry ebenfalls wegnehmen wird. Sie ist beinahe froh darüber. Ihre Tochter hat recht – sie ist zu alt für so etwas, und es hätte viel schlimmer kommen können. Doch dann ruft eine Sozialarbeiterin an, deren Namen Tante Bea noch nie gehört hat, und fragt sie, ob sie daran interessiert wäre, ein weiteres Mädchen aufzunehmen. Tante Bea vermutet, daß eine Verwechselung vorliegt, und beginnt zu erklären, wer sie ist und was passiert ist, aber die Sozialarbeiterin weiß darüber Bescheid und gibt dem Jugendamt die Schuld.

»Dieses Mädchen ist aufgeweckt«, sagt die Sozialarbeiterin. »Das einzige Problem ist, daß sie keine Unterarme hat. Ihre Arme enden kurz oberhalb der Ellbogen. Doch sie bekommt demnächst neue, künstliche Arme und raffinierte mechanische Hände.«

Tante Bea erzählt es Terry noch am selben Tag beim Abendessen. »Wir müssen sie nicht zu uns nehmen«, sagt sie. »Ich bin auch mit dir allein glücklich.«

»Ich würde schrecklich gerne ein Mädchen ohne Arme sehen!« schreit Terry.

»Wenn sie bei uns wohnt«, sagt Tante Bea, »wäre es nicht damit getan, uns nur ihre Arme anzuschauen.«

»Ob man die künstlichen Arme wohl abnehmen kann?«

»Ich denke schon.« Tante Bea streichelt Terrys purpurfarbene Gesichtshälfte. Das Muttermal wird in einem Monat »wegradiert«.

Terry nimmt Tante Beas Hand und hebt sie hoch. »Zeig mir deine Adern«, sagt sie.

Tante Bea hält ihre Hand eine Minute lang über den Kopf, und legt sie dann auf den Tisch. Die blauen Rinnsale kommen zum Vorschein, und die Hand altert wie von einem bösen Zauber verhext.

»Zu schade, daß ich nicht die ganze Zeit mit meinen Händen hoch in der Luft herumlaufen kann«, sagt Tante Bea.

»Weißt du was?« schreit Terry. Tante Bea erschrickt immer noch ein bißchen, wenn Terry sie mit diesen fiebrigen Augen einer alten Frau anschaut.

»Was?«

»Zu schade, daß du nicht mit deinem ganzen Körper hoch in der Luft herumlaufen kannst!«

Das Mädchen heißt Angela; sie ist zwölf Jahre alt. Sie ist keß, hübsch (langes schwarzes Haar, kokett blickende braune Augen), und sie führt eine Steptanznummer zu dem Lied »Singing in the Rain« vor, das sie auf Kassette hat.

Terry ist begeistert. Tante Bea ebenfalls, aber nicht so sehr wegen des Tanzes – ihre Tochter hat Steptanzunterricht genommen. Tante Beas Herz wird vielmehr durch den Anblick der beiden kurzen, flügelähnlichen Arme erobert, die versuchen, einen der künstlichen Arme zu schnappen (Angela besteht darauf, die Arme selber anzulegen), die zuschnappen und ihn nicht erwischen, zuschnappen und ihn wieder nicht erwischen und ihn schließlich doch so hinlegen, daß der Stumpf in die Halterung gleitet und einrastet.

Sylvie

Obwohl Sylvies Gedächtnis sie im Stich läßt, wenn sie versucht, sich an Ereignisse vor ihrem ersten Schultag zu erinnern, ist ihre lückenlose Erinnerung an bestimmte Augenblicke nach diesem Tag ein anerkanntes medizinisches Wunder. Sie erinnert sich nicht nur wortwörtlich an manche Gespräche, sie kann auch sagen, was für ein Geruch in der Luft lag und ob es windig war oder nicht. Sie weiß noch, daß, während ihre Mutter auf eine Antwort ihres Vaters wartete, in der Ferne das Pfeifen eines Zuges zu hören war und in der Wand die Mäuse scharrten. Hatten drei tote Fliegen auf der Fensterbank gelegen und waren sie ihr vor zehn Jahren aufgefallen, dann fielen sie ihr auch in der Erinnerung wieder auf. »Es ist, wie wenn man träumt und gleichzeitig weiß, daß man träumt«, sagt sie zu der dicken Frau, Merry Mary. »Man lebt zwei Leben auf einmal.«

»Als würdest du das nicht ohnehin tun«, meint Merry Mary.

Merry Marys Bemerkung bezieht sich darauf, daß Sylvie untrennbar mit ihrer siamesischen Zwillingsschwester Sue verbunden ist. Sue allerdings besteht ausschließlich aus einem Paar Beine. Es sind vollkommene kleine Beine mit Füßen, Knien, Oberschenkeln, Hüften und einem Bauch. Der Bauch wächst knapp unterhalb des Nabels aus Sylvies eigenem Bauch heraus; die Füße reichen bis mehrere Zentimeter unter ihre eigenen Knie und zeigen von ihrem Körper weg, das heißt, sie zeigen in dieselbe Richtung wie ihre eigenen Füße. Über diese kleinen Beine hat sie ebenso wenig Kontrolle wie über ihre Ohren, aber sie spürt sie, spürt die Krämpfe, die sie ab und zu bekommen, spürt die Zuckungen, spürt es, wenn die Beine berührt werden. Mehrmals täglich faßt sie die Beine bei den Füßen und beugt und streckt sie. Ihre Mutter hatte ihr eingeschärft, sich dies zur Gewohnheit zu machen. Sie sagte, die Beine würden sonst verfaulen und abfallen.

Die Schulschwester erklärte Sylvie später, daß das nicht stimmte. »So einfach ist es leider nicht«, waren ihre Worte. Trotzdem ermutigte sie Sylvie zu den Übungen, um die Krämpfe unter Kontrolle zu bringen. Sie öffnete ihr auch die Augen in bezug auf die Überzeugung ihrer Mutter, daß in ihrem Bauch genug Platz für zwei Babys gewesen wäre, wenn sie nicht während der Schwangerschaft an Verstopfung gelitten hätte.

»Quatsch mit Soße«, sagte die Krankenschwester dazu.

»Das dachte ich mir schon«, murmelte Sylvie. Aber sie litt weiterhin unter Schuldgefühlen, weil sie mehr Glück gehabt hatte als ihre Schwester.

Für Sylvie gab es keinen Grund anzunehmen, daß ihre

Mutter bestürzt darüber war, eine Tochter mit einem zusätzlichen Paar Beine zu haben. Wenn ihre Mutter seufzend auf das Glück der anderen blickte und sarkastische Bemerkungen über deren angebliche Probleme machte, dann lag es daran, daß sie eine Tochter hatte, die nur aus Beinen bestand. Sie strickte blau-weiß oder rot-weiß geringelte Strümpfe für Sue (Sylvie mußte schlichte weiße tragen) und kaufte ihr neue Schuhe (Sylvie bekam nur welche aus zweiter Hand vom Kirchenbasar). Als wäre Sylvie gar nicht da, als fühlte sie nicht alles, was Sue fühlte, zwickte ihre Mutter Sue in die Füße und massierte ihr die Waden und sagte: »Wie geht es meinem Schatz? Hatte meine kleine Süße einen schönen Tag?« An Sues runden Knien könne man erkennen, sagte ihre Mutter, daß sie nach ihrer Seite der Familie geschlagen sei, der schottischen, blonden, molligen Seite. »Die hier«, sagte ihre Mutter und klopfte auf Sylvies eigene knochige Knie, »sehen portugiesisch aus.«

Die offensichtliche Vorliebe ihrer Mutter für Sue verletzte Sylvie, aber gleichzeitig tat ihre Schwester ihr leid, und sie war dem Schicksal dankbar für den Vorzug, einen vollständigen Körper zu besitzen, und dazu noch auf Kosten ihrer Schwester ein zweites Paar Beine. So etwas – selbst wenn es nicht zu gebrauchen war – besaß außer ihr niemand. Durch das Verhalten ihrer Mutter kam Sylvie gar nicht auf den Gedanken, ihre Beine könnten auf andere Menschen erschreckend wirken. Es war niemand da, der es ihr hätte sagen können. Sie war ein Einzelkind, und ihr

Vater, der von morgens bis abends in einer Glühbirnenfabrik arbeitete, war kaum je zu Hause und sprach nicht fließend genug Englisch, um viel zu reden. Sie wohnten am Ende eines stark zerfurchten Feldweges auf einem Stück unfruchtbarem Land, wo wild lebende Schäferhunde herumstreunten. Vielleicht ist Sylvie ein paar Mal in der Stadt gewesen, bevor sie in die Schule kam, aber sie weiß es nicht mehr. Manchmal verging ein ganzes Jahr, ohne daß jemand sie besuchte.

Der Schulinspektor mußte vorbeigekommen sein. Sie hatten kein Telefon, also blieb den Leuten nichts anderes übrig, als persönlich vorbeizukommen, wenn sie ihnen etwas mitteilen wollten. Ihre Mutter nannte den Inspektor anschließend nur noch Dieser Mann, und als er ein Jahr später starb, sagte sie, wenn die vom Beerdigungsinstitut glaubten, sie würde den Sarg von Diesem Mann polieren, dann hätten sie sich aber gewaltig getäuscht.

Zweimal in der Woche ging ihre Mutter im Beerdigungsinstitut putzen. Sie bekam dafür zwanzig Dollar im Monat und zusätzlich die verwelkten Blumengestecke. An Sylvies erstem Schultag stammten die roten Bänder in ihren Zöpfen von einer Ruhe-in-Frieden-Schleife; ebenso die weiße Borte, die ihre Mutter noch im letzten Moment an den Saum ihres Rockes annähte, damit ihre kleinen Beine auch bestimmt nicht zu sehen waren.

Ihre Mutter brachte sie am ersten Tag zur Schule, und zwar mit dem Pferdekarren. Manchmal besaßen sie einen

Pritschenwagen, aber nicht in jenem Jahr. Als das Schulgebäude am Ende der Straße in Sicht kam, sagte ihre Mutter: »Du behältst Sue unter dem Rock. Zeig sie niemandem. Mach keine Übungen mit ihr, ehe du wieder zu Hause bist.«

Sylvie stand im Pferdekarren auf, um über die Schulter ihrer Mutter sehen zu können. »Spielen sie Fangen?« fragte sie begeistert. In dem Moment hörten die Kinder auf zu spielen, riefen: »Da ist sie!« und »Sie ist es!«, und rannten auf die Straße hinaus.

»Setz dich hin«, sagte ihre Mutter.

Der Karren rollte quietschend und holpernd auf die Schule zu. Es versetzte Sylvie einen schmerzlichen Stich, daß die Röcke aller anderen Mädchen kürzer waren als ihrer und daß keines der Mädchen Zöpfe trug. Ihre Mutter fuhr etwa zwanzig Meter an den Kindern vorbei, ehe sie anhielt. »Geh gleich rein«, sagte sie. Ihr Blick war auf einen Jungen gerichtet, der etwas abseits stand und eine Zigarette rauchte.

Sylvie griff nach ihrem Pausebeutel und stieg aus. Als sie näher kam, traten die Kinder zur Seite, um den Weg für sie frei zu machen. Sylvie bemerkte, wie einige der Kinder sie mit einem merkwürdigen Ausdruck auf dem Gesicht anstarrten, und instinktiv hielt sie sich schützend den Pausebeutel vor den Körper, doch sie stellte keinen Zusammenhang zwischen ihren kleinen Beinen und diesen Blicken her. Sie glaubte, ihre Mutter habe mit ihrer Ermahnung, Sue unter dem Rock zu behalten, gemeint: Benimm dich nicht unschicklich, gib nicht an.

Sie war jetzt bei der Treppe zum Schulgebäude angekommen. Den Pausebeutel gegen ihre kleinen Beine gepreßt, drehte sie sich um und winkte ihrer Mutter zu. Ihre Mutter ließ die Zügel knallen. Sylvie hörte dieses Geräusch im linken Ohr, während sie im rechten eine Stimme hörte, die genauso hell klang wie ihre eigene – sie erlebte zum ersten Mal, daß ein anderes Mädchen mit ihr sprach.

»Dürfen wir sie sehen?« fragte das Mädchen.

»Was denn?« sagte Sylvie.

»Deine Beine.«

»Meine Mutter hat gesagt, ich darf sie nicht zeigen.«

»Sind sie da drunter?« fragte ein zweites Mädchen und zeigte auf die Stelle, die Sylvie mit ihrem Pausebeutel verdeckte. Das Mädchen hatte einen boshaften Blick und lange Zähne.

»Ich soll gleich reingehen«, murmelte Sylvie und machte Anstalten, an den Kindern vorbeizugehen.

Jemand versuchte, ihren Rock hochzuheben. Als sie herumschwenkte, um zu sehen, wer es war, schoß von vorne eine Hand unter ihren Pausebeutel und schlug klatschend auf das Knie eines ihrer kleinen Beine. »Ich habe sie angefaßt!« schrie das Mädchen mit dem boshaften Blick. Ein Junge zog Sylvie an den Haaren. Der Pausebeutel glitt ihr aus der Hand, und augenblicklich fielen alle über die Vorderseite ihres Rockes her. »Nicht!« jammerte sie. Jemand schubste sie, und sie stürzte zu Boden. Ihr Rock wurde hochgeschoben. Ihre Arme wurden fest auf die Erde gedrückt, eine Hand legte sich über ihren Mund. Die Hand roch nach Tabak. Die Kinder, die etwas sehen konnten, hielten den Atem an und verstummten schlagartig. »Ich muß mich übergeben«, flüsterte ein Mädchen, und Sylvie dachte, es läge daran, daß ihre Unterhosen zu sehen waren, ihre und Sues, aber dann berührte ein Junge mit einem schnellen prüfenden Druck der Fingerspitzen eines ihrer kleinen Beine am Unterschenkel, und Sylvie begriff plötzlich – ihre kleinen Beine waren die weißen Würmer unter einem Stein, den man gerade umgedreht hat.

Als alle sie gesehen hatten, halfen ein paar ältere Mädchen Sylvie hoch. Sie klopften den Schmutz von ihrem Rock, vorsichtig darauf bedacht, die Vorderseite nicht zu berühren. Sie untersuchten die Schürfwunde an ihrem Arm und waren sich darüber einig, daß sie nicht verbunden werden mußte. Ein Mädchen mit Brille hob Sylvies Pausebeutel auf und bewunderte das Erdbeermuster auf dem Stoff. »Wein doch nicht«, sagte sie. »Ich finde, sie sehen aus wie ganz normale Beine.«

»Selber schuld«, sagte das Mädchen mit dem boshaften Blick schnarrend in Sylvies Ohr. »Du hättest sie uns eben zeigen sollen, als wir dich freundlich darum gebeten haben.«

Das war der beste Rat, den Sylvie je erhalten hatte. Von da an zog sie sofort den Rock hoch, wenn jemand sie, ob freundlich oder nicht, bat, ihre Beine sehen zu dürfen. Die Kinder brachten ihre älteren Geschwister und ihre Eltern mit in die Schule, damit sie Sylvie sehen konnten. Ein Junge brachte seine blinde Tante mit, die, nachdem sie Sues Oberschenkel angefaßt hatte, sagte: »Das dachte ich mir. Unecht. Naturkautschuk.«

Es dauerte nicht lange, bis Sylvies Eltern mitbekamen, was vor sich ging. Am meisten regte sich ihre Mutter darüber auf, daß Sylvie so bereitwillig mitspielte. Sie schimpfe Sylvie eine dreckige Schlampe. Sie sagte, eine tägliche Dosis Kratzer und das eine oder andere blaue Auge hätten die Kinder schon sehr bald eines Besseren belehrt.

»Aber wenn ich sie nicht zeige, dann kratzen und hauen sie mich«, sagte Sylvie.

»Dann ist das eben dein Los!« brüllte ihre Mutter. »Das Kreuz, das du zu tragen hast! Denk mal darüber nach, was Sue alles mitgemacht hat! Denk mal darüber nach, was ich alles mitgemacht habe!«

In dem Moment kam ihr Vater aus einem der anderen Zimmer. »Warum sie nicht hierbleiben?« sagte er.

»Was?« ihre Mutter war über diese ungewohnte Einmischung sichtlich verblüfft.

»Du unterrichtest sie«, sagte er.

»Was?« wiederholte ihre Mutter lauter.

»Wie vorher.« Er zuckte die Achseln.

»Ich habe es dir doch erklärt!« schrie ihre Mutter ihn an. »Weißt du nicht mehr, was dieser Mann gesagt hat? Schule schwänzen verstößt gegen das Gesetz! Gegen das Gesetz! Willst du etwa, daß wir alle im Knast landen?«

Am nächsten Nachmittag tauchte ihre Mutter bei Unterrichtsschluß in der Schule auf und putzte Miss Moote, Sylvies Lehrerin, gehörig herunter, weil sie nicht auf Zack gewesen war. Von da an behielt Miss Moore Sylvie während der Pause drinnen und wartete mit ihr draußen vor der Eingangstür, bis ihre Mutter im Pferdekarren eintraf. Dienstags und freitags, wenn ihre Mutter die Leichenhalle putzte, sollte eigentlich ihr Vater sie abholen, aber meistens kam er aus der Fabrik nicht rechtzeitig weg, und schließlich ging Miss Moote dann einmal um die Schule herum und sagte zaghaft, alle Kinder seien längst weg und Sylvie könne jetzt bestimmt unbehelligt nach Hause gehen.

Sie blieb nie unbehelligt. Die Jungs lauerten ihr auf und pieksten und kitzelten sie, um zu sehen, wie ihre kleinen Beine strampelten. Eines Tages steckte der Junge, der ständig rauchte, seinen Finger zwischen beide Paare ihrer Beine, zuerst zwischen die kleinen, und dann zwischen ihre eigenen, und sie mußte ganz schnell nach Hause rennen, um das Blut auszuwaschen, das in ihre Unterhosen getropft war.

Sie legte sie zum Trocknen in den warmen Backofen, aber Sues, aus besserer Baumwolle als ihre eigenen, waren noch feucht, als sie hörte, wie ihre Mutter die Haustür aufschloß. Es blieb ihr nichts anderes übrig, als sie trotzdem anzuziehen (sie und Sue besaßen jede nur ein Paar) und zu hoffen, daß ihre Mutter es nicht merken würde.

Ihre Mutter merkte es nicht nur nicht, sie hatte sogar ein Geschenk für sie aus der Leichenhalle mitgebracht. Nachdem sie Sue gestreichelt und massiert und sie gefragt hatte, ob sie einen schönen Tag gehabt habe, stand sie auf, faßte in ihre Manteltasche und zog ein zusammengelegtes Stück Papier heraus. »Das habe ich neben Mr. Arnett auf der Bahre gefunden«, sagte sie und faltete die Serviette auseinander. Eine tote Gottesanbeterin kam zum Vorschein. »Gleich neben seinem Ohr, als hätte sie für die Seele des alten Geizkragens gebetet und wäre dann von dem Formaldehydgeruch umgekippt. Frag mich bloß nicht, wie sie da hingekommen ist.«

Sylvie nahm das Insekt vorsichtig in die Hand, und plötzlich erschien ihr der Schmerz, den sie empfunden hatte, als der Junge seinen Finger in sie und Sue bohrte, wie die Finsternis vor der Dämmerung, wie eine schreckliche Prüfung, durch die sie sich diese ansonsten unerklärliche Gnade verdient hatte. Die Gnade bestand nicht nur darin, daß Sylvie noch nie eine Gottesanbeterin gesehen hatte, hinzu kam, daß ihre Mutter seit Monaten vergeblich versuchte, einen Käufer für das Mikroskop zu finden. Ihr Vater hatte es Sylvie zum Geburtstag geschenkt und behauptet, es bei einem Räumungsverkauf billig bekommen zu haben. Für zehn Dollar, gab ihr Vater schließlich zu, und

Sylvies Mutter murmelte und brüllte abwechselnd den ganzen Tag lang diesen Betrag, dann heftete sie Zettel an die Telefonmasten in der Stadt, auf denen sie es zum Verkauf anbot. Aber es meldeten sich keine Interessenten, und inzwischen benutzte Sylvie das Mikroskop zum Studium von Insekten.

Mit der Gottesanbeterin begann sie eine Sammlung. Zuerst untersuchte sie jedes Insekt von allen Seiten, dann, nachdem sie es mit einem Stein oder mit einem Bleistift, den sie auf ihm hin- und herrollte, platt gedrückt hatte, säuberte sie es mit Essigwasser. Wenn es trocken war, bügelte sie es zwischen zwei Lagen Wachspapier und klebte es in ein Sammelalbum.

Sie füllte in drei Jahren drei Alben. Beim vierten Album nahm sie auch Larven und Würmer in ihre Sammlung auf. Mittlerweile zog sie ein Buch aus der Bücherei zu Rate, um ihren jeweiligen Fang genau zu bestimmen, und stellte mit ausgeschnittenen Buchstaben aus einem Versandhauskatalog Etiketten her. Auf der gegenüberliegenden Seite notierte sie etwas von dem, was sie gelesen oder beobachtet hatte. »Zum Zwecke der Verteidigung verdeckt das Ordensband seine farbenprächtigen Flügel mit einem Paar unscheinbarer Flügel, die sich optisch der Umgebung anpassen.« »Ein schwarzer Strich auf der Unterseite der hinteren Flügel ist der einzige Unterschied zwischen dem Fleckenfalter und dem Monarch.«

Einige Wochen nach ihrem vierzehnten Geburtstag

gab sie diese Beschäftigung auf. Eines Tages brachte sie es nicht mehr übers Herz, schon wieder ein Insekt platt zu drücken. Außerdem fand sie kaum je etwas, das sie nicht bereits in ihrer Sammlung hatte, und sie ärgerte sich darüber, besonders weil sie wußte, daß es allein auf dem Stück Land, auf dem sie wohnte, Hunderte, vielleicht Tausende verschiedener Insektenarten gab.

Das aufregende Gefühl des Jagens war damit jedoch nicht erloschen. Genaugenommen kehrte es, hervorgerufen durch ihre Erinnerungsschübe, mindestens einmal die Woche ebenso lebhaft wie früher zurück. Auch andere Erlebnisse kehrten wieder (während dieser Phasen hatte sie keine Kontrolle über das, was ihr in den Sinn kam), aber meistens war sie in ihrer Erinnerung gerade dabei, sich an ein Insekt heranzupirschen oder eines zu konservieren.

Die Schübe hatten ein Jahr zuvor angefangen und traten immer dann auf, wenn sie nervös oder verstört war. Es kam vor, daß ihre Mutter sie anbrüllte und Sylvie jedes Wort verstand und auch sah, wie ihre Mutter mit voller Wucht einen Topf auf den Boden warf, aber sie kniff nur deshalb die Augen zusammen, weil die späte Nachmittagssonne das Scheunendach in eine spiegelnde, blendende Fläche verwandelt hatte, und verspürte nur deshalb den Drang, die Hand zu heben, weil ihre Hand sich tatsächlich gerade hob, um eine Blattlaus vom Rosenspalier zu klauben. Sie hörte ihre Mutter in der Küche, und sie hörte ihre Mutter vor zwei Jahren von der Scheunentür aus rufen.

Auch wenn sie gerade keinen Erinnerungsschub hatte, besaß Sylvie ein ausgezeichnetes Gedächtnis. Sie lernte ihre Schulbücher auswendig und bekam erstklassige Noten und Abzeichen für besondere Leistungen. In den Freistunden oder während des Sportunterrichts (von dem sie befreit war) lernte sie in der Bibliothek oder in einem leeren Klassenzimmer. Da inzwischen alle, die Wert darauf legten, ihre Beine mindestens einmal gesehen hatten, wurde sie in Ruhe gelassen.

In ihrem vorletzten Schuljahr allerdings wurden nicht weit von der Schule entfernt Soldaten stationiert, und jeden Tag warteten zwei oder drei Kadetten vor dem Schultor auf sie. Sie fotografierten sie, um die Bilder ihren Angehörigen zu schicken oder sie in der Brieftasche bei sich zu tragen – als Glücksbringer, sagten sie –, wenn sie nach Europa in den Krieg geschickt wurden.

Sylvie hatte nichts dagegen. Sie hatte sogar eine Schwäche für die Kadetten, weil sie ihr Schokolade mitbrachten und sagten, sie sehe aus wie die Filmschauspielerin Vivien Leigh. Sie witzelten herum und machten sich über sie lustig, aber sie taten es nicht hinter ihrem Rücken, so wie die Heuchler, die angeblich ihre Gefühle nicht verletzen wollten.

Eines Tages kam eine Kirmes in die Stadt, und kein einziger Mensch in der Schule hatte den Mut, ihr gegenüber die Monstrositätenschau zu erwähnen, aber die Kadetten erzählten ihr ohne Umschweife und in allen Einzelheiten davon. Sie verschwiegen auch die in einem Glas ausgestellten Föten von einem siamesischen Zwillingspaar nicht.

»Genau wie du, nur mit vier Armen und einem zweiten Kopf«, berichtete einer der Kadetten. »Und natürlich tot. Können dir aber nicht das Wasser reichen.«

Sylvie drehte sich auf dem Absatz um und lief direkt zur Farm der Browns, wo die Kirmes aufgebaut war. Sie fand das Zelt, indem sie den roten Pfeilen folgte, auf denen stand: »Wer sich gruseln will wie nie, hier entlang!«, und: »Noch ein paar Schritte, Gruselfreunde!« Auf einem großen Schild neben dem Zelt stand:

M. T. BEAN AUS NEW YORK CITY PRÄSENTIERT
DIE SCHAU DES JAHRZEHNTS.
DIE GRÖSSTEN, KLEINSTEN, DÜNNSTEN, DICKSTEN,
SELTENSTEN UND SELTSAMSTEN GESTALTEN,
DIE JE AUF GOTTES ERDE WANDELTEN!

Darunter befand sich ein Gemälde von einem dünnen Mann im Frack, einer fetten Frau auf einem Thron mit einer Krone auf dem Kopf und einer großen Frau mit riesigen Händen, die ein Tablett vor sich her trug, auf dem ein Zwerg stand. Die Föten waren nicht auf dem Bild.

»Nächste Vorstellung in einer halben Stunde«, sagte ein Junge. »Du kannst deine Eintrittskarte schon kaufen. Fünfzig Cent.«

Sylvie hatte kein Geld bei sich, sie hatte nicht daran gedacht, daß man Eintritt bezahlen mußte. »Ich komme noch mal wieder«, sagte sie.

Sie war überzeugt, ihre Eltern würden genau wie sie darauf brennen, die Föten zusehen. Sie irrte sich. Ein merkwürdiger, finsterer Ausdruck trat in das Gesicht ihres Vaters. Ihre Mutter nannte M. T. Bean einen Aasgeier.

»Aber Mutter«, protestierte Sylvie. »Siamesische Zwillinge. Wie ich und Sue.«

»Eben nicht wie du und Sue!« rief ihre Mutter und schwang drohend einen Kochlöffel. »Nackt! Zur Schau gestelltes Fleisch! Davor habe ich dich bewahrt!«

Am nächsten Tag lief Sylvie von zu Hause weg. Sie hatte es nicht so geplant, aber als sie zum Kirmesplatz kam und die Zelte und Buden nicht mehr da waren, machte sie sich zu Fuß auf den Weg nach New York City. Sie erinnerte sich daran, daß Mr. Bean aus New York City stammte. Wenn sie in Richtung Osten ging und den Straßenschildern folgte, müsste sie früher oder später dort ankommen, überlegte sie. Im Hinterkopf hegte sie den Plan, sich in Lokalen zu präsentieren, im Tausch gegen eine Mahlzeit und einen Schlafplatz.

Nach drei Stunden stieß sie auf die Wohnwagen der Schausteller, die auf einer Wiese ihr Lager aufgeschlagen hatten. Ein paar Leute saßen draußen herum und tranken Bier. Ein hellhäutiger Neger pfiff anerkennend durch die Zähne, als er sie sah.

»Ist Mr. Bean da?« fragte sie ihn.

»Süße, bei dem Bean-Typ solltest du dich besser nicht blicken lassen«, sagte er. »Zwei unsrer Wagen sin' liegengeblieben, und mit dem Bean-Typ is' heut nich gut Kirschen essen.«

»Er will mich bestimmt sehen«, sagte Sylvie.

Und ob er das wollte. Er bot ihr seinen Sessel und eine Flasche Cola an. Er sagte, er kenne ihre Mutter.

»Meine Mutter ist tot«, erklärte Sylvie. »Mein Vater auch.«

Mr. Bean kniff die Augen zusammen. »Wie alt bist du?«

»Fast achtzehn.«

»Kannst du das beweisen?«

»Als ich geboren wurde, stand es in allen Zeitungen.«

Er lächelte. »Natürlich«, sagte er. »Dann laß mal sehen.«

Er war ein fetter, glatzköpfiger Mann in Unterhemd und Hosenträgern, und er sprach mit britischem Akzent. Er forderte sie auf, Sues Schuhe und Strümpfe auszuziehen, und dann tastete er jedes ihrer nackten Beine von oben bis unten ab. »Kannst du sie bewegen?« fragte er. »Stuhlgang?«

Sie unterschrieb an diesem Nachmittag einen Vertrag. Fünf Jahre, vierzig Dollar die Woche, dazu Kost und Logis und die Hälfte der Unkosten für Garderobe und Requisiten. Ein zweites großes Schild sollte gemalt werden, auf dem nur sie abgebildet war und auf dem sie *Die unglaubliche Mann-Frau* genannt wurde. Aus Sue sollte Bill werden, und Sylvie sollte auf der Bühne komische Geschichten über die Sorgen und Nöte erzählen, die einen plagten, wenn man mit einem Jungen zusammengewachsen war.

Sylvie und Merry Mary teilen sich einen Wohnwagen. Sie teilen ihn sich schon seit sechs Jahren, von Sylvies erstem Arbeitstag an, und waren seitdem nur einmal für kurze Zeit voneinander getrennt, als Mary sich auf ein Abenteuer mit dem Leopardenmenschen eingelassen hatte und Sylvie solange zu einem der Nummerngirls gezogen war.

Das Ergebnis von Marys Affäre war ein Baby. Es war ein Überraschungsbaby, denn Mary hatte keine Ahnung von ihrer Schwangerschaft, bis sie eines Tages auf ihrem Klo, das eine Sonderanfertigung war, niederkam. Sylvie war zu der Zeit im Wohnwagen, und sie zog das Baby heraus, während Mary unbehaglich grunzte und sich an den Stützstangen des Klos festhielt. Es war ein Mädchen. Winzig, normal. Vollkommen.

»Also, was sagt man dazu?« Mary lachte und nannte ihre Tochter auf der Stelle Sue, nach Sylvies Beinen. Mr. Bean legte sich schwer ins Zeug, plante eine Hochzeit und ließ Flugblätter drucken. Aber bevor die Flugblätter verschickt waren, lief Sue blau an und starb.

»Die fette Frau weint nicht«, sagte Mary, als Mr. Bean ihr den Rat gab, den Tränen freien Lauf zu lassen. Sue hatte vor zwei Stunden aufgehört zu atmen, und Mary hielt sie immer noch im Arm. Sie trennte sich erst von ihr, als das

Abendessen fertig war. Nach dem Essen setzte sie ihre Krone für die Vorstellung auf und sagte: »Wie gewonnen, so zerronnen«, um Sylvie zu trösten, die in einen Stapel frischgewaschener und gebügelter Windeln weinte und in einem Erinnerungsschub gerade einen Schwammspinner einklebte.

Es dauerte Wochen, bis Sylvie aufhörte zu weinen. Sie konnte einfach nicht begreifen, daß sie und Mary und die anderen Mißgeburten am Leben waren, während ein vollkommen geformtes Baby gestorben war. Schon beim ersten Anblick von Sue war ihr klar geworden, daß es nicht so schlimm war, mißgebildet zu sein, wenn es Mißbildungen geben mußte, um solche Vollkommenheit möglich zu machen. Sues Tod brachte sie völlig aus dem Gleichgewicht. »Das ergibt doch keinen Sinn«, sagte sie immer wieder. Und Mary sagte: »Allerdings nicht«, und: »So ist nun mal das Leben«, und dann sagte sie. »Wer sagt denn, daß es einen Sinn ergeben muß?« Und schließlich sagte sie, Sylvie solle sich endlich am Riemen reißen und damit aufhören.

Mary vergoß nicht eine Träne. Sie hatte angekündigt, sie würde nicht weinen, und sie weinte nicht. Statt dessen nahm sie weitere achtzig Pfund zu, hauptsächlich unterhalb der Taille.

Jetzt kann Mary gerade noch fünf Meter weit laufen, und mehr denn je setzt sie Sylvie zu, in die Stadt, in der sie gerade auftreten, zu gehen, sich dort alles anzuschauen und ihr dann haarklein darüber zu berichten. »Nimm dir mal frei«, sagt sie, und spielt damit auf Sylvies Fähigkeit an, als normal durchzugehen. Es macht Mary schwer zu schaffen, daß ausgerechnet diejenige Mißgeburt, die am meisten Besucher anzieht, unerkannt herumlaufen kann.

Alle anderen aus der Truppe haben Sylvie irgendwann einmal gefragt, wie es ist, als normal durchzugehen. Wie es wirklich ist. Sie weiß, daß sie hören wollen, was für ein wunderbares Gefühl es ist, denn als normal durchzugehen ist ihr Traum, aber sie wollen auch hören, daß es eigenartig und manchmal unangenehm ist, denn dieser Traum wird sich für sie niemals erfüllen. Tatsächlich ist es beides. Einerseits liebt Sylvie das Gefühl, zu sein wie alle anderen, also niemand Besonderes. Andererseits fühlt sie sich in Situationen, in denen sie so tut, als sei sie normal, und damit auch durchkommt, mehr denn je wie eine Mißgeburt.

Im übrigen ist sie gar nicht so unauffällig, wie ihre Kollegen gerne vermuten. Zu ihrem unmodisch langen, weiten Rock, der ein Schauspiel für sich ist, kommt auch noch die Ähnlichkeit mit Vivien Leigh. Wo sie hingeht, starren die Männer sie an. Natürlich wehrt sie alle Annäherungsversuche fremder Männer ab, aber eines Tages, während sie in einem Lokal zu Mittag ist, läßt sich der Mann am Nebentisch durch ihren falschen Ehering und ihre ärgerlichen Blicke nicht im geringsten entmutigen. Er lächelt sie weiterhin an, mit einem seltsam verschwörerischen Lächeln, und in ihrer Empörung erlebt Sylvie noch einmal, wie sie vor vierzehn Jahren eine Mischung aus scharfem Senf und Wasser in Wurmlöcher schüttet, während sie hier und jetzt ihre Cola umstößt.

Der Mann ist im Handumdrehen bei ihr, bietet ihr seine Serviette an und stellt sich vor. Dr. John Wilcox.

Sylvie sitzt in der Falle, denn er versperrt ihr den Weg. Sie ist gefangengenommen vom Körper dieses Mannes, von seinen bewundernden Blicken und seinen vielen Fragen. Sie verrät ihm ihren Namen und gesteht zu ihrer eigenen Überraschung, daß der Ring gar kein Ehering ist. Der eine Teil von ihr spült die zuckenden Würmer in einem Krug Wasser ab, der andere Teil erzählt Dr. John Wilcox, sie sei in der Reisebranche tätig. Wenn man bedenkt, wie viele Kilometer sie schon auf dem Buckel hat, ist das nicht direkt gelogen.

»Ich muß jetzt gehen«, sagt sie wiederholt, aber nicht sehr entschlossen. Sie hat das Gefühl, mit dem Stuhl verschmolzen zu sein. Zwischen ihren kleinen Beinen spürt sie einen milden Schmerz, und sie kann ihre Augen nicht von seinem Mund abwenden. Sein Mund ist wunderschön, eine Rosenknospe, ein Engelsmund. Er hat blondes, lockiges Haar. Sieben Jahre im Showgeschäft, und wie viele Männer hat sie betrachtet, während sie gleichzeitig von ihnen betrachtet wurde? Genügend, um zu wissen, daß es solche wie ihn nicht wie Sand am Meer gibt.

Plötzlich schweigt er. Er nimmt ihre Hand vom Tisch und hält sie minutenlang fest, dreht sie um, untersucht sie genau. Wann werden sie sich wiedersehen? Gar nicht, antwortet sie, sie ist anders, als er glaubt. Nein, sie liebt niemand anderen, aber sie ist nicht frei ... nicht so, wie er glaubt. Sie presst ihre Handtasche gegen die kleinen Beine, um sie ruhig zu halten, steht auf und geht weg.

Ein paar Sekunden später steht sie auf der Bühne. Wie gewöhnlich steckt sie mitten in einem Erinnerungsschub und ist gleichzeitig in der Lage, ihren Text vorzutragen und das Publikum in Augenschein zu nehmen, alles zu sehen und mitzubekommen und es wie durch bleigeränderte Löcher, die ihre Venen, Arterien und Organe austricksen, in sich aufzusaugen.

»Wenn Bill den Ruf der Natur verspürt, was mache ich dann? Gehe ich für Damen oder für Herren?« Sie wartet auf das Gelächter, das prompt einsetzt, wartet, bis es verebbt, und fährt fort. Vor fünfzehn Jahren beschimpft ihre Mutter gerade eine Frau namens Velma Hodge. »Diese fette, schielende Sau«, sagt ihre Mutter. Zufällig sitzt im Publikum eine Frau, die Velmas Zwillingsschwester sein könnte. Das Gesicht dieser Frau spiegelt die Mischung aus Abscheu und Schaulust, die auf allen Gesichtern zu sehen ist, und in der rauchigen Luft zwischen Sylvie und diesen Gesichtern findet der Austausch statt: Sie schaut sich an, wie die Gesichter sie anschauen.

So geht es hin und her, raus und rein, wie Atem.

Und dann fällt ihr Blick auf blondes, lockiges Haar, und ihr ist, als hätte ein Hypnotiseur mit den Fingern geschnippt. Die Stimme ihrer Mutter verschwindet aus ihrem

Kopf. Sylvie hört jetzt nur noch ihre eigene Stimme, die den üblichen Text herunterrasselt. »Ich habe mal versucht, Bill Mädchenstrümpfe anzuziehen, aber er hat so wild um sich gestrampelt, daß ich sie nicht hochziehen konnte.«. Sie fühlt sich auf rätselhafte Weise allein gelassen, als sei ein Verbindungsglied zerbrochen.

Sie sitzt hinter der Bühne auf einer Holzkiste. Der Schock flaut langsam ab, und eine wohlbekannte Verzweiflung überfällt sie. »Ich kann dir helfen«, sagt eine Stimme. Er ist es. Dr. John Wilcox. Die Erinnerung an die Würmer kehrt zurück. Mit dem abgeschnittenen Ende eines alten Besenstiels quetscht sie den letzten Rest Leben aus den Würmern.

Dr. John Wilcox kniet sich vor sie hin und ergreift ihre rechte Hand. Er sagt, sie wird noch heute abend diesen Ort verlassen. Sie wird in seinem Haus wohnen. Sie wird nie wieder in einer Monstrositätenschau auftreten müssen. Er wird mit Chirurgen über die Möglichkeit einer Operation sprechen. Für diese Operation wird er mit ihr sogar bis ans Ende der Welt fahren, wenn es sein muß. Er liebt sie. Das hat er vom ersten Augenblick an gewußt, und jetzt liebt er sie nur um so mehr. Er will sie heiraten.

Das Wunder ist viel zu groß, um es in Frage zustellen. Es sind die näheren Einzelheiten, die Sylvie in Frage stellt. Du brauchst dir keine Sorgen zu machen, sagte er. Du brauchst dir nie wieder Sorgen zu machen. Aus ihrem Vertrag wird er sie freikaufen. Ihre Freunde kann sie besuchen.

Also geht sie zu Merry Mary, um ihr die Neuigkeiten zu berichten, während er zu Mr. Bean geht, um alles zu regeln. »Heiliges Kanonenrohr«, ist Marys einziger Kommentar. »Heiliges Kanonenrohr.«

John hat eine Haushälterin und eine Köchin, die beide in mittlerem Alter sind und Sylvies Auftauchen höflich und gelassen hinnehmen. Ihr Schlafzimmer liegt neben seinem, und an diesem Abend gibt er ihr einen Gute-Nacht-Kuß auf die Stirn und sagt, sie solle an die Wand klopfen, wenn sie etwas brauche.

»Wissen deine Hausangestellten über mich Bescheid?« fragt sie.

»Ich erkläre es ihnen morgen früh«, sagt er, und er tut es offenbar gleich nach dem Aufstehen. Der nervöse, erstaunte Ausdruck auf dem Gesicht der Haushälterin, als sie das Frühstück serviert, kommt Sylvie nur allzu bekannt vor. Gewohntes Terrain, fast eine Erleichterung. Sylvie hat die ganze Nacht damit verbracht, sich selbst davon zu überzeugen, daß all dies – dieser unglaubliche Mann, dieses Haus und die Wendung, die ihr Leben genommen hat – tatsächlich wahr sein kann. »Er liebt mich«, hat sie sich immer wieder gesagt. »Dr. John Wilcox liebt mich.«

Nach dem Frühstück führt John sie in sein Büro und bittet sie, einen bitter schmeckenden Tee zu trinken, um ihre Nerven zu beruhigen. Als er ihr die Tasse reicht, zittert seine Hand. Sie ist gerührt und erleichtert zugleich. Er setzt sich neben sie auf das Sofa, legt seinen Arm um ihre

Schulter und sagt, er wisse natürlich, daß ihre kleinen Beine weiblich sind; schließlich sei er ja Arzt. Aber sonst will er alles erfahren – alles über sie.

Er löchert sie mit behutsamen Fragen. Er riskiert Antworten, die so nah an die Wahrheit heranreichen, daß es ihr vorkommt, als sei etwas Heiliges um ihn. Ihr Kopf fällt auf seine Schulter. Sie ist wunderbar entspannt und voller Vertrauen. Nichts von dem, was sie erzählt, scheint ihn zu überraschen, geschweige denn zu beeindrucken, bis sie ihre Erinnerungsschübe erwähnt. »Bemerkenswert«, sagte er, und sie spürt die Anspannung in seinem Körper. »Phantastisch.«

Schließlich schweigt sie. John streichelt ihren Arm und fragt: »Darf ich die Beine sehen?« Ihr fällt auf, wie förmlich das klingt – »die Beine« –, als trüge sie sie in ihrer Handtasche bei sich, als hätte er nicht gehört, wie sie Sue zu ihnen sagt. Nicht, daß es ihr etwas ausmacht. Sie ist vollkommen gelassen. Sie zieht ihren Rock bis zur Taille hoch.

Ihre Augen sind auf sein Gesicht geheftet. Sie ist ständig auf der Hut vor dem Abscheu anderer und erkennt ihn an einem Wimpernzucken. Aber sein Blick ist ebenso versunken und professionell wie der von Mr. Bean und hat nichts mit ihr persönlich zu tun.

»Darf ich sie anfassen?« fragt John.

Sie nickt.

Er kniet vor ihr nieder und fängt an, das rechte Bein

zu drücken, als wolle er feststellen, ob es irgendwo gebrochen ist. Er kneift leicht in die Haut und fragt, ob sie es fühlen kann? Und das? »Ja«, haucht sie.

»Und das?«

»Ja«.

Er klopft auf ihr Knie, und der Fuß schnellt nach oben. Er drückt und kneift das Bein bis zu der Stelle, wo der weiße Strumpf endet, dann bis zu dem nackten Oberschenkel und hinauf zu den kleinen Hüften in dem Kinderunterhöschen. Sie schließt die Augen. Sofort zieht er ihren Rock herunter.

Sie sprechen an dem Tag nicht mehr über ihre Beine. Jedenfalls sprechen sie nicht direkt darüber. Um jede Minute mit ihr verbringen zu können, hat John alle seine Termine abgesagt. Sie gehen im Park spazieren. Sie halten sich an den Händen. Er erzählt ihr, daß er das einzige Kind seiner verstorbenen Eltern ist. Sein Vater hat die Klemmvorrichtung für Haarspangen erfunden, daher stammt sein Vermögen. Nach dem Mittagessen in einem vornehmen Restaurant gehen sie in einen Laden für Brautmoden, und er sucht ein enges weißes Brautkleid aus und besteht darauf, es zu kaufen. »Kommt nicht in Frage«, sagt sie, denn sie braucht ein paar Sekunden, bis ihr klar wird, daß sie zum Zeitpunkt der Hochzeit in der Lage sein wird, enge Kleider zu tragen. Er lacht, denn er glaubt, sie sei nur entsetzt über den Preis. An diesem Abend liegt sie im Bett und sagt sich: »Ich werde normal sein«, aber sie kann sich darunter nichts vorstellen, außer, daß sie dann in der Lage sein wird, das enge weiße Brautkleid zu tragen und auf dem Bauch zu schlafen.

Am nächsten Tag hat John bis zum Mittagessen Sprechstunde. Dann gibt er ihr zwei Tassen von dem Beruhigungstee zu trinken, bevor sie ans andere Ende der Stadt fahren, um einen anerkannten Spezialisten für angeborene Mißbildungen aufzusuchen.

»Ich kann die Operation nicht selber durchführen«, sagt John. »Ich bin kein Chirurg. Aber ich werde assistieren. Ich werde an deiner Seite sein.«

Der Chirurg erklärt Sylvie, sie sei ein Autosit-Parasit. »Sie sind der Autosit«, sagt er. »Das da« – er zeigt auf ihren Schoß – »ist der Parasit.« Er zeigt ihr Bilder von anderen Autosit-Parasiten: ein Junge mit einem Turban auf dem Kopf, aus dessen Bauch ein kopfloser Körper wächst, und die Zeichnung von einem Mann, aus dessen Mund ein Fuß ragt. Dann bittet er Sylvie, ihre beiden Unterhosen auszuziehen und sich auf einen Tisch zu legen. Sie winkelt ihre eigenen Knie an, und der Arzt deckt sie mit einem Laken zu. John steht neben dem Chirurgen und berichtet ihm, daß beide Därme normal arbeiten, beide Monatszyklen regelmäßig sind und nicht unbedingt übereinstimmen, und daß Sylvie, obwohl beide Vaginen penetriert wurden, strenggenommen noch Jungfrau ist.

Er hat ihr gestern, als sie von dem Jungen erzählte, der seinen Finger in sie hineingebohrt hatte, versichert, sie sei noch Jungfrau. Die Finger des Chirurgen stecken in gefetteten, durchsichtigen Gummihandschuhen. Es muß an dem Tee liegen, denkt Sylvie, die sich über ihre Furchtlosigkeit wundert. Warum hat sie keinen von ihren Erinnerungsschüben? Sie ist so entspannt, sie könnte glatt einschlafen. Sie schließt die Augen, und ihre Gedanken schweifen zum gestrigen Abend und Johns Kuß vor ihrer Schlafzimmertür, einem langen Kuß, der ein Prickeln in ihren kleinen Beinen auslöste.

Der Chirurg ist zuversichtlich, daß er in der Lage sein wird, nicht nur ihre Beine und Hüften zu entfernen, sondern sie auch von dem zu befreien, was er ihre überschüssigen Rohrleitungen nennt. In den nächsten Wochen suchen Sylvie und John ihn noch zweimal in seiner Praxis auf, und dann fliegen sie alle drei nach New York, um dort einen weiteren Spezialisten zu konsultieren. Zufällig ist die Schaustellertruppe gerade in New Jersey, und nach ihrer Untersuchung fährt Sylvie, während John und die Ärzte sich beraten, mit einem Taxi zum Kirmesplatz.

Sie muß weinen, während sie von allen umarmt und beglückwünscht wird. Ihr ist nicht bewußt gewesen, daß sie solches Heimweh gehabt hat. Mr. Bean gibt zu, den größten Fehler seines Lebens gemacht zu haben, als er Johns Angebot, sie aus ihrem Vertrag freizukaufen, annahm. Halb im Scherz versucht er, ihr die Operation auszureden. »Welches vierblättrige Kleeblatt will schon ein gewöhnliches dreiblättriges sein?« fragt er.

Er ist verstimmt, weil die Besucherzahlen gesunken sind. Sobald Sylvie und Merry Mary in ihrem alten Wohnwagen allein sind, sagt Mary, er solle sich besser damit abfinden, denn solche Shows würden schon bald der Vergangenheit angehören. »Ich überlege mir schon, ob ich eine Diät machen soll«, sagt sie.

»Scheint, als hätte ich mich im richtigen Moment aus dem Staub gemacht«, sagt Sylvie. Sie erzählt Mary von Johns Bibliothek, wo sie oft stundenlang sitzt und liest. Sie beschreibt das enge weiße Brautkleid.

»Junge, Junge, du hast wirklich das große Los gezogen«, sagt Mary.

»Ich liebe John von ganzem Herzen«, sagt Sylvie aufrichtig.

Mary zieht ihren Unterrock hoch, damit Luft an ihre Oberschenkel gelangen kann. Die rosigen Erhebungen ihrer Knie sind Sylvie schon immer sehr verletzlich vorgekommen, sie erinnerten sie an die kahlen Köpfe alter Männer. In ihrer Nummer berichtet Mary dem Publikum, jeder ihrer Oberschenkel habe den gleichen Umfang wie die Brust eines beleibten Mannes. Sylvie denkt mit einem wohligen Schaudern an Johns schlanke Brust, die sich mit Marys Oberschenkel nicht messen könnte. »Ich bin ja so glücklich«, sagt sie zu Mary.

Mary fächelt sich mit dem Saum ihres Unterrocks Luft zu. »Was passiert denn eigentlich mit Sue« fragt sie.

»Wie meinst du das?« sagt Sylvie.

»Nach der Operation. Was wird der Arzt mit ihr machen?«

Sylvie fühlt sich etwas benommen.

»Weißt du«, sagt Mary, »ich frage, weil ich auf dem Friedhof, wo das Baby liegt, vier Grabstellen gekauft habe. Eine für mein Kind, zwei für mich, und dann haben sie mir noch eine vierte zum halben Preis dazugegeben, also habe ich eine übrig. Du kannst sie gerne haben, wenn du einen Platz für Sue brauchst.«

Marys riesiges Mondgesicht überlagert jetzt, ohne es jedoch zu verdecken, das Gesicht des Chirurgen, der vor zwei Wochen ihr Herz abhörte und sagte. »In Frankfurt habe ich einen Unterleibstumor entfernt, der, wie sich herausstellte, Zähne, Haare und eine nicht entwickelte Wirbelsäule besaß.«

»Natürlich umsonst«, fügt Mary hinzu. »Ich will kein Geld dafür.«

Sylvie kann Mary nicht ansehen. Sie schaut auf ihre neue goldene, diamantbesetzte Uhr und stellt verblüfft fest, wie spät es geworden ist. »Fünf Uhr!« ruft sie aus. In ihrer Erinnerung zeigt die Uhr am Handgelenk des Chirurgen halb fünf, die Zeit, zu der sie den Kirmesplatz hätte verlassen sollen. Fünf Minuten später steigt sie an der Straße in ein Taxi.

Die Fahrt zurück ins Hotel dauert lange, denn das Taxi bleibt im Berufsverkehr stecken. »Zwei Beine machen noch keinen Menschen«, sagt sie zu sich selbst. Vorgestern abend hat John gesagt. »Das mußt du dir immer wieder klar machen.« Er sagte. »Es gibt keine Sue.«

Sie saßen in einem Restaurant und tranken Champagner, um die zukünftige Sylvie zu feiern. Als sie wiederholte: »Es gibt keine Sue«, küsste er ihre Fingerspitzen eine nach der anderen und schenkte ihr dann die goldene, diamantbesetzte Uhr. Später, als sie über den Parkplatz gingen, blieb er stehen, drückte sie gegen eine Wand, drückte seine Hüften gegen ihre kleinen Beine und küsste sie auf den Mund.

Auf der Heimfahrt fingen Sylvies kleine Beine an zuzucken, aber dann wurden daraus langsame, rhythmische Tritte unter ihrem Rock. Sie hatte ein flaues Gefühl, als sie ihre kleinen Knie festhielt. Sie und John redeten während der Fahrt nicht, nur einmal sagte sie: »Oh, sieh mal da!« zu dem feierlichen Aufgebot leuchtender Glühwürmchen am rechten Straßenrand. Sie dachte an die Glühwürmchen, die sie gefangen und in ihr erstes Album eingeklebt hatte – eine ganze Seite voll. So lange, bis ihre Mutter sagte: »Sie müssen am Leben sein, du Dummkopf«, hatte sie Abend für Abend die Seite aufgeschlagen und sich gefragt, warum sie nicht leuchteten.

John war nervös. Er hielt ihre Hand zu fest, als sie vom Auto zur Haustür gingen. Sylvie war nicht nervös, sie wußte selber nicht, warum. Sie versuchte, sich mit dem Gedanken »In ein paar Minuten werde ich in seinem

Schlafzimmer sein« zu erschrecken, aber drinnen führte John sie nicht nach oben, sondern in sein Büro.

Er warf die Kissen vom Sofa und klappte es zu einem Bett aus. Dann drehte er sich zu ihr um und küßte sie auf den Mund, während er ihre Bluse aufknöpfte. Seine Hände zitterten. Dadurch wurde sie daran erinnert, wie er ihr die Teetasse gereicht hatte, und daran, daß er kein Chirurg war. Weil es viele Knöpfe waren (sie trug eine hochgeschlossene viktorianische Bluse), machte sie ebenfalls einige Knöpfe auf. Sie wollte ihm zeigen, daß sie willig war. Er zerrte an seinen eigenen Kleidern, als stünden sie in Flammen.

Sobald er selber nackt war, half er ihr wieder. Er zog die Strümpfe über ihre Knöchel und riß ihr den Rock herunter, ehe sie ihn aufknöpfen konnte. Ein Knopf sprang ab. Noch immer sagten sie kein Wort. Er war außer Atem. Er zog die Kämme aus ihrem Haar und ließ sie auf den Boden fallen.

Dann hielt er inne. Vor ihr kniend, die Hände auf ihren Knien, hielt er inne.

Sylvie schloß die Augen. »Nennst du zehn Dollar etwa ein Sonderangebot?« schrie ihre Mutter. »Klar doch«, sagte ihr Vater achselzuckend und wich vor ihr zurück, »Sonderangebot.« »Zehn Dollar?« schrie ihre Mutter. »Zehn Dollar?«

»O Gott.« Das war nicht in ihrem Kopf, das kam von John. Er riß Sues Unterhose herunter und zog mit einer einzigen Bewegung ihre Strümpfe und Schuhe aus.

Ein heftiges Zittern durchfuhr Sylvies kleine Beine, die gleich darauf seine Schenkel umschlangen, sich wieder öffneten, seine Schenkel erneut umschlangen und sich wieder öffneten. Der kurze Schmerz zählte nicht, verglichen mit ihrer unglaublichen Erleichterung. Sylvie hatte das Gefühl, ihre kleine Vagina sei ein meterlanger saugender Schlauch, durch den er ganz hindurchdrang, bis in ihre eigene Vagina. Sie spürte erneut einen kurzen Schmerz, als er, so nahm sie an, in ihre eigene Vagina eindrang, und dann empfand sie ihn wie einen zuckenden Blitz, der Hitze und Lust von Sue auf sie selber überspringen ließ.

Als er ejakulierte, grub er seine Finger in ihre Hüften und hob sie hoch. Ihr kleiner Schoß wurde gegen seinen gepresst, und sie erlebte ihren ersten Orgasmus. Die Wellen des Orgasmus rollten seinen Blitzstrahl-Penis entlang nach oben in ihre eigene Vagina, und weiter zu ihrer eigenen Klitoris, wo sie einen zweiten, noch herrlicheren Orgasmus hatte.

Ihre kleinen Beine strampelten noch ein paar Sekunden lang weiter. Er schien zu warten, bis sie zur Ruhe gekommen waren. Dann zog er sich zurück und ließ sich auf den Rücken fallen. Sie strich mit der Hand über die Gänsehaut auf ihrem kleinen Oberschenkel.

»O Gott«, sagte er. »O Sylvie, o Gott.«

Es klang ergriffen. Ihre Hand hielt in der Bewegung inne. »Was ist?« sagte sie.

»Es ist mit uns durchgegangen«, sagte er.

»Ja«, sagte sie unsicher.

»Ich hatte ja keine Ahnung«, sagte er.

Sie wartete angstvoll.

»Natürlich läßt das die Sache in einem ganz anderen Licht erscheinen«, sagte er, als wäre ihm etwas Beruhigendes eingefallen.

Alle Türen schlugen zu. Er wollte sie nicht heiraten. Er konnte nicht zulassen, daß sie operiert wurde, jetzt nicht mehr, und wenn sie nicht operiert wurde, würde er sie nicht heiraten.

»Neuland«, sagte er. »Neue Information.«

Ihre Füße waren kalt; sie steckten im Schlamm am Rande des Ententeichs. Ihre kleinen Füße waren in die Falten ihres weiten Flanellnachthemds eingewickelt. Grillen zirpten.

»Aber vielleicht bin ich vermessen«, sagte er. Er schwieg einen Moment. »Sag mir, ist ... ist das, was ich vermute, tatsächlich geschehen?«

Sie wandte ihm das Gesicht zu und sah ihn an. »Ist was tatsächlich geschehen?«

Er schaute weiterhin die Decke an. »Hattest du einen Orgasmus in ...«

Sie blickte auf seine linke Hand. Er rieb Daumen und Zeigefinger so hart aneinander, daß es ein Geräusch machte, von dem sie einen Augenblick lang glaubte, sie höre es in ihrem Erinnerungsschub – ein Geräusch am

Teich. »Zwei«, sagte sie ruhig. »Ich hatte zwei, glaube ich. Ich meine, ich weiß es genau.«

»Zwei?«

»An jeder Stelle einen.«

Er griff nach ihrer Hand und drückte sie, hielt aber den Blick weiter auf die Decke geheftet. Kurz danach sagte er: »Wir könnten so tun, als sei es nie geschehen, weißt du. Siehst du, technisch betrachtet hattest du keinen Geschlechtsverkehr. Mit du meine ich dich, den Autosit, den Wirtskörper.«

»Nichts hat sich verändert«, sagte sie, aber sie meinte es als Frage.

»Nein, nein«, sagte er. »Nicht, soweit es dich betrifft.«

Er wartet auf dem Bürgersteig vor dem Hotel auf sie. Er bezahlt das Taxi und führt sie hinauf in ihr Zimmer. Er ist sehr aufgeregt. Die Amputation (er benutzt das Wort zum erstenmal) soll heute in drei Wochen stattfinden, hier in New York. Wie wunderbar, sagt sie. Er greift nach ihrer Hand und hebt sie an die Lippen. Er will ihr nichts vormachen: Die erste Operation ist nicht ganz ungefährlich, und die langwierige Genesung wird nicht immer angenehm sein. Aber die Folgeoperationen werden weniger anstrengend sein und so gut wie kein Risiko beinhalten. Wenn der Verband abgenommen wird, darf sie nicht erschrecken. Die Narben werden später durch plastische Chirurgie korrigiert.

»Ich werde nicht erschrecken«, verspricht sie.

In den nächsten drei Wochen wird sie, solange sie bei ihm ist, nicht mehr von Zweifeln geplagt. Aber nachts, wenn sie allein in ihrem Schlafzimmer ist, macht sie sich Sorgen. Ihre kleinen Beine strampeln und reiben sich an ihr. Sie wissen es, denkt sie entsetzt. Sie wissen es. Sie benehmen sich zügellos. Zwischen ihren eigenen Beinen tut sich nichts, aber zwischen ihren kleinen Beinen spürt sie ein beinahe unerträgliches Verlangen nach ihm. Sie wird von fürchterlichen Erinnerungen heimgesucht – ihre Mutter verbrennt ihre Alben, verbrennt das Bild der Mutter ihres Vaters mitsamt dem Zierrahmen... Brandblasen an den Händen ihres Vaters. Sie weiß nicht, warum, vielleicht weil Merry Mary ihr die Grabstelle angeboten hat, aber Baby Sues makelloses Gesicht erscheint wiederholt vor ihrem inneren Auge. Wird sie Baby Sues Gesicht vergessen? Was, wenn die Monstrosität ihres Gedächtnisses untrennbar mit der Monstrosität ihrer Beine zusammenhängt? Was, wenn aus ihr eine andere wird, für die nichts von dem mehr eine Rolle spielt, was der Person, die sie einmal war, zugestoßen ist?

Sie kann nach solchen Nächten morgens kaum glauben, was für Gedanken ihr noch wenige Stunden zuvor im Kopf herumgegangen sind. »Du gehörst wirklich in die Klapsmühle«, sagt sie sich. Die Haushälterin bringt ihr den Tee, diesen bitteren Tee, an dem sie allmählich Geschmack findet. John schenkt ihr ein. Falls er irgendwelche

Befürchtungen wegen der Operation hat, so zeigt er es jedenfalls nicht. Er spricht von der Zukunft. Sie werden vier Kinder haben. Sie werden das Heimatdorf ihres Vaters in Portugal besuchen.

Zwei Tage vor der Operation fliegen sie gemeinsam mit dem Chirurgen zurück nach New York. Es müssen Blutuntersuchungen und weitere Röntgenaufnahmen gemacht werden, und John und der Chirurg geben eine Pressekonferenz. Der Chirurg möchte, daß Sylvie auch dabei ist, aber John befürchtet, einige der Fragen könnten sie beunruhigen. Also nimmt sie nicht teil, was ihr auch ganz recht ist.

Da die Pressekonferenz für den Nachmittag ihrer Ankunft angesetzt ist, hat John nur genug Zeit, sie in ihr Zimmer im Krankenhaus zu bringen. Nachdem er gegangen ist, liegt sie auf dem Bett und hört sich »Vic and Sade« im Radio an.

Etwa zehn Minuten vergehen, dann platzt eine Krankenschwester herein und gibt ihr ein Krankenhausnachthemd zum Anziehen. Während sie die Vorhänge aufreißt, sagt die Krankenschwester, Donnerstag sei der große Tag. Sie tut so, als sterbe sie nicht vor Neugier, aber Sylvie läßt sich nicht täuschen und stellt sich beim Umziehen so hin, daß die Krankenschwester einen Blick erhaschen kann.

Den ganzen Nachmittag erscheinen Schwestern und Assistenten, um Blut abzunehmen und Fieber zu messen oder einfach die Kissen aufzuschütteln, und das Reinigungspersonal kommt wiederholt herein, um den Fußboden zu wischen und die leeren Papierkörbe zu leeren. Sylvie sitzt auf dem Bett, das Nachthemd bis über ihre kleinen Beine hochgezogen. Warum sollen sie nicht auf ihre Kosten kommen, denkt sie wehmütig.

Gegen sechs Uhr kommt John zurück und bringt auf einem Tablett ihr Abendessen mit. Sie essen am Tisch. »Die Pressekonferenz verlief sehr, sehr gut«, sagt er. Er schiebt seinen halb leergegessenen Teller von sich, steht auf und geht im Zimmer auf und ab. »Diese Operation ist sehr, sehr wichtig, auch im Hinblick auf bestimmte vorhergehende Fälle«, sagt er. Sein Verhalten erinnert sie an das von Mr. Bean vor der Premiere in einer großen Stadt. Ehe er in sein Hotel geht, füllt er ihre Kaffeetasse mit Wasser und läßt sie zwei Schlaftabletten nehmen.

Am nächsten Tag, am Mittwoch, sind es hauptsächlich Ärzte, die ins Zimmer kommen, um nach ihr zu sehen. Sie haben es nicht nötig, ihr irgendein Theater vorzuspielen. Sie heben ihr Krankenhausnachthemd hoch und betrachten sie eingehend, und wenn zwei von ihnen gleichzeitig hereinkommen, unterhalten sie sich über ihre kleine Gebärmutter und ihre Menstruationszyklen und ihre Verdauung. Manchmal stellen sie ihr ein paar Fragen, manchmal sagen sie nicht einmal guten Tag. Ab und zu schaut John herein und fragt, wie es ihr geht. Er ist nervlich nicht so angespannt wie am Tag zuvor, aber er muß an Sitzungen teilnehmen und kann nicht lange bleiben.

Sie wird zum Röntgen hinausgerollt. Andere Patienten stehen auf den Fluren herum und warten auf sie. Sie kommt sich vor wie ein Festwagen in einem Umzug. Schließlich kehrt sie in ihr Zimmer zurück, wo John gerade zu Abend ißt. Für sie steht kein Teller auf dem Tisch, denn sie darf vor der Operation nichts mehr essen. »Darf ich denn Schlaftabletten nehmen?« fragt sie ängstlich, denn sie fürchtet sich vor den Gedanken und Erinnerungen, die ihr vielleicht in den Sinn kommen werden, wenn sie wach liegt. John zieht ein Fläschchen aus seiner Manteltasche. »Was meinst du, wie viele du brauchen wirst?« fragt er.

Eine Krankenschwester weckt sie vor Morgengrauen, um sie zu waschen und ihr und Sue die Schamhaare abzurasieren. Einige Minuten später kommen John, eine zweite Krankenschwester und ein Assistenzarzt herein.

»Es ist soweit«, sagt John.

Er hält zur Beruhigung ihre Hand, während sie durch die Flure zum Operationssaal geschoben wird. Sie wird in die Mitte einer Art Bühne geschoben. John läßt seinen Blick über die zahlreichen Ärzte schweifen, die auf den Rängen hinter einer Glaswand sitzen. »Es sind ein paar berühmte Kollegen«, sagt er bedächtig.

»John?« sagt sie.

Er beugt sich zu ihr hinunter. »Ja?«

Sie betrachtet sein schönes Gesicht. Sie weiß nicht mehr, was sie sagen wollte.

»Bist du bereit, Liebling?« fragt er.

Sie nickt.

Ein Arzt legt ihr die Äthermaske auf Mund und Nase und beginnt zu zählen. John, der immer noch ihre Hand festhält, beugt sich über sie und schaut ihr in die Augen. Der Arzt sagt neun. Johns Blick durchbohrt sie. Der Arzt sagt acht, sieben. Sylvies Augenlider fallen zu.

Ein Lichtstrahl trifft auf eine Glasplatte, und darunter erscheint eine Vergrößerung. Ein Pfauenspinner, denkt sie entzückt. Das Licht und die Vergrößerung werden immer stärker, bis ihr schließlich klar wird, daß sie etwas betrachtet, was unendlich viel kleiner ist als die Atomteilchen des Falters. Es ähnelt einem riesigen Kiefernwald. Eine Nadel an einem der Bäume wird unter der Lupe vergrößert und verwandelt sich in einen riesigen Schwarm exotischer Fische. Dann wird eine Schuppe auf einem der Fische vergrößert und verwandelt sich in ein Heer von Glühwürmchen.

Dann geht die Vergrößerung nicht mehr weiter. Die Glühwürmchen erstrahlen. »Sie müssen am Leben sein«, denkt sie, und später, Wochen später, wird John versuchen, sie aufzuheitern, indem er ihr erzählt, sie habe diese Worte mit lauter Stimme gesagt, bevor sie bewußtlos wurde, und damit die Ärzte auf den Zuschauerrängen zum Lachen gebracht.

Kirchgängerüberweg

Manchmal schwebte Beth. Siebzig oder achtzig Zentimeter über dem Boden, nicht sehr lange, zehn Sekunden vielleicht. Während sie schwebte, war sie sich darüber jedoch nicht im klaren. Erst wenn sie landete und ein gewisses Glühen verspürte, begriff sie, daß sie kurz zuvor noch in der Luft gewesen war.

Als es zum ersten Mal passierte, stand sie auf den Stufen vor der Kirche. Sie blickte zurück über den Fußweg und wußte, sie war hinaufgeschwebt. Ein paar Tage später schwebte sie die Außentreppe zum Keller hinunter. Sie rannte ins Haus und erzählte es ihrer Großmutter, die den Stift und den kleinen Block aus ihrer Rocktasche hervorzog und einen Kreis mit einer Hakennase zeichnete.

Beth sah sich die Zeichnung an. »Ist Tante Cora auch geschwebt?« fragte sie.

Ihre Großmutter nickte.

»Wann?«

Ihre Großmutter hielt sechs Finger hoch.

»Vor sechs Jahren?«

Ihre Großmutter schüttelte den Kopf und senkte die Hand auf die Höhe ihres Oberschenkels.

»Ach so«, sagte Beth, »als sie sechs war.«

Als Beth sechs war – vor fünf Jahren –, lief ihre Mutter mit einem Mann aus der Nachbarschaft davon. Er trug ein Toupet, das sich bei feuchtem Wetter kräuselte. Beths Großmutter, die Mutter ihres Vaters, zog daraufhin zu Beth und ihrem Vater. Dreißig Jahre zuvor hatte sich Beths Großmutter von einem Quacksalber die Mandeln herausnehmen lassen, der ihre Stimmbänder und die Unterseite ihrer Zunge gleich mit herausgerissen hatte.

Es war eine Tragödie gewesen, denn sie und ihre Zwillingsschwester Cora standen damals kurz vor dem Durchbruch (jedenfalls laut Cora) als professionelles Sängerinnenduett. Sie hatten zwei Langspielplatten aufgenommen: »The Carlisle Sisters: From Sea to Sea« und »Christmas with the Carlisle Sisters«. Beths Großmutter hörte sich gern ihre Platten bei voller Lautstärke an und bewegte dazu die Lippen. »My prairie home is beautiful, but oh . . .« Wenn Beth mitsang, stellte sich ihre Großmutter manchmal neben sie, schwenkte die Hüften und raschelte mit ihrem Rock, so als wäre Beth ihre Schwester Cora und die beiden stünden wieder auf der Bühne.

Auf dem Cover des Albums »Sea to Sea« war ein Foto von Beths Großmutter und Tante Cora, die beide Matrosenblusen und dazu passende Mützen trugen, eine Hand über die Augen gelegt hatten und in entgegengesetzte Richtungen Ausschau hielten. Ihr Haar quoll blond und üppig unter den Mützen hervor und sah zauberhaft aus, aber insgeheim hatte Beth das Gefühl, selbst wenn ihre Großmutter nicht die Stimme verloren hätte, wären aus ihr und Cora nie große Stars geworden, denn beide hatten Hakennasen; Cora nannte sie römische Nasen. Beth war erleichtert, daß sie diese Nase nicht geerbt hatte, aber sie bedauerte, nicht das weiche, wellige Haar zu besitzen, das beide noch immer lang trugen. Sie flochten es entweder zu einem Zopf oder ließen es offen und silbrig glänzend den Rücken hinabfallen. Beths Großmutter legte auch immer noch jeden Morgen blauen Lidschatten und roten Lippenstift auf. Und im Haus trug sie ihre alten, langen, grellbunten, inzwischen verblichenen Bühnenröcke – in Rot, Orange oder Gelb, manche auch geblümt oder mit schwungvollen Linien aus zerbrochenen Pailletten besetzt. Beths Großmutter machte sich kaum Gedanken über Unordnung oder Schmutz. Mit der großen Ausnahme des Arbeitszimmers ihres Vaters herrschte im Haus ein heilloses Durcheinander – Beth wurde das erst jetzt allmählich klar, und sie schämte sich inzwischen ein bißchen dafür.

Alle Röcke von Beths Großmutter hatten eine aufgenähte Tasche für den Block und den Bleistift. Wegen der Arthritis in ihrem Daumen hielt sie den Bleistift zwischen Mittelfinger und Zeigefinger, aber sie zeichnete trotzdem schneller als alle anderen Leute, die Beth kannte. Sie zeichnete die Menschen, anstatt ihre Namen oder Initialen aufzuschreiben. Beth zum Beispiel war ein Kreis mit enganliegenden, lockigen Haaren, Beths Freundin Amy war ein

Ausrufezeichen. Wenn das Telefon klingelte und niemand zu Hause war, nahm ihre Großmutter den Hörer ab und klopfte dreimal mit ihrem Bleistift dagegen, um der Person am anderen Ende der Leitung zu verstehen zu geben, daß sie am Apparat war und man eine Nachricht hinterlassen sollte. »Anruf«, notierte sie dann, und fügte eine Zeichnung hinzu.

Die Zeichnung eines Herrenhuts stellte Beths Vater dar. Er war ein hart arbeitender Rechtsanwalt und blieb abends oft lange im Büro. Beth erinnerte sich verschwommen daran, wie er sie einmal gebadet hatte. Das mußte gewesen sein, bevor ihre Mutter davonlief. Diese Erinnerung war ihr peinlich. Sie fragte sich, ob er wohl wünschte, sie wäre mit ihrer Mutter weggegangen, ob sie nicht eigentlich hätte mitgehen sollen, denn wenn er von der Arbeit nach Hause kam und sie noch da war, schien er überrascht zu sein. »Wen haben wir denn da?« sagte er manchmal. Er wollte seine Ruhe. Wenn Beth übermütig wurde, kniff er die Augen zusammen, als strahle sie ein grelles, schmerzendes Licht aus.

Beth wußte, daß er ihre Mutter immer noch liebte. In der obersten Schublade seiner Kommode hatte er in einer alten Brieftasche, die er nie benutzte, einen Schnappschuß von ihrer Mutter, auf dem sie nur einen schwarzen Unterrock trug. Beth erinnerte sich an diesen Unterrock und das enge schwarze Kleid ihrer Mutter, mit dem langen Reißverschluß am Rücken. Und an ihre langen roten Fingernägel, mit denen sie auf die Tischplatte trommelte. »Deine Mutter war noch zu jung für die Ehe«, war die einzige Erklärung, die ihr Vater abgab. Ihre Großmutter gab gar keine Erklärung ab; sie stellte sich taub, wenn Beth sie nach ihrer Mutter fragte. Beth erinnerte sich daran, daß ihre Mutter ihren Vater manchmal wegen Geld anrief und ihre Großmutter, wenn sie an den Apparat ging und die Nachricht entgegennahm, ein großes Dollarzeichen malte, und daneben ein umgekehrtes V auf einem Strich – ein Hexenhut.

Die Zeichnung eines umgekehrten V ohne Strich bedeutete Kirche. Als ganz in der Nähe eine Presbyterianerkirche gebaut wurde, gingen Beth und ihre Großmutter öfter dorthin zur Messe, und ihre Großmutter fing an, die Bibel zu lesen und Bibelsprüche zu benutzen, wenn sie Beth Ratschläge erteilte. Ein paar Monate später wurde am Ende der Straße ein Zebrastreifen eingerichtet, und jahrelang dachte Beth, der Überweg wäre ausschließlich für die Kirchgänger, und glaubte, auf dem Schild an der Straße stünde »Vorsicht, Kirchgängerüberweg« anstatt »Vorsicht, Fußgängerüberweg«.

Ihre Sonntagsschullehrerin war eine alte Frau mit Triefaugen, die zu Beginn des Unterrichts jedes Mal das Lied »When Mothers of Salem« sang, während die Kinder ihre Mäntel aufhängten und sich im Schneidersitz vor ihr auf den Fußboden setzten. Dieses Kirchenlied, vor allem die Stelle, an der es hieß, daß Jesus alle Kinder an seinen

»Busen« drücken wollte, gab Beth das Gefühl, daß mit Jesus etwas nicht stimmte, und das Lied war schließlich schuld daran, daß sie sechs Monate lang furchtbare Angst hatte, in die Hölle zu kommen. Jeden Abend nach dem Beten sang sie ein paar Minuten lang »Ich liebe Jesus, ich liebe Jesus, ich liebe Jesus«, denn sie glaubte, es sich auf diese Weise einreden zu können. Sie erwartete nicht, irdische Liebe zu empfinden; sie rechnete vielmehr mit dem unbekannten Gefühl, das himmlische Herrlichkeit genannt wurde.

Als sie anfing zu schweben, sagte sie zu sich: »Dies ist die himmlische Herrlichkeit.«

Sie schwebte einmal oder zweimal die Woche. Um Weihnachten herum passierte es dann seltener – alle zehn bis vierzehn Tage. Schließlich ging es bis auf einmal im Monat zurück. Sie fing wieder an »Ich liebe Jesus« zu singen, aber nicht, weil sie befürchtete, in die Hölle zu kommen; sie wollte einfach nur schweben.

Als die Sommerferien anfingen, war sie seit beinah sieben Wochen nicht mehr geschwebt. Sie rief ihre Tante Cora an, die sagte, ja, beim Schweben spüre man in der Tat die himmlische Herrlichkeit, aber Beth könne sich glücklich schätzen, daß es ihr überhaupt je gelungen sei. »Etwas so Schönes währt nie lange«, seufzte sie. Beth wollte jedoch die Hoffnung nicht aufgeben. Sie ging in den Park und kletterte auf einen Baum. Sie hatte vor, hinunterzuspringen, damit Jesus ihr half, zur Erde zurückzuschweben. Aber als sie auf einem Ast stand und versuchte, ihren Mut zusammenzunehmen, dachte sie daran, daß Gott ja auch gesehen hatte, wie der kleine Spatz fiel, und daß er ihn einfach hatte fallen lassen, und sie kletterte wieder hinunter.

Sie hatte das Gefühl, soeben knapp dem Tode entronnen zu sein. Sie legte sich rücklings auf den Picknicktisch, schaute nach oben und fragte sich, wie hoch sie wohl geklettert war. Es war ein heißer, windstiller Tag. Sie hörte in der warmen Luft das Surren der Insekten und die Sirene eines Krankenwagens. Gleich darauf lief sie hinüber zu den Schaukeln und schaukelte nacheinander auf jeder von ihnen, denn außer ihr war niemand im Park.

Sie saß gerade auf der letzten Schaukel, als Helen McCormack über den Rasen gewatschelt kam. Sie rief ihr zu, soeben sei ein Junge von einem Auto überfahren worden. Beth rutschte von der Schaukel. »Er ist fast tot!« rief Helen.

»Wer denn?« fragte Beth.

»Ich weiß nicht, wie er heißt. Keiner kennt ihn. Er ist ungefähr acht. Er hat rote Haare. Das Auto ist über sein Bein *und* über seinen Rücken gefahren.«

»Wo?«

Helen keuchte. »Ich hätte nicht so schnell laufen sollen«, sagte sie. Sie hielt mit beiden Händen die Seiten ihres riesigen Kopfes fest. »Die Venen in meiner Hirnschale pochen so doll.« Kleine Büschel ihres dünnen blonden Haares staken zwischen ihren Fingern hervor.

»Wo ist es passiert?« sagte Beth.

»Auf der Glenmore Street. Vor der Post.«

Beth rannte in Richtung Glenmore Street los, aber Helen rief: »Da gibt's jetzt nichts mehr zu sehen, alle sind schon weg!« Also blieb Beth stehen und drehte sich um, und einen Augenblick lang schienen sich Helen und die Schaukeln im Kreis zu drehen, genau wie Helens Stimme, die sagte: »Du hast alles verpasst. Du hast es verpasst. Du hast alles verpasst.«

»Er war auf dem Fahrrad«, sagte Helen und ließ sich auf eine Schaukel fallen, »und ein Augenzeuge sagte, der Wagen sei auf einer Wasserlache ins Schleudern geraten, hätte ihm umgeworfen und dann zweimal überrollt, einmal mit einem Vorderrad und einmal mit einem der Hinterräder. Ich war noch vor dem Krankenwagen da. Der Junge wird wahrscheinlich nicht überleben. Man sieht das an den Augen. Seine Augen waren ganz glasig.« Helens Augen, blau und riesig hinter ihren Brillengläsern, zuckten mit keiner Wimper.

»Das ist ja furchtbar«, sagte Beth.

»Ja, es war wirklich furchtbar«, sagte Helen sachlich. »Es war allerdings nicht das erste Mal, daß ich gesehen habe, wie ein Mensch fast gestorben ist. Meine Tante wäre fast in der Badewanne ertrunken, als wir einmal bei ihr zu Besuch waren. Seitdem vegetiert sie nur noch dahin.«

»Hat der Junge geblutet?« fragte Beth.

»Ja, überall war Blut.«

Beth hielt sich beide Hände vor den Mund. Helen sah nachdenklich aus. »Er wird wohl sterben«, sagte sie. Sie bewegte ihre dicken Beine vor und zurück, brachte jedoch nicht genügend Kraft auf, um die Schaukel in Bewegung zu setzen. »Ich werde auch bald sterben«, sagte sie.

»Wirklich?«

»Du weißt vermutlich, daß ich Wasser im Kopf habe«, sagte Helen.

»Ja, ich weiß«, sagte Beth. Alle wußten es. Darum durfte Helen nicht rennen. Und darum war ihr Kopf so groß.

»Na ja, es läuft ständig mehr Wasser hinein, und eines Tages wird es so viel sein, daß mein Gehirn buchstäblich darin ertrinkt.«

»Wer sagt das?«

»Die Ärzte natürlich, wer denn sonst.«

»Sie haben gesagt: ›Du wirst sterben‹?«

Helen warf ihr einen ironischen Blick zu. »Nicht ganz. Sie sagen einem, daß man nicht mehr lange zu leben hat.« Sie kniff die Augen zusammen, um einem Flugzeug am Himmel nachzuschauen. »Der Junge, er hatte... ich glaube, es war eine Rippe, sie stach aus seinem Rücken hervor.«

»Ehrlich?«

»Ich *glaube* jedenfalls, daß es eine Rippe war. Es war schwer zu erkennen, wegen des ganzen Bluts.«

Helen stieß mit der Spitze ihres Schuhs ein Loch in

den Sand unter der Schaukel. »Ein Mann vom Postamt spülte das Blut mit einem Gartenschlauch in den Gulli, aber ein Teil war schon von der Sonne angetrocknet.«

Beth ging zum Schatten des Picknicktisches hinüber. Die Luft war dick und stand still. Als Beths Arme und Beine sie durchschnitten, schienen sie ein tausendfaches Klirren zu erzeugen.

»Der Fahrer war ein alter Mann«, sagte Helen, »und er hat hemmungslos geweint.«

»Da hätte doch jeder geweint«, sagte Beth hitzig. Ihre Augen füllten sich mit Tränen.

Helen wand sich aus der Schaukel heraus und ging zum Tisch hinüber. Als sie auf die Bank gegenüber von Beth kletterte, stöhnte sie vor Anstrengung und rollte den Kopf hin und her.

»Wenigstens werde *ich* in einem Stück sterben«, sagte sie.

»Wirst du wirklich sterben?« fragte Beth.

»Ja.« Helen drehte ihren Kopf dreimal rechtsherum, dann dreimal linksherum. Dann stützte sie ihn, indem sie das Kinn in beide Hände legte.

»Aber kann man denn nicht irgendwie verhindern, daß noch mehr Wasser reinfließt?« fragte Beth.

»Nein«, sagte Helen geistesabwesend, als dächte sie an etwas Interessanteres.

»Weißt du was?« sagte Beth, während sie ihre Tränen abwischte. »Wenn du jeden Abend die Augen schließen und immer wieder singen würdest: ›Wasser, geh weg, Wasser, geh weg, Wasser, geh weg, vielleicht würde es dann wirklich weggehen, und dein Kopf würde kleiner werden.«

Helen grinste mitleidig. »Irgendwie«, sagte sie, »bezweifle ich das.«

Beth riß von der Kante des Picknicktisches einen langen Span ab, der sie an die Rippe des Jungen erinnerte. Sie sah im Geiste den Jungen auf seinem Fahrrad. Wie alle Jungs fuhr er freihändig im Zickzack die Straße entlang. Sie stellte sich vor, wie sie mit dem Span Helens Kopf zum Bersten brachte, damit das Wasser herausprudeln konnte.

»Ich habe Durst«, seufzte Helen. »Ich habe heute einen schweren Schock erlitten. Ich gehe jetzt nach Hause und trinke ein Glas Limonade.«

Beth ging mit. Es war, als liefe sie neben ihrer Großmutter her, die wegen der Arthritis in ihren Hüften ebenfalls von einer Seite zur anderen schwankte und die gesamte Breite des Bürgersteigs einnahm. Beth fragte Helen, wo sie wohnte.

»Ich kann jetzt nicht reden«, keuchte Helen. »Ich kriege kaum Luft.«

Beth dachte, Helen wohne in einem von den Mietshäusern, in denen Immigranten, Verrückte und Penner hausten, aber Helen ging an diesen Wohnblöcken vorbei den Hügel hinauf zu der Neubausiedlung Regal Heights, wo früher eine Müllhalde gewesen war. Helen wohnte in einem Halbgeschoßhaus mit einem kleinen Turm über der

Garage. An der Tür hing eines von den hölzernen Schildern mit eingeritzter Inschrift, die Beth schon auf Pflöcke genagelt in den Vorgärten von Ferienhäusern gesehen hatte. Vertreter unerwünscht, stand darauf.

»Mein Vater ist Rechtsvertreter«, sagte Beth.

Helen war damit beschäftigt, die Tür aufzumachen. »Die verfluchte Tür klemmt immer«, murmelte sie und drückte sie mit der Schulter auf. »Ich bin wieder da!« brüllte sie und ließ sich auf einen kleinen malvenfarbigen Koffer neben der Tür plumpsen.

Am Ende des Flurs war eine wunderschöne Frau dabei, mit einem Mop die Decke abzustauben. Sie hatte ihr dunkles, lockiges Haar mit einem roten Band zusammengebunden, und ihre langen schlanken Beine steckten in knappen weißen Shorts.

Zu Beths großem Erstaunen war sie Helens Mutter. »Du kannst mich Joyce nennen«, sagte sie und lächelte dabei, als würde sie Beth lieben. »Wer ist denn dieser Kartoffelsack da drüben?« lachte sie und zeigte mit dem Mop auf Helen.

Helen stand auf: »Auf der Glenmore Street ist ein Junge überfahren worden«, sagte sie.

Joyce riß die Augen auf und sah Beth an.

»Ich habe es nicht gesehen«, erklärte Beth.

»Wir kommen um vor Durst«, sagte Helen. »Wir wollen Limonade auf meinem Zimmer trinken.«

Während Joyce aus Zitronensaftkonzentrat Limonade

machte, saß Helen am Küchentisch und hatte den Kopf auf ihre verschränkten Arme gelegt. Joyces Fragen zu dem Unfall schienen sie zu langweilen. »Wir brauchen kein Eis«, sagte sie ungeduldig, als Joyce das Gefrierfach öffnete. Sie verlangte Kekse, und Joyce schüttete ein paar gefüllte Waffeln auf das Tablett mit den beiden Bechern voll Limonade. Dann reichte sie Beth das Tablett und sagte mit einem kurzen Lachen, daß Helen es todsicher fallen lassen würde.

»Ich verschütte andauernd etwas«, gab Helen zu.

Beth trug das Tablett durch die Küche in den Flur. »Warum steht der da?« fragte sie und deutete mit dem Kopf auf den Koffer neben der Haustür.

»Das ist mein Krankenhauskoffer«, sagte Helen. »Er ist fertig gepackt, für den Notfall.« Sie stieß die Tür zu ihrem Zimmer mit solcher Wucht auf, daß sie gegen die Wand knallte. Die Wände waren malvenfarbig, genau wie der Koffer, und es roch nach Farbe. Das Zimmer war aufgeräumt – es lagen keine Kleidungsstücke herum und keine Spielsachen auf dem Fußboden. Die auf den weißen Regalen aufgereihten Puppen und Bücher sahen aus, als wären sie zu verkaufen. Beth dachte zerknirscht an ihre eigenen Puppen mit den verhedderten Haaren und den schmutzigen Kleidern. Die Hälfte von ihnen war nackt, manchen fehlten Beine oder Hände, sie wußte auch nicht, warum; sie begriff nie, wie eine Puppenhand zwischen die Scrabble-Buchstaben geraten konnte.

Sie stellte das Tablett auf Helens Schreibtisch ab. Über

dem Schreibtisch hing eine Tabelle, auf der am Rand untereinander »Herzfrequenz«, »Blutdruck« und »Stuhlgang« stand. »Was ist das?« fragt sie.

»Meine Körperfunktionstabelle.« Helen nahm sich eine Handvoll Kekse. »Wir zeichnen Woche für Woche alle Funktionen auf, um zu sehen, wie stark sie sich verändern, bevor sie ganz aufhören. Wir führen ein Experiment durch.«

Beth starrte auf die säuberlich mit Bleistift eingetragenen Zahlen und die leicht gewellten roten Linien. Sie hatte das Gefühl, ihr entging etwas, das ebenso verblüffend und offensichtlich war wie die Tatsache, daß ihre Mutter sie für immer verlassen hatte. Noch Jahre nachdem ihre Mutter weggegangen war, fragte Beth ihren Vater: »Wann kommt sie zurück?« Ihr Vater antwortete immer mit verwirrtem Blick: »Überhaupt nicht«, aber Beth konnte einfach nicht begreifen, was er damit meinte, bis ihr schließlich einfiel, zu fragen: »Wann kommt sie für den Rest ihres Lebens zurück?«

Sie drehte sich zu Helen um. »Und wann wirst du sterben?«

Helen zuckte die Achseln. »Es gibt keinen genauen Termin«, sagte sie mit vollem Mund.

»Hast du keine Angst?«

»Warum sollte ich? So zu sterben, wie ich sterben werde, tut nicht weh, mußt du wissen.«

Beth setzte sich aufs Bett. Sie spürte das harte Gummi

durch den Überwurf und die Bettdecke. Sie erkannte es von damals wieder, als ihre Mandeln herausgenommen wurden, und man eine Gummiunterlage in ihr Bett gelegt hatte. »Ich hoffe, der Junge ist nicht gestorben«, sagte sie, denn sie dachte plötzlich wieder an ihn.

»Wahrscheinlich doch«, sagte Helen und zog mit dem Finger die unterste Linie auf der Tabelle nach. Die Linien lagen übereinander, sie kreuzten sich nicht. Wenn Beths Großmutter eine Wellenlinie zeichnete, dann bedeutete das Wasser. Beth schloß die Augen. Wasser, geh weg, sagte sie zu sich selber. Wasser, geh weg, Wasser geh weg...

»Was machst du da?« Als Helen sich hinsetzte, schaukelte das Bett so sehr, daß die Limonade in Beths Becher überschwappte.

»Ich habe ein Experiment durchgeführt«, sagte Beth.

»Was für ein Experiment?«

Wieder kleckerte Limonade auf Beths Bein und auf ihre Shorts, diesmal aus Helens Becher. »Sieh doch, was du gemacht hast!« rief Beth. Sie benutzte den Zipfel des Bettüberwurfs, um sich abzutrocknen. »Manchmal bist du wirklich dämlich«, murmelte sie.

Helen trank den Rest ihrer Limonade aus. »Zu deiner Information«, sagte sie und wischte sich den Mund an ihrem Ärmel ab, »es liegt nicht daran, daß ich dämlich bin. Es liegt an der langsamen Zerstörung des Teils meines Gehirnlappens, der meinen Muskeln mitteilt, was sie zu tun haben.«

Beth blickte zu ihr auf. »Ach so, wegen dem Wasser«, sagte sie sanft.

»Wasser ist eine der zerstörerischsten Kräfte, die der Menschheit bekannt sind«, sagte Helen.

»Es tut mir leid«, murmelte Beth. »Ich habe es nicht so gemeint.«

»Was meintest du damit, als du sagtest, du würdest ein Experiment durchführen?« fragte Helen. Sie schob ihre Brille hoch.

»Weißt du was?« sagte Beth. »Wir könnten es gemeinsam machen.« Sie spürte das Prickeln eines tugendhaften Entschlusses. »Weißt du noch, was ich gesagt habe? Das wir ›Wasser, geh weg, Wasser, geh weg‹ singen sollten? Wir könnten es zusammen singen und abwarten, was passiert.«

»Ach herrjehmineh!«, seufzte Helen.

Beth stellte ihren Becher auf den Tisch und sprang vom Bett auf. »Wir legen eine Tabelle an«, sagte sie und durchstöberte die Schublade von Helens Schreibtisch nach Bleistift und Papier. Sie fand einen roten Buntstift. »Hast du auch Papier?« fragte sie. »Wir brauchen ein Blatt Papier und ein Zentimetermaß.«

»Herrjehmineh!«, sagte Helen noch einmal, aber sie ging hinaus und kehrte nach ein paar Minuten mit einem Schreibblock und dem Nähkasten ihrer Mutter zurück.

Beth schrieb »Datum« und »Umfang« oben auf das Blatt und unterstrich es doppelt. Unter »Datum« schrieb sie »30. Juni«, dann rollte sie das Zentimetermaß ab, maß über den Augenbrauen den Umfang von Helens Kopf und notierte »69 1/2«. Dann setzten sie und Helen sich im Schneidersitz auf den Fußboden, schlossen die Augen, faßten sich an den Händen und sagten: »Wasser, geh weg«, zuerst fast flüsternd, aber Helen wurde immer schneller, und Beth mußte ihre Stimme erheben, um sie zu bremsen. Kurz darauf schrien sie beide aus voller Kehle, und Helen grub ihre Nägel in Beths Finger.

»Halt!« kreischte Beth. Sie riß ihre Hände los. »Man muß es langsam und still machen!« rief sie. »So wie Beten!«

»Wir gehen nicht in die Kirche«, sagte Helen und hielt sich mit beiden Händen den Kopf. »Puuh«, japste sie. »Einen Augenblick lang dachte ich, die Venen in meiner Hirnschale hätten wieder zu pochen angefangen.«

»Wir haben es falsch gemacht«, sagte Beth mürrisch. Helen beugte sich herüber und griff nach dem Zentimetermaß. »Sing heute abend vor dem Schlafengehen«, sagte Beth, während sie zusah, wie Helen sich am Bettpfosten festhielt, um auf die Beine zu kommen. »Sing leise und ruhig. Ich komme morgen nach dem Mittagessen wieder, und dann machen wir es noch mal gemeinsam. Wir machen es einfach jeden Nachmittag, den ganzen Sommer lang, wenn es sein muß. Einverstanden?«

Helen war dabei, den Umfang ihrer Hüften zu messen, ihrer breiten, fraulichen Hüften in den grünen Bermudashorts.

»*Einverstanden?*« wiederholte Beth.

Helen beugte sich vor, um das Zentimetermaß abzulesen.

»Klar«, sagte sie gleichgültig.

Als Beth nach Hause zurückkehrte, hörte ihre Großmutter gerade ihre »Sea to Sea«-Platte, während sie eine Suppe aus schwarzen Bohnen kochte und Brötchen dazu backte. Beth erzählte ihr mit lauter Stimme, um die Musik zu übertönen, von dem Autounfall und von Helen. Ihre Großmutter wußte über Helens Zustand Bescheid, glaubte aber, sie sei geistig zurückgeblieben – in dem Mehl, das auf den Küchentisch gestreut war, zog sie einen Kreis und zeichnete ein Dreieck darüber, was »Dummkopf« bedeutete, und ein Fragezeichen.

»Nein«, sagte Beth erstaunt. »Sie hat in allen Fächern Einser.«

Ihre Großmutter zog den Block und den Bleistift hervor und schrieb: »Mach ihr keine falsche Hoffnung.«

»Aber wenn du betest, dann machst du dir doch auch Hoffnung«, wandte Beth ein.

Ihre Großmutter sah beeindruckt aus. »Wir gehen unseren Weg im Glauben«, schrieb sie.

Es war plötzlich still. »Möchtest du die andere Seite hören?« fragte Beth. Ihre Großmutter legte die Finger zu einem Kreuz übereinander. »Ach so, ist gut«, sagte Beth und ging ins Wohnzimmer, um die andere Platte von ihrer Großmutter aufzulegen, die Weihnachtsplatte. Das erste

Lied war »Hark! The Heralds Angels Sing«. Beths Vater hieß Harold. Die Bohnensuppe, sein Leibgericht, bedeutete, daß er zum Abendessen zu Hause sein würde. Beth schlenderte den Flur entlang zu seinem Arbeitszimmer, setzte sich in seinen grünen Ledersessel und drehte sich eine Weile im Takt der Musik. »Offspring of a Virgin's womb...«

Nach ein paar Minuten stand sie auf und durchwühlte seinen Papierkorb. Immer wenn sie hier war und feststellte, daß der Papierkorb nicht geleert worden war, schaute sie nach, was drin lag. Meistens fand sie nur Bleistiftspäne und lange handgeschriebene Geschäftsbriefe mit vielen durchgestrichenen Sätzen und Bemerkungen am Rand. Manchmal waren auch Telefonnotizen aus seinem Büro dabei, wo er Hal genannt wurde, von Sue, der Frau, die die Nachrichten aufschrieb.

»Eilt!« schrieb Sue. »Sobald wie möglich!«

Heute fand sie mehrere an ihren Vater adressierte Briefumschläge, zwei Flugblätter, eine leere Zigarettenschachtel und einen zerknüllten Zettel vom Block ihrer Großmutter. Beth faltete den Zettel auseinander.

»Anruf«, stand darauf, und daneben war ein umgekehrtes V gezeichnet. Darunter stand eine Telefonnummer.

Beth dachte, es sei eine Nachricht für ihren Vater, die bedeutete, daß er bei der Kirche anrufen sollte. Ihre Mutter hatte seit vier Jahren nicht mehr angerufen, daher überlegte Beth erst einen Augenblick, warum die Telefonnummer nicht wie alle anderen Nummern in der Nachbarschaft mit zwei Fünfen anfing, und warum ihr Vater, der nie in die Kirche ging, eine Nachricht von der Kirche erhielt, ehe ihr wieder einfiel, daß ein umgekehrtes V nicht »Kirche«, sondern »Hexenkappe« bedeutete.

In der Küche schüttelte Beths Großmutter die Gläser mit den Bohnen im Takt zu »Here We Come a-Wassailing«. Beth empfand den Rhythmus wie ein Hämmern zwischen ihren Ohren. »Die Venen in meiner Hirnschale pochen«, dachte sie in einer plötzlichen Erleuchtung, und sie legte den Zettel weg, presste die Handflächen an ihre Schläfen und erinnerte sich an die Anrufe ihrer Mutter, wenn sie Geld brauchte. Wegen dieser Anrufe hatte Beth immer geglaubt, daß ihre Mutter und der Mann mit dem Toupet in einer armseligen Behausung wohnten, in einer heruntergekommenen Mietwohnung oder in einem der Flachbauten am nördlichen Stadtrand. »Ich wette, sie sind mal wieder pleite«, sagte Beth bemüht spöttisch zu sich. »Ich wette, sie sind bis auf den letzten Pfennig abgebrannt.« Sie hob die Nachricht auf, knüllte sie zu einer Kugel zusammen, strich sie dann wieder glatt, faltete sie einmal und schob sie in die Tasche ihrer Shorts.

Wie versprochen ging sie jeden Nachmittag zu Helen. Sie brauchte zwanzig Minuten für den Weg; ein bißchen länger, wenn sie die Straße verließ und durch den Park ging, was sie oft tat, denn sie hatte das unbestimmte Gefühl, wenn sie das nächste Mal schweben würde, dann würde es dort sein. Im Park mußte sie an den Jungen denken, der überfahren worden war. Im Radio hatten sie gesagt, daß man ihm einen Fuß amputiert hatte, und daß er dringend eine neue Leber brauchte. »Schließen Sie ihn in ihre Gebete ein«, sagte die Moderatorin, und Beth und ihre Großmutter taten es. Der Junge hieß Kevin Beihn.

»Kevin *Beihn*, und er hat einen *Fuß* verloren!« sagte Beth zu Joyce. Joyce lachte, obwohl Beth es nicht als Witz gemeint hatte.

Ein paar Minuten später fragte Beth im Kinderzimmer Helen: »Warum macht sich deine Mutter keine Sorgen darüber, daß wir dir falsche Hoffnungen machen?«

»Sie freut sich einfach, daß ich endlich eine Freundin habe«, antwortete Helen. »Wenn ich allein bin, störe ich sie beim Saubermachen.«

Beth blickte aus dem Fenster. Es war ihr noch gar nicht in den Sinn gekommen, daß sie und Helen Freundinnen waren.

Beths beste Freundin, Christine, verbrachte den Sommer in einem Ferienhaus. Mit Amy, ihrer anderen Freundin, spielte sie vormittags und wenn sie von Helen zurückkam. Amy war Halbchinesin und klein und dünn. Sie nahm Tabletten gegen Hyperaktivität. »Stell dir bloß mal vor, wie ich wäre, wenn ich sie *nicht* nehmen würde!« rief sie, drehte sich im Kreis herum und knallte gegen die Wand. Amy war die Freundin, die Beths Großmutter mit einem Ausrufezeichen darstellte. Egal, was sie spielten,

Amy hatte nach fünf Minuten genug davon und schlug etwas anderes vor. Es war immer lustig mit ihr, auch wenn sie nicht besonders nett war. Als Beth ihr erzählte, daß Helen sterben würde, rief sie: »Das ist gelogen!«

»Frag doch ihre Mutter«, sagte Beth.

»Nie und nimmer gehe ich zu diesem Monster nach Hause!« kreischte Amy.

Amy wollte auch die Geschichte mit dem Arzt, der Beths Großmutter die Mandeln herausgerissen hatte, nicht glauben; noch nicht einmal als Beths Großmutter ihren Mund aufmachte und ihr ihre verstümmelte Zunge zeigte.

Daher war Beth nicht so dumm, Amy von dem Schweben zu erzählen. Sie war nicht so dumm, irgend jemand anderem als ihrer Großmutter und ihrer Tante Cora von dem Schweben zu erzählen, denn sie konnte es nicht beweisen und konnte es selber kaum glauben. Dennoch war sie felsenfest davon überzeugt, daß sie tatsächlich geschwebt war und daß es wieder geschehen würde, wenn sie weiterhin jeden Abend »Ich liebe Jesus« sang.

Dann erzählte sie jedoch Helen von dem Schweben, und zwar am fünfzehnten Tag ihres gemeinsamen Singens, denn anstatt sich auf den Boden zu setzen und Beths Hand zu ergreifen, legte sich Helen mit dem Gesicht zur Wand auf die Seite, zog die Knie hoch und sagte: »Ich wünschte, wir würden statt dessen Dame spielen«, und Beth wurde klar, wie viel Vertrauen Helen ihr bisher entgegengebracht hatte, indem sie zweimal am Tag sang, obwohl sie keinen Anlaß hatte zu glauben, es könnte tatsächlich helfen.

Am nächsten, dem sechzehnten Tag, maß Helens Kopfumfang achtundsechzig Zentimeter.

»Bist du sicher, daß du mir das Maßband nicht strammer umgelegt hast als sonst?« fragte Helen.

»Nein«, sagte Beth. »Ich halte es immer so stramm wie jetzt.«

Helen schob das Band von ihrem Kopf und watschelte zur Tür. »Achtundsechzig Zentimeter!« rief sie.

»Komm, wir zeigen es ihr«, sagte Beth, und sie liefen schnell ins Wohnzimmer, wo Joyce mit einem Nagel die Zwischenräume der Fußbodendielen reinigte.

»Alle Achtung!« sagte Joyce, setzte sich auf ihre Fersen und wischte ein paar Staubflöckchen von ihren schlanken Beinen und ihren winzigen rosa Shorts.

»Los, komm«, sagte Helen und zog Beth in ihr Zimmer.

Atemlos ging sie zum Schreibtisch und trug das Maß in die Tabelle ein.

Beth setzte sich aufs Bett. »Ich kann es kaum glauben«, sagte sie und ließ sich auf den Rücken fallen. »Es hilft. Ich meine, das hatte ich erwartet, gehofft, aber ich war nicht ganz, nicht absolut, nicht hundertprozentig sicher.«

Helen setzte sich neben sie und ließ ihren Kopf kreisen. Beth stellte sich vor, wie das Wasser von einer Seite zur andern schwappte. »Warum machst du das?« fragte sie.

»Ich kriege immer Nackenkrämpfe«, sagte Helen. »Diese verdammten Nackenkrämpfe werden mir jedenfalls nicht fehlen.«

Am nächsten Tag schrumpfte ihr Kopf um weitere anderthalb Zentimeter. Am Tag darauf sogar zwei Zentimeter, so daß der Umfang sich auf fünfundsechzigeinhalb Zentimeter verringerte. Beth und Helen zeigten die Meßergebnisse Joyce. Sie tat so, als sei sie verblüfft, aber Beth merkte ihr an, daß sie es in Wirklichkeit nicht war.

»Wir denken uns das nicht bloß aus«, sagte Beth zu ihr.

»Habe ich das etwa behauptet«, fragte Joyce mit gespielter Entrüstung.

»Finden Sie nicht, daß ihr Kopf kleiner *aussieht?*« sagte Beth, und Joyce und sie betrachteten beide Helens Kopf, der im Kinderzimmer tatsächlich kleiner ausgesehen hatte. Jetzt war Beth nicht mehr ganz sicher. Genaugenommen war sie von der Größe des Kopfes noch genauso beeindruckt wie früher, als sie Helen nur ab und zu gesehen hatte. Und ebenso von ihrem unförmigen, erwachsen und fraulich wirkenden Körper, der in diesem Augenblick auf einen der Küchenstühle plumpste.

»Wißt ihr was, ich glaube, er sieht wirklich kleiner aus«, sagte Joyce gutgelaunt.

»Warte nur, bis Dr. Dobbs mich sieht«, sagte Helen mit müder Stimme, verschränkte die Arme auf dem Küchentisch und legte ihren Kopf darauf.

Joyce knuffte Helen leicht in die Schulter. »Alles in Ordnung, Kleines?«

Helen beachtete sie nicht. »Ich zeige ihm unsere Tabelle«, sagte sie zu Beth.

»Hey«, sagte Joyce. »Ist alles in Ordnung mit dir?«

Helen schloß die Augen. »Ich muß mich ein Weilchen hinlegen«, murmelte sie.

Als Beth nach Hause kam, lag wieder eine Nachricht von ihrer Mutter im Papierkorb ihres Vaters.

Ganz unwillkürlich dachte sie diesmal: »Sie wird zurückkommen, sie hat diesen Mann verlassen«, und im gleichen Augenblick glaubte sie mit selbstgerechter Gewißheit daran. »Ich habe es dir ja gesagt«, sagte sie laut und meinte damit ihren Vater. Ihre Augen glühten vor Selbstgerechtigkeit. Sie warf die Nachricht zurück in den Papierkorb und ging hinaus in den Garten, wo ihre Großmutter gerade die Tomatenpflanzen festband. Ihre Großmutter trug die rote Bluse mit den kurzen Puffärmeln und den blauen Rock, der früher ein Muster aus roten Noten gehabt hatte, die inzwischen verblichen waren und jetzt wie durchbrochene pinkfarbene Striche aussahen. Ihren Zopf trug sie um den Kopf gewickelt. »Sie sieht aus wie eine Einwanderin«, dachte Beth kühl und verglich sie im Geiste mit Joyce. Sekundenlang stand Beth da, betrachtete ihre Großmutter und fand, daß sie ihr ein paar Antworten schuldig war.

Aber kaum blickte ihre Großmutter auf, wollte Beth es gar nicht mehr wissen. Wenn ihre Großmutter in diesem Moment beschlossen hätte, ihr zu erzählen, worum es bei den Nachrichten ging, wäre Beth weggelaufen. Tatsächlich lief Beth ums Haus herum und auf die Straße. »Ich liebe Jesus, ich liebe Jesus«, sagte sie und breitete die Arme aus. Ihre Beine waren so leicht! Es konnte sich nur noch um Tage handeln, bis sie wieder schweben würde, das spürte sie ganz deutlich.

Ihr Vater kam an diesem Abend früh nach Hause. Beth fand es auffällig, daß er sich nicht wie sonst *vor* dem Essen eine bequeme Hose und ein Sporthemd anzog. Davon abgesehen geschah aber nichts Ungewöhnliches. Ihr Vater sprach über seine Arbeit, ihre Großmutter nickte und machte Zeichen und schrieb, um an der Unterhaltung teilzunehmen, ein paar Bemerkungen auf, die Beth über den Tisch gebeugt vorlas.

Nach dem Essen zog sich ihr Vater schließlich etwas anderes an und ging dann nach draußen, um den Rasen zu mähen, während Beth und ihre Großmutter das Geschirr abwuschen. Beth trug zuviel Geschirr auf einmal hinüber zum Waschbecken, und dabei fielen eine Untertasse und ein Teller herunter und zersprangen. Ihre Großmutter wedelte mit den Armen – »Mach dir nichts draus, es ist halb so schlimm!« –, und um es zu beweisen, holte sie den Sears-Katalog aus dem Schrank und zeigte Beth das neue Tafelservice, das sie sowieso kaufen wollte.

Erst als Beth am nächsten Morgen beim Frühstück saß, ging ihr auf, daß ihre Großmutter sie verlassen würde, wenn ihre Mutter wiederkäme, und wenn ihre Großmutter vorhätte, sie zu verlassen, dann würde sie kein neues Geschirr anschaffen. Dieser Gedanke erzeugte in Beth ein Gefühl, als wäre sie soeben aufgewacht und hätte noch keine Ahnung, welcher Tag war und was sie gerade geträumt hatte. Dann plärrte das Radio: »...Leber...« Sie sprang auf, drehte sich um und sah ihre Großmutter. Sie betätigte mit der einen Hand den Lautstärkeregler und hatte die andere erhoben, um zu signalisieren, daß Beth still sein sollte. »Nach Auskunft der Ärzte war die Transplantation erfolgreich«, sagte die Sprecherin, »und Kevins Zustand ist ernst, aber stabil.«

»Haben sie einen Spender gefunden?« rief Beth, als die Sprecherin sagte: »Die Spenderin, ein elfjähriges Mädchen, starb gestern am späten Abend im St.-Andrew-Krankenhaus. Auf Wunsch der Familie wird ihr Name nicht bekanntgegeben.«

Ihre Großmutter stellte das Radio wieder leiser.

»Mensch, das ist ja toll«, sagte Beth. »Alle haben für ihn gebetet.«

Ihre Großmutter riß ein Blatt von ihrem Block ab. »Bittet, so wird euch gegeben«, schrieb sie.

»Ich weiß!« jubelte Beth. »Ich weiß!«

An diesem Nachmittag war bei Helen niemand zu Hause. Als sie durch das Fenster neben der Haustür hineinspähte, fiel ihr auf, daß der malvenfarbige Koffer nicht mehr da war, und ehe sie sich's versah, war sie von Helens Haustür bis zum Ende der Auffahrt geschwebt. Jedenfalls glaubte sie, sie sei geschwebt, denn sie wußte nicht mehr, wie sie vom Haus zur Straße gekommen war. Aber es war merkwürdig, denn diesmal verspürte sie nicht dieses Glühen, dieses Gefühl von himmlischer Herrlichkeit. Auf dem Nachhauseweg ließ sie sich treiben und bewegte sich so behutsam, als wäre sie eine Seifenblase.

Zu Hause lag ein Zettel auf dem Küchentisch: die Zeichnung eines Apfels, was bedeutete, daß ihre Großmutter Lebensmittel einkaufen gegangen war. Das Telefon klingelte, aber als Beth abnahm und »Hallo« sagte, legte der Anrufer auf. Sie ging in ihr Zimmer, öffnete die Schublade ihres Nachttisches und nahm die Nachricht mit der Telefonnummer ihrer Mutter heraus. Sie ging zurück in die Küche und wählte. Nach dem vierten Klingeln sagte eine ungeduldig klingende Frauenstimme: »Hallo?« Beth sagte nichts. »Ja, hallo?« sagte die Frau. »Wer ist da, bitte?«

Beth legte auf. Sie wählte Helens Nummer und legte sofort wieder auf.

Sie stand eine Weile da und kaute an den Fingernägeln.

Sie ging hinüber in ihr Zimmer und schaute aus dem Fenster. Zwei Gärten weiter sprang Amy gerade von der Veranda. Dann kletterte sie auf das Geländer der Veranda, machte wie beim Weitspringen einen Satz nach vorne, wälzte sich kurz auf dem Rasen, sprang auf die Füße, rannte die Treppe hoch und machte das ganze noch einmal. Beth wurde vom Zuschauen ganz schwindelig.

Ungefähr eine halbe Stunde später kam ihre Großmutter zurück. Sie ließ ihre Einkaufstüten fallen, und sie stießen gegen eine Schranktür, die zuknallte. Sie öffnete den Kühlschrank und schloß ihn wieder. Sie drehte den Wasserhahn auf. Beth, die inzwischen auf dem Bett lag, rührte sich nicht. Sie setzte sich jedoch ruckartig auf, als das Telefon klingelte. Es klingelte fünfmal, bevor ihre Großmutter den Hörer abnahm.

Beth stand auf und trat noch einmal ans Fenster. Amy warf immer wieder einen Ball in die Luft. Durch das geschlossene Fenster konnte Beth rein gar nichts hören, aber da Amy jedes Mal die Hände kreisen ließ und klatschte, bevor sie den Ball fing, wußte Beth, daß sie »Ganz normal bewegen, lachen, reden ...« sang.

Da der Stuhl über den Boden kratzte, wußte sie, daß ihre Großmutter ihn vom Tisch abgerückt hatte, um sich hinzusetzen. Da noch immer das Wasser lief, wußte sie, daß ihre Großmutter von den Worten des Anrufers völlig in Anspruch genommen wurde. Mehrmals klopfte ihre Großmutter mit ihrem Bleistift gegen den Hörer, um dem Anrufer mitzuteilen: »Ich höre noch zu. Ich schreibe alles auf.«

Dreiundneunzig Millionen Meilen weit weg

Ali heiratete Claude, einen Schönheitschirurgen mit florierender Praxis, unter anderem, weil sie ihren langweiligen Verwaltungsjob kündigen wollte. Claude war total dafür. »Man lebt nur einmal«, sagte er. »Man hat immer nur einen Versuch.« Er gab ihr reichlich Geld und sagte, sie solle tun, was ihr gefiel.

Sie wußte nicht genau, was das war, außer in teuren Läden Kleider anzuprobieren. Claude schlug was mit Musik vor – sie liebte Musik –, also nahm sie Tanzunterricht und Klavierstunden und entdeckte, daß sie kein gutes Gehör und kein Gefühl für Rhythmus hatte. Manchmal wurde sie depressiv und nervte Claude mit Fragen nach den moralischen Aspekten der Schönheitschirurgie.

»Es kommt nur darauf an, unter welchem Aspekt man es betrachtet«, sagte Claude. Er nahm so leicht nichts übel. Ali solle es nicht so eng sehen, sagte er.

Er hatte recht. Sie beschloß, sich zu bilden, und begann nach einem strengen Stundenplan zu arbeiten. Sie las fünf Tage die Woche, fünf bis sechs Stunden am Tag: Romane, Theaterstücke, Biografien, Essays, Zeitschriftenartikel, Jahrbücher, das Neue Testament, *The Concise Oxford Dictionary*, *The Harper Anthology of Poetry*.

Aber obwohl sie nach einem Jahr dafür bekannt war, daß sie bei Dinnerpartys mit Namen oder Daten aufwarten konnte, die jemand anderem auf der Zunge lagen, war sie nicht besonders glücklich und fand sich nicht einmal klug. Im Gegenteil, sie fühlte sich dumm, wie eine Maschine, eine Fachidiotin, deren einziges Talent im Auswendiglernen bestand. Wenn sie überhaupt ein *schöpferisches* Talent besaß, und nur das bewunderte sie wirklich, würde sie es nicht finden, indem sie sich mit Fakten vollstopfte. Außerdem befürchtete sie, daß Claude wollte, sie käme allmählich zur Ruhe und kriegte ein Kind.

An ihrem zweiten Hochzeitstag kauften sie eine Eigentumswohnung mit Fenstern vom Boden bis zur Decke, und Ali beschloß, nicht mehr so intensiv zu lesen, sondern zu malen. Da sie vom Malen keinen blassen Schimmer hatte, studierte sie Bilder in Kunstbüchern. Sie wußte, was ihr erstes Thema sein würde – sie selbst nackt. Vor ein paar Monaten hatte sie geträumt, sie habe ihre Signatur in der Ecke eines Gemäldes erspäht, und dem Gespräch der Männer, die es bewunderten (und ihr die Sicht versperrten), entnommen, daß es eine außerordentlich gute Aktstudie von ihr war. Der Traum erschien ihr wie ein Omen. Zwei Wochen lang studierte sie Proportionen, Hauttöne und Muskelspiel der Akte in den Büchern, dann ging sie los und kaufte Malutensilien und einen großen Standspiegel.

Ihren Arbeitsbereich richtete sie ungefähr in der Mitte des Wohnzimmers ein. Hier hatte sie Licht, ohne direkt vor dem Fenster zu stehen. Als sie dann soweit war anzufangen, stellte sie sich vor den Spiegel und streifte ihren weißen Frotteebademantel und ihren Pyjama aus rosa Baumwollflanell ab und ließ sie zu Boden fallen. Es erregte sie ein wenig, zu sehen, wie sie so sorglos ihre Kleidung abwarf. Sie versuchte eine Pose: die Hände locker gefaltet unter dem Bauch, die Füße vergraben im Bademantel auf dem Boden.

Aus irgendeinem Grunde konnte sie sich aber kein klares Bild davon machen, wie sie aussah. Gesicht und Körper erschienen ihr unscharf, beinahe geheimnisvoll, als ob sie eigentlich gut definiert seien, aber nicht für sie beziehungsweise nicht von ihrem Standort aus.

Sie beschloß, einfach anzufangen und abzuwarten, was passierte. Sie machte eine Bleistiftzeichnung von sich, ausgestreckt auf einem Stuhl. Sie fand sie richtig gut, obwohl sie es im Grunde natürlich nicht beurteilen konnte. Aber es wirkte, als stimmten die Proportionen mit Absicht nicht, und die ausgebreiteten Arme und der lange, gebogene Hals waren auf angenehme Art einfach. Gerade weil sie sich nicht hatte schmeicheln wollen, hatte sie sich vielleicht endlich einmal so etwas wie eine Vision von sich selbst abgerungen.

Am nächsten Morgen stand sie ungewöhnlich früh auf, nicht lange, nachdem Claude die Wohnung verlassen hatte, und entdeckte, daß durch die Lücke zwischen ihrem Haus und dem Apartmenthaus nebenan das Sonnenlicht von oben schräg in ihr Wohnzimmer strömte. Soweit sie wußte, kriegte sie trotz der Riesenfenster nur hier direktes Licht. Sie beschloß, es zu nutzen, solange es da war, und stellte Staffelei, Stuhl und Spiegel näher ans Fenster. Dann zog sie Bademantel und Pyjama aus.

Ein paar Augenblicke lang stand sie da, betrachtete sich und überlegte, was sie zu der Skizze inspiriert hatte. Heute war sie geneigt, sich als im großen und ganzen als nicht übel anzusehen. Was jedoch bestimmte Einzelheiten betraf, ob zum Beispiel ihre Brüste zu klein waren oder ihre Augen zu eng zusammenstanden, tappte sie weiterhin im dunkeln.

Empfanden andere Menschen ihr Aussehen auch als undefiniert? Claude sagte ihr immer, sie sei schön, aber so, wie er es sagte – »Für mich bist du schön«, oder »Ich finde, daß du schön bist« –, klang es, als solle sie begreifen, daß sein Geschmack bei Frauen unkonventionell sei. Ihr einziger Freund vor Claude, ein Typ namens Roger, hatte immer gesagt, sie sei toll, aber nie genau, wie toll. Wenn sie miteinander schliefen, hielt Roger gern seinen Penis unten fest und beobachtete, wie er in sie hinein- und aus ihr hinausfuhr. Einmal sagte er, an manchen Tagen werde er im Büro so scharf, daß ihn sogar sein Bleistift anturne. (Wenn schon, fand sie, dann sein Bleistiftspitzer.)

Vielleicht gehörte sie zu den Menschen, die attraktiver

wirken, wenn sie in Stimmung sind. Sie probierte es. Sie lächelte und warf den Kopf hin und her, sie steckte sich das Haar hinter die Ohren. Sie bedeckte ihre Brüste mit den Händen. Über ihr Dekolleté glitt langsam ein Schweißtropfen, es fühlte sich an wie eine Zungenspitze. Mit den Handflächen rieb sie ihre Brustwarzen, bis sie hart wurden. Sie stellte sich eine Männerhand vor... Claudes nicht – eine Männerhand, aber nicht die eines bestimmten Mannes. Sie schaute aus dem Fenster.

In der Wohnung gegenüber sah sie einen Mann.

Sie sprang zur Seite hinter die Vorhänge. Ihr Herz klopfte heftig, als ob ein großes Auto vorbeigedonnert wäre. Sie blieb stehen und schlang die Arme um sich. Die Vorhänge rochen bitter, nach Kohl. Sie legte die rechte Hand schützend auf die linke Brust. Ihr Herz schlug so sehr, daß sie meinte, sie hielte es direkt in der Hand.

Nach einer Weile merkte sie, daß sie mit beiden Handflächen wieder ihre Brustwarzen rieb. Sie hielt erstaunt inne und machte dann weiter. Aber mit derselben skeptischen Erregung, die sie immer befiel, wenn sie wußte, *sie* bewegte das Buchstabenbrett bei spiritistischen Sitzungen nicht. Und dann bewegten sich ihre Füße wie von allein und trugen sie hinter den Vorhängen hervor in eine überirdische Helligkeit.

Sie ging zur Staffelei, nahm Pinsel und Palette und begann eine Hautfarbe zu mischen. Sie sah weder zum Fenster noch in den Spiegel. Sie fühlte sich wie in Trance, als stehe sie am Rande einer Felsenklippe. Bei den ersten Pinselstrichen tropfte es, deshalb ging sie dazu über, die Leinwand zu betupfen, und dabei entstand etwas, das Federn ähnelte. Die Farbe spritzte auf ihre Haut, aber sie kümmerte sich nicht darum und tupfte immer weiter, Schicht auf Schicht bis sie keine direkte Sonne mehr hatte. Dann tunkte sie einen Lappen in Terpentin und wischte sich Hände, Brüste und Bauch ab.

Sie dachte an die Sonne. Daß sie dreiundneunzig Millionen Meilen weit weg ist und ihr Energievorrat noch für fünf Milliarden Jahre reicht. Anstatt an den Mann zu denken, der sie beobachtete, versuchte sie, sich an eine Sonnenkarte zu erinnern, die sie sich vor ein paar Jahren genau eingeprägt hatte.

Die Oberflächentemperatur beträgt 3315 Grad Celsius, dachte sie. Wenn man die Zahl mit zwei malnimmt, weiß man, wie groß die Oberfläche der Sonne ist und wie viel größer sie ist als die der Erde. Allerdings ist die Sonne ein Ball aus heißem Gas und hat gar keine Oberfläche.

Als sie sich die Farbe abgerieben hatte, ging sie in die Küche, um das Terpentin mit Wasser und Seife abzuwaschen. Die Augen des Mannes verfolgten sie. Das wußte sie, ohne daß sie zum Fenster schauen mußte. Sie knipste die Lampe über dem Abwaschbecken an, seifte das Spültuch ein und fing an, sich die Haut abzuwischen. Es war gar nicht notwendig, daß sie sich auch die Arme säuberte, aber sie hob sie nacheinander hoch und fuhr mit dem Tuch darüber. Sie wischte sich die Brüste ab. Sie schien sich seinen prüfenden Blick zu eigen zu machen, als ob sie sich mit seinen Augen betrachtete. Aus seiner Perspektive konnte sie nun ihren Körper sehr deutlich sehen – ihr glänzendes, rotschimmerndes Haar, ihre schmale Taille, ihren herzförmigen Po, und wie sie verträumt den Kopf hielt.

Sie fing an zu zittern. Sie wrang das Tuch aus, legte es zusammengefaltet über den Wasserhahn und tupfte sich mit einem Geschirrtuch trocken. Dann tat sie so, als untersuche sie ihre Fingernägel, drehte sich dabei um und ging zum Fenster. Sie schaute hoch.

Da stand er, im Fenster gegenüber, aber einen Stock höher. Bei ihrem kurzen Blick vor einer Viertelstunde hatte sie dunkles Haar und ein weißes Hemd registriert. Jetzt sah sie ein langes, älteres Gesicht, einen Mann, vielleicht um die Fünfzig. Eine grüne Krawatte. Sie hatte ihn heute morgen schon einmal gesehen – einen raschen (ihrer Meinung nach) gleichgültigen Blick auf einen Mann in seiner Küche geworfen, der fernsah und von Zimmer zu Zimmer ging. Ein Junggeselle, der neben ihr wohnte. Sie drückte die Handflächen ans Fenster, und er trat ins Dunkel zurück.

Von ihrem Atem beschlug die Scheibe. Sie lehnte sich mit dem Körper dagegen, presste die Brüste an das kühle Glas. Hier direkt am Fenster war sie sowohl von seiner Wohnung aus zu sehen als auch von der darunter, deren Jalousien geschlossen waren. »Wie ein Pranger, so sieht jedes Fenster aus«, dachte sie. Immer wieder kamen ihr mehr oder weniger passende Zeilen aus Gedichten, die sie im letzten Jahr gelesen hatte, in den Kopf. Sie hatte das Gefühl, als beobachte er sie immer noch, sehnte sich aber geradezu nach einem Beweis.

Als klar war, daß er sich nicht mehr zeigen würde, lief sie ins Schlafzimmer. Dessen Fenster gingen nicht auf das Nachbarhaus, sie schloß sie aber trotzdem, legte sich dann ins Bett und deckte sich zu. Zwischen ihren Beinen war ein zartes Pochen, sie mußte sich ein Kissen dazwischenschieben. So fühlen sich garantiert Sexsüchtige, dachte sie, Vergewaltiger, Kinderschänder.

Sie sagte sich: »Du bist ja eine amtlich beglaubigte Exhibitionistin.« Sie lachte erstaunt, beinahe jubelnd, fiel aber in dunkles Erstaunen, als sie allmählich begriff, daß sie das wirklich war, sie war *wirklich* eine Exhibitionistin. Und zwar seit Jahren, zumindest hatte sie seit Jahren darauf hingearbeitet, eine zu werden.

Warum zum Beispiel wohnten sie und Claude hier, ganz ordinär, im Erdgeschoß? Etwa nicht wegen der Fenster vom Boden bis zur Decke genau gegenüber den Fenstern des Nachbarhauses?

Und wie war das noch gewesen, als sie zwölf war und von dem Gedanken, anderen Leuten auf den Rasen zu pinkeln, so besessen, daß sie sich eines Nachts, als alle schliefen, aus dem Haus schlich und es wirklich tat? Auf den Rasen der Eigenheime nebenan pinkelte, noch dazu direkt unter einer Straßenlampe!

Und vor zwei Jahren, als sie den ganzen Sommer lang keine Schlüpfer getragen hatte? Sie hatte eine leichte Hefepilzinfektion gehabt und gelesen, es sei gut, zu Hause, wenn irgend möglich, keine Unterhosen zu tragen, aber sie hatte auch in der Öffentlichkeit, auf Parties und in Bussen, keine mehr getragen, auch unter Röcken und Kleidern nicht, und sie mußte gewußt haben, daß das ein bißchen zu weit ging, denn sie hatte es Claude verschwiegen.

»O Gott«, sagte sie kläglich.

Sie erstarrte, erschreckt darüber, wie theatralisch das klang. Das Herz schlug ihr in der Kehle. Sie tastete mit dem Finger danach. Wie zerbrechlich eine Kehle war. Sie stellte sich vor, wie sie sich mit der Hand um ihre Kehle fuhr und den Mann erregte.

Was passierte hier eigentlich? Was war mit ihr los? Vielleicht war *sie* zu erregt, um von sich geschockt zu sein. Sie bewegte die Hüften, rieb den Unterleib an dem Kissen. Nein, sie wollte nicht masturbieren. Das würde alles ruinieren.

Was ruinieren?

Sie schloß die Augen und sah den Mann vor sich. Sie empfand auf einmal ein heftiges Begehren. Als habe sie ihr ganzes Leben lang auf einen Mann mittleren Alters mit langem Gesicht, weißem Hemd und grüner Krawatte gewartet. Vermutlich stand er immer noch in seinem Wohnzimmer und beobachtete ihr Fenster.

Sie setzte sich, warf die Zudecken ab.

Ließ sich wieder aufs Bett fallen.

Das war verrückt. Das war wirklich verrückt. Was, wenn er ein Vergewaltiger war? Was, wenn er genau in diesem Moment unten stand und ihren Namen vom Briefkasten ablas? Oder was, wenn er einfach nur einsam war und ihr Sich-zur-Schau-Stellen als Aufforderung begriff, sie anzurufen und um ein Rendezvous zu bitten? Sie wollte gar nicht mit ihm ausgehen. Sie wollte keine Affäre.

Ungefähr eine Stunde lang überlegte sie hin und her, dann schlief sie ein. Als sie kurz nach zwölf aufwachte, war sie ganz ruhig. Sie war überzeugt, daß sie sich vorher in diese überreizte Stimmung hineingesteigert hatte. Sie machte also einen Typen scharf, na und? Dann war sie eben ein bißchen exhibitionistisch. Das waren bestimmt die meisten Frauen. Ganz instinktiv. Es war ein Nebeneffekt der Tatsache, daß sie beim Geschlechtsakt die Empfangenden waren.

Sie beschloß, zu Mittag zu essen und dann spazierenzugehen. Während sie sich ein Sandwich machte, vermied sie den Blick zum Fenster, aber kaum saß sie am Tisch, konnte sie nicht widerstehen.

Er war nicht da, und trotzdem hatte sie das Gefühl, als beobachte er sie, bleibe aber im Dunkeln. Sie fuhr sich mit der Hand durchs Haar. »Himmelherrgott«, sagte sie vorwurfsvoll zu sich selbst, aber sie war schon bei ihm. Wieder war es, als seien ihre Augen in seinem Kopf, sie ersetzten sie aber nicht. Sie wußte, er wollte, daß sie mit der Hand in ihre Jogginghosen glitt. Das tat sie. Sie beobachtete sein Fenster, nahm die Hand wieder heraus und leckte sich die nassen Finger ab. In dem Augenblick hätte sie für ein Zeichen, daß er zusah, bezahlt.

Nach ein paar Minuten begann sie an den Fingernägeln zu kauen. Sie war auf einmal deprimiert. Sie streckte die Hand aus, zog den Vorhang vors Fenster und aß ihr Sandwich. Als sie in das Brot biß, zitterte ihr der Mund wie einer alten Frau. »... die unsre sterbliche Natur / Staunend erzittern ließ als sündig Ding«, zitierte sie. Sie fühlte sich aber nicht schuldig. Sie war auch nicht frustriert, nicht sexuell frustriert. Dieses ausgelaugte, traurige Gefühl war ihr nicht unbekannt – es überkam sie bei ganz intensiven Empfindungen. Wenn sie einen Orgasmus gehabt oder den ganzen Tag Kleider in Läden anprobiert hatte.

Sie aß ihr Sandwich auf und machte in ihren neuen Torerohosen und dem engen schwarzen Rollkragenpullover einen langen Spaziergang. Als sie nach Hause kam, war Claude schon da. Er fragte, ob sie wieder nackt gearbeitet habe.

»Natürlich«, sagte sie geistesabwesend. »Muß ich doch.« Sie sah an ihm vorbei auf die zugezogenen Gardinen des Mannes. »Claude«, sagte sie plötzlich, »bin ich schön? Ich meine, nicht nur für dich. Bin ich objektiv schön?«

Claude war überrascht. »Hm, jaa«, sagte er. »Klar doch. Verdammt noch mal, ich hab dich schließlich geheiratet, oder etwa nicht? He!« Er trat einen Schritt zurück. »Wow!«

Sie zog sich aus. Als sie nackt war, sagte sie: »Denk nicht an mich als deine Frau. Einfach nur als Frau. Eine von deinen Patientinnen. Bin ich schön oder nicht?«

Er machte eine Schau daraus, sie von oben bis unten zu taxieren. »Nicht schlecht«, sagte er. »Es kommt natürlich darauf an, was du mit schön meinst.« Er lachte. »Was ist los?«

»Ich meine es ernst. Du findest nicht, daß ich irgendwie ... normal aussehe? Unscheinbar, weißt du.«

»Natürlich nicht«, sagte er liebevoll. Er streckte die Arme nach ihr aus und zog sie an sich. »Willst du einen harten Beweis?« sagte er.

Sie gingen ins Schlafzimmer. Es war dunkel, weil die Vorhänge immer noch zugezogen waren. Sie machte die Nachttischlampe an, aber als er ausgezogen war, machte er sie wieder aus.

»Nein«, sagte sie vom Bett aus, »laß sie an.«

»Was? Willst du es hell haben?«

»Zur Abwechslung mal, ja.«

Am nächsten Morgen stand sie vor ihm auf. Sie hatte kaum geschlafen. Während des Frühstücks sah sie zum Nachbarhaus hinüber, von dem Mann keine Spur. Was nicht unbedingt hieß, daß er nicht da war. Sie konnte gar nicht abwarten, daß Claude ging, damit sie nicht länger so tun mußte, als sei sie nicht angeturnt. Es nagte an ihr, daß sie das Interesse des Mannes vielleicht überschätzt oder falsch gedeutet hatte. Woher sollte sie das wissen? Vielleicht war er schwul. Oder hing so an einer bestimmten Frau, daß ihn alle anderen Frauen anekelten. Er konnte auch Puritaner, Priester oder ein Wiedergeborener sein. Oder verrückt.

In dem Moment, in dem Claude die Wohnung verließ, zog sie sich aus und begann mit der Arbeit an dem Bild. Sie stand im Sonnenlicht, mischte Farben, setzte sich dann in ihrer ausgestreckten Pose auf den Stuhl, besah sich im Spiegel, stand wieder auf, malte, ohne viel Aufmerksamkeit darauf zu verschwenden, Rippen und spitze Brüste und warf alle paar Sekunden einen Blick zu dem Fenster.

Eine Stunde verging, bis sie dachte, heute kommt er nicht. Sie sank auf den Stuhl, schwach vor Enttäuschung, obwohl sie wußte, daß er sehr wahrscheinlich nur zur Arbeit hatte gehen müssen und sie einfach nur Glück gehabt hatte, daß er gestern zu Hause gewesen war. Einsam und verlassen starrte sie ihr Bild an. Zu ihrer Verblüffung hatte sie etwas ziemlich Interessantes hingekriegt: Brüste wie Picasso-Augen. Möglicherweise, dachte sie matt, bin ich ein Naturtalent.

Sie stellte den Pinsel in Terpentin und vergrub das Gesicht in den Händen. Auf ihrem Haar spürte sie die Sonne, die in ein paar Minuten hinter dem Haus verschwinden würde, und wenn sie dann wollte, daß er sie richtig gut sehen konnte, mußte sie sich direkt ans Fenster stellen. Sie sah sich schon den ganzen Tag da stehen. Du machst dich lächerlich, schalt sie sich. Du bist ganz schön durchgeknallt.

Sie warf wieder einen Blick zum Fenster hoch.

Er war da.

Sie setzte sich gerade hin. Stand langsam auf. Bleib da, betete sie. Er blieb da. Sie ging zum Fenster, mit den Fingerspitzen berührte sie flüchtig ihre Oberschenkel. Am Fenster blieb sie vollkommen still stehen. Er stand auch vollkommen still. Er trug wieder ein weißes Hemd, aber keinen Schlips. Er war so nahe, daß sie das Dunkle um seine Augen erkannte, wenn sie auch nicht feststellen konnte, wohin er sah. Aber seine Augen schienen in ihren Kopf einzudringen wie eine Droge, und sie fühlte sich auf seine Blickrichtung eingestellt. Sie sah sich selbst – überraschend schlank, gefaßt, aber ängstlich – durch das Glas und vor dem Hintergrund der weißen Zimmerwand.

Nach ein, zwei Minuten ging sie zu dem Stuhl, nahm ihn und trug ihn zum Fenster. Sie setzte sich mit dem Gesicht zu ihm hin, die Knie auseinander. Er war so reglos wie ein Bild. Sie auch, weil ihr plötzlich wieder einfiel, daß er vielleicht schwul oder irre war. Sie versuchte, ihn streng anzuschauen. Sie bemerkte sein Alter und sein trauriges, korrektes Aussehen. Und die Tatsache, daß er am Fenster blieb und sein Interesse bekundet.

Nein, das war der Mann, den sie sich vorgestellt hatte. Ich bin wie ein Geschenk für ihn, dachte sie und spreizte die Beine. Ich bin sein Traum, der wahr wird. Sie fing an, mit den Hüften zu kreisen. Mit den Fingern beider Hände zog sie ihre Schamlippen auseinander.

Etwas in ihrem Kopf klammerte sich an die Person, die sie bis gestern gewesen war, und versuchte, sie zurückzuhalten. Sie hatte das Empfinden, als stehe es hinter dem Stuhl; lauter anschauliche, eindringliche, aber irrelevante Warnungen, die sie natürlich keines Blickes würdigte. Sie behielt den Mann im Blick. Sie hob die linke Hand zu ihren Brüsten und fing an, die Brustwarzen zu reiben und zu drücken und die Finger darauf im Kreis zu bewegen. Der Mittelfinger ihrer rechten Hand glitt in ihre Vagina, die Handfläche massierte ihre Klitoris.

Er bewegte sich nicht.

Du küsst mich, dachte sie. Sie fühlte seine Lippen geradezu, kühl und weich glitten sie saugend an ihrem Bauch hinunter. Du küsst mich. Sie stellte sich seine Hand unter ihr vor, die sie wie eine Schale zu den Lippen führte.

Sie kam.

Ihr Körper bäumte sich auf. Ihre Beine zitterten. Das hatte sie noch nie erlebt. Sie sah, was er sah, wurde Zeugin eines Akts erschreckender Verletzlichkeit. Es hörte gar nicht auf. Sie sah die selbstlose Liebe in ihrem Handeln, ihren überströmenden Leichtsinn und die Unterwerfung darin. Es inspirierte sie zur zärtlichsten Liebe zu sich selbst. Der Mann rührte sich nicht, bis sie schließlich aufhörte sich zu bewegen. Dann hob er eine Hand – um ihr ein Zeichen zu geben, dachte sie, aber er schloß die Vorhänge.

Sie blieb ausgestreckt auf dem Stuhl sitzen. Sie war verwundert. Sie konnte es nicht glauben. Sie konnte ihm nicht glauben. Woher wußte er, daß er so ruhig stehen bleiben und sie einfach nur beobachten sollte? Sie vermied den Gedanken, daß er genau in diesem Moment wahrscheinlich onanierte. Sie beschäftigte sich nur mit dem, was sie gesehen hatte, und das war ein totenstiller Mann, dessen Augen sie über ihren Körper hatte wandern fühlen, so wie Augen in bestimmten Porträts einem durchs Zimmer folgen.

Die nächsten drei Vormittage verliefen gleich. Er trug sein weißes Hemd, sie masturbierte in dem Stuhl, er schaute zu, ohne sich zu rühren, sie kam spektakulär, er schloß die Vorhänge.

Danach ging sie Kleider kaufen oder Leute besuchen. Alle sagten ihr, sie sehe großartig aus. Nachts im Bett war sie so leidenschaftlich, daß Claude mehrmals fragte: »Was, zum Teufel, ist über dich gekommen?« Aber er fragte es glücklich, er sah einem geschenkten Gaul nicht ins Maul. Sie war richtig verliebt in Claude, nicht aus Schuldbewußtsein, sondern weil sie so hochgestimmt war. Sie hütete sich natürlich, zu beichten. Sie glaubte auch gar nicht, daß sie ihn mit dem Mann aus dem Nachbarhaus betrog. Ein Mann, der sie weder berührt noch mit ihr gesprochen hatte, der für sie ohnehin nur von der Taille aufwärts existierte und sich nie bewegte, außer, um seine Vorhänge zuzuziehen, der zählte doch nicht als Geliebter?!

Am vierten Tag, einem Freitag, erschien der Mann nicht. Zwei Stunden wartete sie auf dem Stuhl. Schließlich ging sie zur Couch und sah fern, behielt das Fenster mit einem Auge aber immer im Blick. Sie sagte sich, daß er bestimmt zu einem dringenden Termin oder früh zur Arbeit mußte. Sie war aber trotzdem unruhig. Irgendwann am späten Nachmittag, als sie nicht hinsah, schloß er die Vorhänge.

Am Samstag und Sonntag schien er nicht zu Hause zu sein – die Vorhänge waren zu und die Lichter aus. Sie hätte aber sowieso nichts machen können, weil Claude da war. Kaum war Claude am Montagmorgen gegangen, saß sie nackt auf ihrem Stuhl. Sie wartete bis halb elf, zog dann die Torerohosen und das weiße Korsagentop mit dem Nackenträger an und ging spazieren. Sie mußte immer wieder an diese tröstliche Zeile aus *Romeo und Julia* denken: »Der, welchen Blindheit schlug, kann nie das Kleinod / Des eingebüßten Augenlichts vergessen.« Sie ärgerte sich über den Mann, weil er nicht so interessiert war wie sie. Sie schwor sich, wenn er morgen an seinem Fenster stand, würde sie die Vorhänge demonstrativ zuziehen.

Aber wie sollte sie ihn ersetzen, was sollte sie tun? Stripteasetänzerin werden? Sie mußte lachen. Abgesehen von der Tatsache, daß sie eine anständig verheiratete Frau und wahrscheinlich zehn Jahre zu alt war und ums Verrecken nicht tanzen konnte, wollte sie als allerletztes, daß ein Haufen sabbermäuliger, glotzäugiger Betrunkener nach ihren Brüsten grabschte. Sie wollte einen Mann, und sie wollte, daß er ein trauriges, intelligentes Auftreten und die Beherrschung besaß, sie zu beobachten, ohne mit der Wimper zu zucken. Sie wollte, daß er ein weißes Hemd trug.

Als sie auf dem Heimweg an seinem Haus vorbeikam, blieb sie stehen. Es war ein herrschaftliches Gebäude, in Luxusapartments aufgeteilt. Geld hat er also, dachte sie. Die Schlußfolgerung lag auf der Hand, aber bisher war ihr absolut einerlei gewesen, wer er war.

Sie stieg die Treppe hoch, faßte an die Tür, die offen war, und ging hinein.

Die Briefkästen waren von eins bis vier nummeriert. Nummer vier mußte seiner sein. Sie las den Namen auf dem Schild: Dr. Andrew Halsey.

Wieder zu Hause, suchte sie ihn im Telefonbuch unter »Ärzte« und stellte fest, daß er wie Claude Chirurg war. Aber für Allgemeinchirurgie, einer, der Tumore und kranke Organe entfernt. Vermutlich im Dienst. Bestimmt sehr engagiert, wie es sich für Chirurgen gehört.

Da mußte sie ihm wohl verzeihen, daß er manchmal nicht am Fenster stehen konnte.

Am nächsten und am übernächsten Morgen war Andrew (so nannte sie ihn jetzt in Gedanken) wieder da. Am Donnerstag nicht. Sie bemühte sich, nicht enttäuscht zu sein. Sie stellte sich vor, wie er Menschen das Leben rettete, indem er sein Skalpell in wunderbar präzisen Schnitten über die Haut zog. Damit sie was zu tun hatte, arbeitete sie an ihrem Bild. Sie malte fischähnliche Augen, eine Hakennase, einen Mund voller Zähne. Sie arbeitete schnell.

Am Freitagmorgen war Andrew da. Als Ali ihn sah, stand sie auf und preßte ihren Körper an das Fenster, wie am ersten Morgen. Dann ging sie zu dem Stuhl, drehte ihn um und beugte sich darüber, mit dem Rücken zu ihm. Sie masturbierte, indem sie sich von hinten streichelte.

Nachmittags kaufe sie ihm ein teures, starkes Fernglas, wickelte es in braunes Papier, adressierte es und deponierte es auf dem Boden vor seinem Briefkasten. Das ganze Wochenende beschäftigte sie der Gedanke, ob er verstehen würde, daß sie es ihm geschenkt hatte, und ob er es benutzen würde. Sie hatte erwogen, eine Nachricht dazuzulegen – »Für unsere Vormittage« oder so was –, aber eine solch direkte Kommunikation schien den Pakt zwischen ihnen zu verletzen. Das Fernglas allein war schon ein Risiko.

Am Montag, sogar noch bevor sie den Bademantel ausgezogen hatte, kam er hinten aus dem Zimmer zum Fenster, das Fernglas vor den Augen. Weil sein Gesicht fast ganz von dem Fernglas und seinen Händen bedeckt war, sah er aus, als sei er maskiert. Ihre Beine zitterten. Als sie sie spreizte und ihre Schamlippen auseinanderzog, krochen seine Augen an ihr hoch. Sie masturbierte, kam aber nicht und versuchte es auch nicht, obwohl sie die Schau abzog, daß sie kam. Sie ging so in seinem Interesse auf, daß es ihr vorkam, als sauge ihre Lust seine Lust ab, ein frühes, kindliches Genießen, das unwiederbringlich verloren war.

Später, mit Claude, kam sie. Nach dem Abendessen zog sie ihn aufs Bett. Sie tat so, als sei er Andrew, beziehungsweise stellte sie sich einen dunklen, schmalgesichtigen, schweigenden Mann vor, der mit offenen Augen mit ihr schlief, sich aber anfühlte und roch wie Claude und den sie liebte und dem sie vertraute wie Claude. Mit dieser Kreuzung aus zwei Partnern war sie imstande, sich so weit zu entspannen, daß sie darauf achtete, daß Claude und sie sich so küssten und bewegten, wie sie es brauchte. Bisher hatte sie nie genug Selbstvertrauen dazu gehabt. Als sie am nächsten Morgen für Andrew masturbierte, geriet sie in höchste Ekstase, als seien ihre Orgasmen mit ihm die Phantasie gewesen und ihre vorgetäuschten Orgasmen die Wirklichkeit. Nicht zu kommen entließ sie ganz in seinen Traum von ihr. Die Vorstellung überhaupt war nur für ihn – Möse, Arsch, Mund, Kehle – seinem alles vergrößernden Blick dargeboten.

Etliche Wochen lang tauchte Andrew regelmäßig morgens an den fünf Werktagen auf, und sie lebte in einem Zustand der Euphorie. Nachmittags arbeitete sie an ihrem Bild, allerdings ohne große Konzentration, da es nicht mehr wichtig zu sein schien, es zu beenden, obwohl es so gut wurde. Claude blieb bei seiner Behauptung, es sei immer noch sehr ein Selbstporträt, was Ali beleidigend fand, da die Frau so offensichtlich primitiv war und so einen stumpfen, kalten Blick hatte.

Sie mußte jetzt nicht mehr nackt arbeiten, schon gar nicht nachmittags, aber sie tat es trotzdem, aus Gewohnheit und Bequemlichkeit und wegen der geringfügigen Möglichkeit, daß Andrew zu Hause war und durch die Vorhänge spähte. Beim Malen dachte sie darüber nach, warum sie so exhibitionistisch und süchtig danach war, daß ein fremder Mann sie betrachtete. Natürlich wollen alle und alles bis zu einem gewissen Grade betrachtet werden, dachte sie. Blumen, Katzen, alles, was sich schmückt oder glänzt, Kinder, die »Schaut mich an!« rufen. An manchen Vormittagen hatten ihre Episoden mit Andrew absolut nichts mit sexuellem Begehren zu tun. Sie waren von Anfang bis Ende ein Sich-Darbieten, sich aus vollem Herzen dem ergeben, was sie wie das allererste und reinste allen Begehrens anfühlt, und es ging nicht um Sex, sondern es wurde zufällig durch einen sexuellen Akt ausgedrückt.

Eines Nachts träumte sie, daß Andrew sie operierte. Über der Chirurgenmaske waren seine Augen ausdruckslos. Er hatte sehr lange Arme. Wie mit seinen Augen konnte sie den senkrechten Schnitt sehen, der zwischen ihren Brüsten zu ihrem Nabel verlief. Die Haut zu beiden Seiten des Schnitts rollte sich wie Pergament zurück. Ihr Herz war leuchtendrot und vollkommen herzförmig. Alle anderen Organe glänzten in Gelb- und Orangetönen. Das müsste jemand fotografieren, dachte sie. Andrews behandschuhte Hände schienen sich kaum zu bewegen, obwohl sie lange silberne Instrumente schwangen. An seinen Händen war kein Blut. Sehr vorsichtig, so daß sie es kaum spürte, schob er ihre Organe zur Seite und zupfte an ihren

Adern und Sehnen. Manchmal holte er eine Sehne heraus und ließ sie in eine Petrischale fallen. Es war, als jäte er Unkraut in einem Garten. Ihr Herz pochte. Eine Sehne wand sich rings um ihr Herz, und als er daran zog, spürte sie, daß das andere Ende ihre Vagina umgab, und als sich das entrollte, empfand sie das Vollkommenste und Feinste, das sie je erlebt hatte. Sie hatte Angst, daß sie kommen und er sie aus Versehen erstechen würde, weil sie zitterte und zuckte. Sie wachte auf, als sie kam.

Der Traum verfolgte sie den ganzen Tag. *Möglich* wäre es, überlegte sie: Sie konnte eine Gallenblasen- oder Blinddarmentzündung kriegen und schnell ins Krankenhaus geschafft werden und in dem Moment, in dem sie das Bewußtsein verlor, sehen, daß der Chirurg Andrew war. Möglich wäre es.

Als sie am nächsten Morgen aufwachte, mußte sie als erstes wieder an den Traum denken. Sie betrachtete ihren sanft gewölbten Bauch und wurde sentimental und erregt. Sie konnte den Traum nicht abschütteln und masturbierte für Andrew, aber diesmal glitt sie nicht in *seinen* Traum von ihr und sah eine nackte Frau im Morgensonnenlicht sitzen, sondern sie sah ihren aufgeschlitzten Brustkorb im Strahl der Chirurgenlampe. Sie konzentrierte ihren Blick auf ihr Herz, sein zartes Pulsieren, sie sah auch, wie sich ihre Lungen ganz langsam hoben und senkten und die anderen Organe bebten. Zwischen ihren Organen waren verführerische Spalten und rote und blaue Schlingen und

Strudel – ihre Venen und Arterien. Ihre Sehnen waren muschelrosa, so fest gespannt wie Gitarrensaiten.

Natürlich war ihr klar, daß sie sich medizinisch alles falsch vorstellte und zu einer echten Operation Blut und Schmerzen gehörten und sie unter Narkose sein würde. Es war eine absurde, wahnsinnige Phantasie. Sie erwartete nicht, daß sie andauern würde. Aber sie wurde Tag für Tag verlockender, je mehr sie sie mit Fakten untermauerte, wie zum Beispiel mit dem Namen des Krankenhauses, in dem er operierte (sie rief die Nummer aus dem Telefonbuch an und fragte die Arzthelferin), und dem Namen der chirurgischen Instrumente, die er benutzen würde (sie zog ein medizinisches Lehrbuch von Claude zu Rate), und je mehr sie sie verfeinerte, indem sie sich zum Beispiel vorstellte, daß winzige Saugröhrchen hier und dort in den Einschnitt eingesetzt wurden, um auch den letzten Tropfen Blut herauszusaugen.

Ihre morgendlichen realen Begegnungen mit Andrew frustrierten sie dagegen immer mehr, bis sie sich gerade noch davon abhalten konnte, mittendrin aufzuhören, die Vorhänge zuzuziehen und das Zimmer zu verlassen. Und dennoch, wenn er nicht da stand, war sie verzweifelt. Sie fing an, vor dem Lunch Gin-Tonic zu trinken, und legte sich am Rand der Durchfahrt zwischen ihrem und seinem Haus in die Sonne, obwohl sie wußte, daß er ab zehn Uhr nicht mehr da war. Aber nur für den Fall eines Falles blieb sie stundenlang dort liegen.

Als sei eines Morgens von Gin und Sonne beschwipst und ruhelos vor Kummer war, weil er die letzten drei Tage nicht aufgetaucht war, zog sie sich den Bikini aus und ein schulterfreies Baumwollkleid an und ging spazieren. Sie lief an dem Park, zu dem sie eigentlich wollte, vorbei und auch an den Läden, in denen sie sonst immer herumstöberte. Die Sonne schien drückend heiß. Als sie an Männern vorbeiflanierte, die ihre nackten Schultern beäugten, fühlte sie sich üppig, weich und rund. Aber im Magen saß ihr eine brennende Angst. Sie wußte genau, wohin sie ging, obwohl sie sich das Gegenteil einredete.

Sie betrat das Krankenhaus durch den Notfalleingang und wanderte bestimmt eine halbe Stunde lang durch die Flure, bis sie Andrews Zimmer entdeckte. Mittlerweile hielt sie sich den Bauch und glaubte schon halb, daß das Angstgefühl ein Symptom für eine ernsthafte Erkrankung sei.

»Dr. Halsey hat jetzt keine Sprechstunde«, sagte die Arzthelferin. Sie schlitzte einen bräunlichen Briefumschlag mit einem Löwenkopfbrieföffner auf. »Gehen Sie zur Notaufnahme.«

»Ich muß zu Dr. Halsey«, sagte Ali, und ihre Stimme brach. »Ich bin eine Freundin.«

Die Arzthelferin seufzte. »Einen Moment.« Sie stand auf, ging einen Flur entlang, klopfte am Ende kurz an eine Tür und verschwand.

Ali presste die Fäuste auf den Magen. Aus irgendeinem Grunde spürte sie nichts mehr. Sie drückte fester.

Was für ein Wunder, wenn sie ihren Blinddarm zum Durchbrechen brachte! Sie sollte sich mit dem Brieföffner erdolchen. Sie sollte sich wenigstens die Finger brechen, sie in eine Schublade klemmen wie jemand, der sich vor dem Wehrdienst drücken will.

»Würden Sie bitte hereinkommen«, sagte eine hohe, nasale Stimme. Ali fuhr herum. Andrew stand in der Tür.

»Der Doktor schaut jetzt nach Ihnen«, sagte die Arzthelferin unwirsch und setzte sich wieder an ihren Schreibtisch.

Alis Herz fing anzuhämmern. Sie hatte ein Gefühl, als ob ihr jemand kurz die Ohren zuhielte, die Hände wegzöge und wieder darauflegte. Sein Hemd war blau. Sie ging durch den Flur, quetschte sich an ihm vorbei, ohne aufzusehen, und nahm auf dem Stuhl neben seinem Schreibtisch Platz. Er schloß die Tür und ging zum Fenster. Es war ein großer Raum. Zwischen ihnen erstreckte sich ein alter, grün-gelb gekachelter Fußboden. Andrew lehnte sich mit der Hüfte an einen Aktenschrank, stand einfach da, die Hände in den Hosentaschen, und betrachtete sie mit einem solch höflichen, unpersönlichen Ausdruck, daß sie ihn fragte, ob er sie erkenne.

»Natürlich«, sagte er ruhig.

»Hm –« Plötzlich schämte sie sich abgrundtief. Sie fühlte sich wie eine Frau, die gleich losschluchzt, daß sie die Abtreibung nicht bezahlen kann. Sie schlug die Hände vor ihr heißes Gesicht.

»Ich weiß nicht, wie Sie heißen«, sagte er.

»Oh. Ali. Ali Perrin.«

»Was wollen Sie, Ali?«

Ihr Blick flatterte zu seinen Schuhen – schwarze, abgelatschte Halbschuhe. Sie haßte seine nasale Stimme. Was sie wollte? Was sie wollte, war, aus dem Raum zu stürzen wie eine Verrückte, die sie ja wohl war. Sie sah wieder kurz zu ihm hoch. Er stand mit dem Rücken vor dem hellen Fenster und wirkte wie ein Schattenriß. Er sah unwirklich aus, wie ein Filmbild auf einer Leinwand. Sie versuchte wegzuschauen, aber seine Augen hielten sie fest. Draußen im Wartezimmer klingelte das Telefon. Was wollen *Sie*, dachte sie und kapitulierte vor dem Sog, sich aus seiner Blickrichtung zu betrachten, und sah jetzt von der anderen Seite des Raumes her eine bezaubernde Frau mit nackten braunen Schultern und geröteten Wangen.

An seinem Telefon blinkte ein Lämpchen. Sie sahen beide hin, aber er blieb stehen, wo er war. Nach einem Augenblick murmelte sie: »Ich habe keine Ahnung, was ich hier tue.«

Er schwieg. Sie sah immer noch das Telefon an und wartete darauf, daß er sprach. Als er das nicht tat, sagte sie: »Ich hatte einen Traum...« Sie stieß ein ungläubiges Lachen aus. »O Gott.« Sie schüttelte den Kopf.

»Sie sind sehr hübsch«, sagte er in einem nachdenklichen Ton. Sie blickte rasch zu ihm auf, und er drehte sich weg. Er preßte die Handflächen gegeneinander und ging ein paar Schritte am Fenster entlang. »Ich habe unsere ... unsere Begegnungen sehr genossen.«

»Ach, keine Sorge«, sagte sie. »Ich bin nicht hier, weil ich –«

»Aber«, unterbrach er sie, »ich sollte Ihnen sagen, daß ich umziehe.«

Sie sah ihn direkt an.

»Schon an diesem Wochenende.« Stirnrunzelnd sah er seine Wand mit den eingerahmten Diplomen an.

»An diesem Wochenende?« sagte sie.

»Ja«.

»Ach so«, murmelte sie. »Dann ist also Schluß.«

»Bedauerlicherweise ja.«

Sie starrte sein Profil an. Im Profil war er für sie ein Fremder – spitze, gebogene Nase, hängende Schultern. Sie haßte seine Schuhe, seinen Fußboden, seine förmliche Art zu reden, seine Stimme, sein Profil, und dennoch stiegen ihr die Tränen in die Augen, und sie sehnte sich danach, daß er sie wieder anschaute.

Abrupt wandte er ihr den Rücken zu und sagte, daß seine neue Wohnung im East End, nicht weit vom Strand sei. Er gestikulierte zum Fenster hinaus. Ob sie wisse, wo der Yachtclub sei?

»Nein«, flüsterte sie.

»Nicht, daß ich Mitglied bin«, sagte er mit einem dünnen Lächeln.

»Hören Sie«, sagte sie und wischte sich über die Augen.

»Es tut mir leid.« Sie erhob sich. »Wahrscheinlich wollte ich Sie nur einmal sehen.«

Wie ein höflicher Gastgeber ging er mit langen Schritten zur Tür.

»Na ja, auf Wiedersehen«, sagte sie und sah ihm ins Gesicht.

Er roch nach Knoblauch aus dem Mund und hatte einen Drei-Tage-Bart. Ihre Blicke begegneten sich flüchtig. »Machen Sie sich bloß keine Vorwürfe«, sagte er freundlich.

Als sie wieder in ihrer Wohnung war, zog sie sich als erstes aus und ging zu dem großen Spiegel, der immer noch neben der Staffelei stand. Wieder kamen ihr die Tränen, weil sie ohne Andrews Interesse oder die Hoffnung darauf (und obwohl sie ihn so abstoßend gefunden hatte) lediglich eine rührende kleine Frau mit teigiger Haut und kurzen Beinen erblickte.

Sie sah das Bild an. Wenn sie *das* war, wie Claude behauptete, hatte sie außerdem stumpfe Augen und grobe, wilde Proportionen.

Was um alles in der Welt sah Claude in ihr?

Was hatte Andrew gesehen? »Sie sind sehr hübsch«, hatte er gesagt, aber vielleicht hatte er sich dazu überwinden müssen. Vielleicht hatte er gemeint »hübsch, wenn ich im Nachbarhaus bin«.

Abends nach dem Essen bat sie Claude, sich mit ihr auf die Couch zu legen, und sie sahen beide fern. Sie legte seine Hand auf ihre Brust. »Das soll genug sein«, betete sie.

Aber sie glaubte nicht, daß es jemals genug sein würde. Die Welt war voller Überraschungen, ihr wurde angst. Wie Claude immer sagte: Die Dinge waren verschieden, je nachdem, aus welchem Blickwinkel und in welchem Licht man sie betrachtete. Für sie bedeutete es, daß alles davon abhing, wo man in einem gegebenen Augenblick zufällig stand, oder sogar, was für eine Vorstellung man dann von sich selbst hatte. Es bedeutete, daß in einem bestimmten Licht Begehren aus dem Nichts kam.

Der Mann mit den zwei Köpfen

Ich habe ein fotografisch genaues Gedächtnis, in lebensechten Farben. Ich ertrinke in Erinnerungen, Bildern aus früheren Träumen. Eine Lederjacke mit vier Tulpen ißt halbblinde Blaubeeren, auf dem Boden liegen Blaubeeren verstreut, der Jacke wachsen Glieder, die zu Ästen und Zweigen werden, zu nichts nutze.

Ich kann mich an all meine Albträume erinnern; sie kehren immer doppelt schlimm zurück. Mein Herz steht still.

Mein Herz steht hinten in meiner Kehle still. Über meinem linken Ohr pocht Wut, und es entsteht ein Druck, als ob man einen Finger darauf presst. Furcht sitzt zwischen meinen Augen. Mir dreht sich nicht der Magen um, sondern ich habe das Gefühl, als zerplatze etwas auf meiner Nase. Nach ein paar Sekunden verwandelt sich das unbestimmte Gefühl in ein Brennen, ein langsames Schwelen, das bis zu fünf Minuten dauern kann. Manchmal brennt ein halbes Dutzend dieser Feuer auf einmal, überall, die Flammen züngeln ineinander.

In Wirklichkeit kommen die Botschaften meines Gehirns nicht durch. Mein Gehirn arbeitet wie das Gehirn aller Menschen, es sendet Botschaften an den Körper. Bei mir stoßen die Botschaften aber an Samuels Schlüsselbein, wie auf eine Straßensperre. Sie sind wie aufgetankt für eine lange Reise, und dann müssen sie in meinen Kopf zurückfahren und mit laufendem Motor stehenbleiben, bis sie ausgebrannt sein.

Innen bin ich ein einziges Geklumpe von verbranntem Gewebe. Die Wissenschaftler können es gar nicht abwarten, bis ich sterbe und sie genau nachschauen können. Erst vor ein paar Tagen schrieb mir eine Forscherin und fragte an, ob ich mich ihrem Labor zur Verfügung stellen würde. Ich überlegte, ob ich ihr zurückschreiben sollte: »Jederzeit, wenn Sie einen geblasen haben wollen.« Ich sagte Samuel, er solle ihr schreiben und sie um ein großes Foto bitten. Wenn sie auch nur im entferntesten so aussieht wie Jill S. John, bin ich der ihre.

Seit einer Woche kein Wort von Karen. Ich habe sie immer für mutig gehalten, was sie aber wahrscheinlich nie gewesen ist. Ich wußte immer, daß ich fürs Unglücklichsein bestimmt war, und dennoch: Des Menschen Herz sehnt sich. Sehnte der Sohn Gottes sich nicht auch? Und weinte Er nicht, weil Er verlassen wurde?

Ich habe den Verdacht, daß die körperlichen Qualen, die Christus am Kreuze litt, Ihn von der schlimmeren Qual, verlassen worden zu sein, ablenken sollten. Gott erweist Seine Gnade auf subtile Weise ... und der Mensch mischt sich ein! Gott bietet mir unerträgliche Schmerzen an – und die Krankenschwester Schmerztabletten. Schmerztabletten! Eigentlich wollte ich ihr einmal sagen: »Wenn alles so einfach wäre, glauben Sie, dann hätte ich eine Säge benutzt?«

Meine Anwältin hat mich vor meinem makabren Humor gewarnt. Sie hat mich gebeten, unbedingt aufzulisten, wie Simon mich im einzelnen drangsaliert hat. Bisher habe ich folgendes notiert:

– Mich ins Ohr gebissen und unzählige chronische Infektionen verursacht. Mir auch immer in dieses Ohr gebrüllt, so daß es am Ende taub war.

– Mich und alle um uns herum ständig mit den unflätigsten Beschimpfungen bombardiert.

– Mir den Schlaf geraubt. Mich mitten in der Nacht mit seinem Geheul geweckt.

– Mir die Liebe geraubt und meine Geliebte gequält.

– Mich verleumdet. Den Leuten erzählt, ich stäche ihn mit Nägeln, schlüge ihn und hätte ihm einmal mit Scheuerpulver die Augen verätzt.

Keiner glaubte Simons Lügen. Und wenn ich ihm weh getan habe, dann nie absichtlich, denn unsere Mutter hatte mich gelehrt, daß er das Kreuz war, das ich zu tragen hatte. Erst als unsere Mutter starb, begriff ich, es lag nicht in Gottes Absicht, daß ich ihn ertragen, sondern daß ich ihn abwerfen sollte. Und selbst dann verstand ich »abwerfen« nur im übertragenen Sinn – ich wollte ihm die Macht nehmen, mich zu verletzen oder zu beeinflussen. Damals war ich so naiv und vermessen, daß ich dachte, ich könnte ihn bändigen. Zum ersten Mal in unserem Leben erhob ich die Stimme gegen ihn, und zum ersten Mal (obwohl er immer das Gegenteil behauptete) knebelte ich ihn, damit er gezwungen war, mir zuzuhören.

Klar doch, Samuel wird mich umbringen. Das habe ich immer gewußt. Die Frage ist, wie. Und wann. »Wann« ist bald, jetzt, wo die alte Dame den Löffel abgegeben hat. Wie? Eins kann ich Ihnen sagen, nicht mit Gift.

Er saugt nämlich alles auf, was ich esse und trinke. Ich ließ mir von der alten Dame immer einen Schuß Alkohol in den Kaffee geben. Es war lustig. Ich soff Gin und Kaffee und spürte höchstens ein hübsches süßes Flimmern, und Samuel rutschte vom Stuhl.

Ich sehe die Sache so: Hat man ein Gehirn, hat man alle Macht, die man braucht. Die Ärzte werden Ihnen sagen, daß ich nicht die Bohne tun kann und daß Samuel der vollständige Mann mit den Gliedern und Organen ist. Ich bin bloß der Scheißhaufen, den er auf der Schulter mit herumschleppt. Die Ärzte wissen aber nicht, selbst Samuel weiß nicht, daß ich mein Gehirn so weit entwickelt habe, daß ich ein Meister übersinnlicher Manipulation geworden bin.

Manchmal habe ich auf Samuel gespielt wie auf einer Fernbedienung. An einem Abend war ich wirklich top in Form. Er ging zu einer Gemeindeversammlung, und ich denke: »Mach mal 'n Schlenker nach links«, und plötzlich biegt er links ab. Ich denke: »Geh über die Straße«, und er geht über die Straße. »Jetzt rechts«, und er geht nach rechts. An dem Abend folgte er mir aufs Wort. Wir gingen in den Poolbillardsalon und zogen uns dann einen Film rein. Ich versuchte auch, ihn in einen Massagesalon zu kriegen, den an der Ecke First/King Street, aber das haute nun doch nicht hin – Sex ist der einzige Bereich, bei dem ich passen muß. Das macht mich ganz fertig. Dauernd baggern uns Frauen an, damit sie hinterher sagen können, ich habe es mit dem Mann mit den zwei Köpfen getrieben, aber Samuel hält nichts von vorehelichem Sex! Und sein Geschmack bei Frauen – zum Schwulwerden.

Vor ein paar Jahren war er scharf auf eine Zahnarzthelferin. Einsfünfundachtzig, klapperdürr, kein Kinn, Brille. Sie kratzt uns den Zahnstein ab und tut so, als sei alles ganz normal. Doch wenn mir eins auf den Sack geht, dann, wenn Leute so tun, als sei alles ganz normal. Immerhin haben wir zwei Köpfe: Die Show kann beginnen!

Samuels Herz fängt also an zu bummern. Ich schwitze. Was findet er an ihr? Keine Ahnung. Es ist mir auch egal, weil er sich eh noch nie mit einer verabredet hat. Aber, leck mich am Arsch, die hier lädt er zu einer Gemeindeversammlung ein!

Ich mache einen auf zuckersüß. Vermittle ihm den Eindruck, daß sie mir gefällt. Ich will wissen, was passiert. Er kauft sich einen neuen Anzug, einen blauen.

Gar nichts passiert. Sie gehen zu dem Treffen, dann nach Hause, reden über das Treffen, setzen sich auf die Veranda. Sie versucht die ganze Zeit, mich in die Unterhaltung mit einzubeziehen. Da macht sich wieder dieser Druck über meinem linken Ohr bemerkbar. Endlich sage ich zu ihr: »Zeig uns deine mageren Titten oder halt die Klappe.«

»Wie bitte?« sagt sie.

»Samuel kriegt einen Steifen«, sagte ich. »Samuel will dich in den Arsch ficken.«

Sie reißt ihre Handtasche an sich und rennt weg. Wissen Sie, was komisch ist? Von hinten erinnert sie mich an Jill St. John.

Fast mein ganzes Leben lang betrachtete ich Simon als untrennbar von mir selbst – das Kreuz, das ich zu tragen hatte, wie ich schon sagte. Und dennoch lebte ich in der Zuversicht, daß das Kreuz eines Tages leichter zu tragen sein würde. Törichterweise glaubte ich, daß auch Simon sein Schicksal akzeptieren würde.

Er nährte diesen Glauben in mir. Manchmal schwieg er tage-, ja wochenlang, gehorchte mir und bestärkte mich in meinen Hoffnungen und meinem tiefen Mitgefühl für ihn. Unsere Mutter meinte, daß er während dieser Schweigephasen visionäre Träume hatte. Sie hielt ihn für ein launisches Genie, und obwohl ich wußte, daß »launisch« ein viel zu gelinder Ausdruck war, um seine üblen Entgleisungen und Wutanfälle angemessen zu beschreiben, bemühte ich mich zeit ihres Lebens, ihn mit ihren Augen zu betrachten.

Das war sehr schwierig. Ich kriegte ja viel mehr mit als sie. Ich sah, wie er ihr frech ins Gesicht log. Ich sah, daß er sich in ihrer Gegenwart nur deshalb so gut beherrschte, weil es seinen eigenen Zwecken diente. Nie im Leben wäre er auf die Idee gekommen, daß sie ihn auch dann liebte, wenn er sich von seiner abscheulichsten Seite zeigte.

Sie war eine echte Märtyrerin, unsere Mutter, und in ihrer sanften Art unterstützte sie mich darin, auch ein Märtyrer zu werden. Wenn sie Chili con Carne für ihn kochte, war es mein Los, das unvermeidliche Sodbrennen wortlos zu ertragen. Bis sie starb, mußte ich ihn zwar nie füttern oder waschen – das erledigte sie mit Hingabe –, aber es bestand die stillschweigende Übereinkunft, daß ich seinen Launen immer nachzugeben hatte. Ich bemühte mich ernsthaft darum, ich zehrte von ihrer Kraft. Niemand war so geduldig und anspruchslos wie sie.

Außer, das muß ich zu meinem Bedauern sagen, wenn sie trank. Dann war sie ein anderer Mensch, Simons Verbündete. Es war wirklich beängstigend, wie sie sich dann veränderte. Aber es steht mir nicht zu, darüber zu richten. Ich habe gelesen, daß Alkoholismus eine Krankheit ist, und ihre Widerstandskraft war ja auch ständig unter Beschuß. Immer, wenn er wütend wurde, sagte er, jetzt solle sie mal die Flasche holen.

Er hat mir einen Leberschaden zugefügt.

Das habe ich gerade noch in die Liste aufgenommen. »Übermäßig getrunken, mir einen Leberschaden zugefügt.« Nachdem ich Simons Schikanen die meiste Zeit meines Lebens ignoriert habe, fällt es mir schwer, sie mir nun alle einzeln in Erinnerung zu rufen. Die Schmerzen machen mich oft wahnsinnig. Und die Stille. Die Stille ist sehr seltsam, mir sehr fremd. Ich muß gestehen, so froh und dankbar ich über seine Abwesenheit bin, so sehr muß ich mich doch erst daran gewöhnen. Stellen Sie sich mein Leben vor. Stellen Sie sich vor, ein Kopf ist fünf Zentimeter von Ihrem eigenen entfernt und schaut Ihnen in seiner natürlichen Haltung ins rechte Ohr. Stellen Sie sich die Hitze vor, jedes Mal, wenn der Kopf atmet, den Geruch des Mundes, den permanenten Ausschlag auf Ihrer Schulter, weil er immer sabbert. Stellen Sie sich das Gewicht des Kopfs vor, die Belastung für Ihren Hals und Ihre Wirbelsäule. Stellen Sie sich vor, daß Sie nie auch nur einen Moment allein sind.

Und dann plötzlich stundenlanges Alleinsein. In dreizehn Tagen habe ich zweimal meine Anwältin und einmal den Arzt zu Besuch gehabt, sonst niemanden. Die Krankenschwestern natürlich auch, aber die kommen und gehen so schnell, daß man sie kaum als Besuch zählen kann. Zum ersten Mal in meinem Leben bin ich die meiste Zeit allein. In diesem irrsinnig ruhigen Zimmer. Das Telefon scheint nicht angeschlossen zu sein. Gestern habe ich es an mein taubes Ohr gehalten, nur um zu wissen, wie es sich anfühlt, einen Telefonhörer an diese Seite meines Kopfes zu halten. Wenn meine Schulter geheilt ist, will ich sehen, was für ein Gefühl es ist, auf der Seite zuschlafen.

Warum wohl der Polizist draußen vor der Tür nie hereinkommt? Vielleicht hat er Angst, daß er wie einer der Sensationslüsternen wirkt, die er ja gerade fernhalten soll. Er hat einen Raucherhusten. Ich auch, und das ist noch etwas für die Liste: »Hat Kette geraucht. Meine Lungen sind schwarz, und ich habe zu hohen Blutdruck.«

Manchmal pfeift der Polizist. Ich muß einer Schwester sagen, daß sie ihn bittet, aufzuhören, denn unter dem Einfluß der Schmerztabletten habe ich mir eingebildet, es sei Simon. Simon konnte ausgezeichnet pfeifen, und eigentlich mag ich melodisches Pfeifen, aber wenn ich den Polizisten höre, überfällt mich die irrationale Angst, daß Simon nachwächst. Er haßte das Leben, und man sollte annehmen, er wäre froh, es los zu sein, aber er liebte sich selbst.

Zu meiner Überraschung habe ich in den letzten Tagen ziemlich ruhig über die Liebe nachgedacht. Ich habe mich dem Thema intellektuell genähert und mir Fragen gestellt wie: Was ist Liebe? Was meint die Bibel mit Liebe? Welche Liebe ist geheiligt? Ich habe unsere Mutter als echte Märtyrerin bezeichnet, weil sie Simon vorbehaltlos liebte, und trotzdem kann ich mich des Eindrucks nicht erwehren, daß es falsch ist, jemand so Bösen zu lieben.

Liebe hegt und pflegt, was sie liebt. Liebe ist gefährlich blind und überaus verletzlich.

Das wußte Simon alles. Aus purer Selbstsucht buhlte er um Liebe. Er war zum Beispiel besessen von dem Wunsch, ich sollte ihn so sehr lieben, daß ich seine Machenschaften gar nicht bemerkte. Ich sollte ihn so lieben, daß er mich um so tiefer verletzen konnte. Als wir Teenager waren, hatte ich seine Spielchen voll durchschaut, doch da war er sie auch schon leid. Davor bin ich seinem Charme allerdings oft erlegen. Damals vermochte er meine Gedanken zu erraten und sie mit solch wunderschöner Schlichtheit auszudrücken, daß ich manchmal zu Tränen gerührt war.

Ich erinnere mich an eine Nacht, als ich neun oder zehn war. Ich wachte auf und hatte geträumt, daß mir unsere Mutter eine Lederjacke geschenkt hatte wie die von Elvis Presley. Ich war heißer Fan von Elvis. Heute kommt mir das komisch vor.

Die Jacke aus meinem Traum war bildschön. Sie war auf beiden Schultern mit Blumen verziert. Als ich aufwachte, war ich schrecklich traurig, denn obwohl mich meine Mutter abgöttisch liebte, war eine solche Kostbarkeit unerschwinglich für sie.

Eine Weile lang lag ich im Bett und rechnete damit, daß Simon jede Minute losmaulen und Frühstück verlangen würde.

Aber er schwieg, bis ich angezogen war, und dann

sagte er mit derart sehnsüchtiger Stimme, mit einer Stimme, in der überhaupt kein Spott lag: »Ich hatte eine Lederjacke mit vier Tulpen.«

Er kann mir nicht einmal mehr in die Augen sehen. Er rasiert mich, putzt mir die Zähne, und wenn sich unsere Blicke im Spiegel begegnen, schaut er weg.

Natürlich sind es Schuldgefühle. Es geht doch nichts über das Schuldgefühl eines Christen, nichts ist größer und abgedrehter. Herr im Himmel, ich hasse Christen. Sie beten immer nur für sich selbst. Als wir klein waren, betete Samuel immer – laut, damit ich es hörte –, daß ich am nächsten Morgen nicht mehr da wäre.

Ein richtiger Heiliger, unser Samuel. Schleppt die Bibel mit sich herum, leidet schweigend, ohne zu klagen. Aber ich will Ihnen eins sagen: Der Heilige hier bin ich. Alles klar?

Ich bin garantiert rein. Ich kann die drei abscheulichsten Verbrechen nicht begehen beziehungsweise die Verbrechen, die Gesetz und Bibel als die drei abscheulichsten betrachten – Mord, Diebstahl, Ehebruch. Scheiße, ich kann mir nicht mal einen runterholen. Und im übrigen ist es Quatsch, der Gedanke ist bei weitem nicht so schlecht wie die Tat. Überlegen Sie doch selbst.

Ich behaupte nicht, daß Samuel ein – kleines oder großes – Verbrechen begangen hat. Noch nicht. Er hat nicht mal gewichst, es sei denn, während ich geschlafen habe. Ich sage nur, selbst wenn er mich nicht ermordet (was er tun wird), hat er das Potential, mich zu ermorden oder ein beliebiges anderes Verbrechen zu begehen, denn er hat einen Körper, mit dem er diese Verbrechen begehen kann.

Der Körper ist eine Waffe. Samuel und alle anderen tragen eine Waffe, sie tragen die Keime des Verbrechens in sich. So denke ich darüber.

Während ich sozusagen keimfrei bin. Kein Potential, garantiert rein. Die gottverdammte Jungfrau Maria.

Geben Sie mir eine Zigarette. Was wissen Sie über Zenbuddhisten? Ich habe mal gehört, daß sie glauben, wenn man etwas lange genug betrachtet, irgend etwas Dummes, Simples – ganz einerlei, was, aber je dümmer und simpler, desto besser –, wenn man also dieses Etwas einfach nur ansieht und betrachtet, erlangt man letzten Endes einen Zustand der Heiligkeit.

Sagen wir, das stimmt. Dann beweist das um so mehr, daß ich das heiligste Arschloch im Universum bin. Neununddreißig Jahre lang habe ich in sein Ohr gestarrt. Ich kenne jedes Haar, jede Pore. Klar. Ich kann meinen Hals drehen, aber direkt vor mir ist sein Ohr. Ich wache auf, das erste, was ich sehe, ist sein Ohr. Und etwas Dümmeres als ein Ohr gibt es nicht. Auch nichts Abgestumpfteres. Auge, Mund, Nase, sie tun etwas – Augen blinzeln, der Mund spitzt sich, die Nase niest. Sie kommunizieren. Aber ein Ohr hört bloß. Nimmt alles auf, gibt nichts zurück.

Ich träume, daß ich in seinem Ohr lebe. Ich bin klein, und sein Ohr ist die ganze Welt. Es ist der Tunnel in seinen Kopf, aber ich halte mich wohlweislich fern.

Meine Schulter eitert, und das bißchen Schorf, das sich gebildet hat, schwillt zu pflaumengroßen Beulen. Es heilt doch sehr hübsch, meint die Krankenschwester.

Ist sie von Sinnen? Ich habe verlangt, den Arzt zu sprechen.

»Mal sehen«, sagte sie in diesem provozierend fröhlichen Ton, mit dem Krankenschwestern demütigen und strafen.

Drecksau. Dieses Wort kam mir wie Galle hoch, ich sprach es aber nicht aus. Um Kraft zu schöpfen, klammerte ich mich an meine Schmerzen. Etwas anderes habe ich nicht. Stellen Sie sich einen rotglühenden Stachel vor, der sich unentwegt in ihr Fleisch bohrt. Und es hört niemals auf, nicht einmal im Schlaf.

Als hätte ich nicht schon genug gelitten. Mein ganzes Leben lang trachtete ich danach, meine außergewöhnliche Bürde mit Anstand und sogar Dankbarkeit zu tragen, denn ich war auserwählt. Wenn ich sie letztlich doch ausgetrieben habe, dann weil ich so zornig war wie Jesus, als er den Teufel mit dem Beelzebub austrieb. Warum bestraft mich Gott dafür, daß ich mich erhebe? Erhebet Euch! befiehlt uns die Heilige Schrift. Erhebet Euch ins Reich der Reinheit!

Wenn ich nicht von fremden Menschen aus aller Welt Brief bekommen würde, wüßte ich nicht, wie weiter. Die Absender drücken ausnahmslos ihr Mitgefühl aus. Die Anklage wegen Mordes verstehen sie nicht. Ein Jurastudent schreibt: »Die Gesetzgebung bedarf keines Präzedenzfalles, anhand dessen alle künftigen Selbstenthauptungen beurteilt werden.« Viele Schreiber weisen darauf hin, daß der Mensch durch den Besitz der Seele und nicht des Verstandes definiert ist.

Ich habe sieben Angebote für meine Lebensgeschichte erhalten. Eins davon stammt von einem Mann, der mich vor Jahren interviewt hat. Er war für das Skript zu »Das unglaubliche zweiköpfige Transplantat« verantwortlich, einen Film, der mich zutiefst verletzte, weil er den Wirtskopf als fetten, erbärmlichen Debilen beschrieb. Wenigstens porträtierte er den parasitären Kopf als bösartig. Die anderen beiden »zweiköpfigen« Filme habe ich nicht gesehen, aber ich habe gehört, daß der parasitäre Kopf auch darin bösartig ist, und ich habe mich gefragt, ob die Filmemacher meine Situation begriffen oder ob sie unausgesprochen davon ausgingen, daß jede parasitäre Intelligenz des Teufels sei.

Der Meinung war unsere arme Mutter allerdings nicht. Ganz im Gegenteil, sie nannte Simon – den Engel auf meiner Schulter, meinen Schutzengel. Ich weiß, daß diese liebevolle Bezeichnung Simon genauso verstörte wie mich. Als es mit ihr zu Ende ging und sie ins Krankenhaus kam und ihm eh nicht mehr dienlich sein konnte, sagte er, und ich zitiere, sie solle »mit der Scheißlaberei aufhören«. Hat unsere Mutter gequält. Das setze ich auch noch auf die Liste.

Meine Hände zittern. Allmächtiger Gott, diese Schmerzen, schon wenn ich nur den Arm bewege! Die Spritzen helfen nicht mehr. Allmählich wird mir klar, daß die Schwestern medikamentensüchtig sind und mir eine Traubenzuckerlösung in die Venen schießen, damit sie sich mein Morphium spritzen können. Deshalb lassen sie mich nicht mit dem Arzt sprechen, sie haben Angst, daß ich sie verpfeife. Obwohl es auch herzlich wenig genützt hat, als ich gestern mit dem Psychiater darüber gesprochen habe. »Und davon sind Sie überzeugt?« fragte er und deutete an, daß ich an paranoiden Wahnvorstellungen leide. Er ist vom Gericht bestellt und möchte unbedingt beweisen, daß ich unzurechnungsfähig bin.

»Ich habe versucht, mich von etwas Ungeheuerlichem zu befreien«, sagte ich. »Dem können Sie doch sicher Ihre Zustimmung nicht versagen. Vernünftiger kann man doch gar nicht handeln.«

»Aber stand es Ihnen zu, sich von Simon zu befreien?« fragte er.

»Wem denn sonst, wenn nicht mir?«

»Hatte er keine Daseinsberechtigung?«

Die Augen des Psychiaters leuchteten. Er ist jung und lebt bei Streitgesprächen auf. »Angenommen, ich stimme

Ihnen zu, daß Simon böse war«, sagte er. »Angenommen, ich stimme Ihnen zu, daß Sie das Recht hatten, ihn zu töten. Glauben Sie denn wirklich, daß Sie sich von dem Bösen befreien, wenn Sie es töten? Ist nicht Töten per se böse, auch wenn man etwas noch so Böses tötet, und wenn es einem – und zwar nur einem selbst – noch so sehr zusteht?«

»Nein«, sagte ich. Ich sagte es unsicher, denn obwohl ich nicht bezweifle, daß es notwendig und gut ist, das Böse zu töten, bezweifle ich sehr wohl, daß es möglich ist. Ich kann mir nicht helfen, ich verbinde die entsetzlichen Schmerzen in meiner Schulter mit den Überresten seiner Persönlichkeit. Ja, während die Wunde aufquillt und schäumt wie ein Hexengebräu, bin ich mehr denn je davon überzeugt, daß er nachwächst. Nicht einmal Gott konnte Luzifer zerstören, und die Physik lehrt uns, daß nichts im Universum verloren geht, weder ein Element noch Energie.

Ich überlege die ganze Zeit, ob ich zu Samuel sagen soll, wenn du mich umbringen willst, ich mach's dir leicht – heuer eine Nutte an, die soll sich auf mein Gesicht setzen und mich zu Tode ficken.

Ich gebe ihm noch ein paar Tage, allerhöchstens eine Woche. Er hat es sich in den Kopf gesetzt. Da habe ich es gelesen. Jetzt ist es nur noch eine Frage der Provokation. Ich bin am Ball.

Es spielt aber noch etwas anderes hinein. Er will mich zwar aus dem Wege haben, aber gleichzeitig hat er Angst, daß er nicht mehr dieser unerschütterliche, gelassene Mensch bleibt, die Riesensensation, der einzige, einzigartige zweiköpfige Mann. Bringt er mich um die Ecke, wird er zum normalen einköpfigen Otto Normalverbraucher, und dann ist sie vielleicht nicht mehr so an ihm interessiert. Vielleicht ist sie im Innern auch nur ein Freak-Groupie.

Ich habe Ihnen ja von ihr erzählt. Von Karen, seiner Verlobten. Häßlich wie die Nacht, strohdumm, bald dreißig, immer noch Jungfrau. Versucht dauernd, sich lieb Kind bei mir zu machen. Zum Beispiel vor ein paar Tagen. Sie will mir unbedingt ein Buch kaufen. »Okay«, sag ich. »Geh zu Core« – Sie wissen schon, der Buchladen mit der Pornoabteilung – »und hol *Hart im Sattel*.«

»Oh«, quietscht sie, »ein Western!«

Samuel weiß, was ich vorhabe, aber er kann es ihr nicht beibiegen, weil sie so dämlich ist. Also rennt sie los, kauft das Buch, kommt zurück und fängt an, laut von kalten Bauern und heißen steifen Schwänzen vorzulesen. Dann schnallt sie was.

Sie wird puterrot, aber, leck mich am Arsch, sie liest weiter! Und Samuel versucht die ganze Zeit, sie dazu zu bringen, aufzuhören. Und versucht zu verbergen, daß er den Ständer seines Lebens hat.

Wir haben sie im »Folios« kennengelernt, in dem Café,

wo sie auch Bücher verkaufen. Wir sind nie viel rausgegangen, weil Samuel immer solche Angst hatte, was ich alles sagen würde. Aber eigentlich sind wir doch ganz schön viel rumgezogen. Es baut ihn mächtig auf, wenn die Leute mitkriegen, wie er leidet. Seit die alte Dame tot ist, knebelt er mich. Ein parasitärer Kopf, den man knebeln muß, verschafft einem nämlich immer noch jede Menge Sympathien, besonders, wenn man den Leuten verklickert, daß man den Kopf zu seinem eigenen Besten unter Kontrolle halten muß, weil er zu Anfällen neigt.

Die Masche hat er bei Karen gebracht und sie gleich am Angelhaken gehabt. Nach fünf Minuten wollte sie ihm ihr Leben weihen.

Himmel, er glaubt wirklich, daß sie glücklich wird, wenn sie ihn heiratet. Er glaubt, solange er mich knebelt, sind sie ein glückliches, normales Paar. Warum fickt er sie nicht hin und wieder und beläßt es dabei? Die blöde Kuh hat keinen blassen Dunst, in was sie da hineingerät.

Natürlich habe ich sie gewarnt. Kaum ist der Knebel raus, sage ich zu ihr: »Mach, daß du Land gewinnst.« Sie lächelt nur und glaubt, sie wird damit fertig. Sie hat sogar einen ganz hübschen Mund. Kennen Sie Jill St. Johns Mund? So einen. Gib mir einen Zungenkuß, sage ich zu ihr. Sie küsst mich flüchtig auf die Wange. Ich sage ihr, sie soll mich ihre Muschi lecken lassen. Da lächelt sie immer noch. Alle Achtung.

Ich habe meine Anwältin wegen Inkompetenz und Vertrauensbruch gefeuert. Von Anfang an wollte sie, daß ich auf zeitweilige Unzurechnungsfähigkeit plädiere. »Aber darauf hatten wir uns doch geeinigt«, protestierte sie, als hätte ich *sie* getäuscht. Woraufhin ich so wütend wurde, daß ich zu meiner Schande gestehen muß, ich ließ die Beleidigungen nur so auf sie niederprasseln.

Ich werde mich selbst verteidigen. Ich werde mich meinen Unterdrückern allein entgegenstellen. Wie es sich gehört.

Mir ist schleierhaft, wo ich die Kraft hernehme. Meine Gebete bleiben unerhört, und die Briefe, die ich jetzt noch bekomme, sind entweder von Nutten oder Irrsinnigen. Die Schmerzen sind schier unerträglich. Die Wunde ist zu einer riesigen, fürchterlichen Beule angeschwollen, und im Krankenhaus tun alle so, als sähen sie nichts, ganz zu schweigen davon, daß sie sich darum kümmern. Gestern morgen kam dann endlich der Arzt.

»Das macht sich ja wunderbar«, sagte er. »Sie sollten eigentlich keine Beschwerden mehr haben.«

Ich war entsetzt. »Idiot!« schrie ich. »Machen Sie doch die Augen auf!« Und dann sah ich, daß er denselben kalten, ausweichenden Blick hatte wie die medikamentenabhängigen Krankenschwestern, und ich begriff, daß er mit ihnen unter einer Decke steckte.

»Machen Sie meine Papiere fertig«, sagte ich. »Ich möchte auf eigenen Wunsch entlassen werden.«

»Leider stehen Sie unter Hausarrest«, sagte er. »Wenn Sie von hier weggehen, marschieren sie schnurstracks in die Gefängniszelle.«

Der Preis der Reinheit ist Verlassenheit. Als Simon noch auf meiner Schulter war, wollte ich in bestimmten Momenten unbedingt wie andere Menschen sein. Ich bin aber nicht wie andere Menschen. Nun, da ich wie alle anderen aussehe, bin ich weniger denn je wie sie. Wie können sie dann über mich zu Gericht sitzen? Woher wollen sie Geschworene nehmen, die mir ebenbürtig sind? Die schreiende Ungerechtigkeit ist doch schon absehbar. Trotzdem arbeite ich an meinem Fall – allein durch meine Willenskraft reiße ich mich aus diesen brennenden Todesqualen, mache mir Notizen und führe Telefongespräche.

Zuerst war ich überrascht, daß mein Telefon angeschlossen war, aber dann kapierte ich: Natürlich! Sie wollen mich abhören! Wenn ich den Hörer abnehme, bevor ich wähle, begrüße ich die Lauscher in aller Ausführlichkeit. »Hallo, ihr Voyeure«, sage ich freundlich. »Guten Tag, Kohorten des Satans.«

Jede Stunde versuche ich, Karen zu erreichen, aber sie hat sich einen Anrufbeantworter zugelegt. »Ich rufe Sie zurück, sobald ich kann«, sagt sie verheißungsvoll wie eine Nutte zu einem Freier. Offenbar hat sie die Lücke, die ich hinterlassen habe, schon geschlossen.

Wenn ich daran denke, daß ich sie fast geheiratet hätte! Jetzt ist mir klar: Was ich für die Geduld einer Heiligen gehalten habe, war nur Verworfenheit. Ich wiegte mich in dem Glauben, daß sie Simons obszöne Bemerkungen schweigend ertrug, während sie sie in Wahrheit genoß und ihn sogar dazu ermutigte! Deshalb war sie immer dagegen, daß ich ihn knebelte. Ich will nichts mehr mit ihr zu tun haben, aber leider muß ich mit ihr sprechen, um meine Verteidigung vorzubereiten.

Einerlei, wie ihre Version der Ereignisse dieses Abends lautet, ich habe nicht vor, zu meiner Entlastung anzuführen, ich sei durch eine bestimmte Handlung Simons provoziert worden. Zugegeben, ich handelte in unbändigem Zorn, aber die Erkenntnis, daß ich mich seiner entledigen mußte, war seit Monaten in mir gewachsen. Ich werde mich schlicht und einfach damit verteidigen, daß er von Anbeginn an ein in meinem Fleische wuchernder Teufel war, das fleischgewordene Böse, und daß die Heilige Schrift uns Menschen befiehlt, es aus unserem Dasein zu tilgen. Ich werde mich damit verteidigen, daß es mein Recht war, das Böse in mir zu tilgen – wie es das Recht und die Pflicht jedes Menschen ist.

Angesichts dieser Verteidigungsstrategie kann Karen übrigens nur von Glück reden. Wenn Simon mich nämlich provoziert hat, war Karen ganz gewiß seine Helfershelferin. An dem fraglichen Abend sagte sie, ich sei grausam, weil ich ihn knebelte. Dann ging sie weinend weg. Ich war so verzweifelt, daß ich eine Flasche Whisky kaufte und sie fast leertrank, und während ich trank, kaute Simon seinen

Knebel durch. Dann fing er an zu toben, er war so sadistisch wie noch nie und lästerte alles, das mir je heilig war – unsere Mutter und natürlich Karen, aber auch jede schöne Erinnerung, jede Hoffnung und jeden Traum. Es war grauenhaft, geradezu unmenschlich, weil es einer so intimen Kenntnis entsprang.

Er muß gewußt haben, was ich vorhatte, aber er schrie immer weiter. Selbst als ich die Säge nahm, selbst als ich sie ihm an den Hals hielt. Herr im Himmel, sogar noch, als das Blut spritzte.

Ich bin süchtig nach Whisky, weil er so beruhigend auf mich wirkt. Ich kann mir nicht vorstellen, daß jemand schon einmal solche Schmerzen gelitten hat wie ich. Dieses Gewächs auf meiner Schulter muß doch sicher geschnitten werden. Das Gift pocht darin. Wenn sich der Arzt nicht darum kümmert, werde ich die Sache selbst in die Hand nehmen.

Wir sind in einem Restaurant. Vor zwei Jahren. Ich könnte schwören, ich sehe gerade Miss St. John hinausgehen. Ich sage zu der Kellnerin: »Geben Sie mir mal einen Schuß Alkohol in meinen Kaffee, ich glaube, ich habe Jill gesehen.«

Die Kellnerin weigert sich rundweg. »Ihr Bruder liest die Bibel«, fügt sie als Entschuldigung hinzu.

Ich habe zwei Möglichkeiten. Ich entscheide mich für die coole. Der Druck über meinem linken Ohr verwandelt sich in ein Brennen, während ich mich in mysteriöses, würdevolles Schweigen hülle.

Ein Traum kehrt zurück, ich träume, ich bin ein Baum. Der Saft ist das Blut. Mir wachsen Äste. Albträume über Äxte ... ein Beben geht durch meinen Stamm. Aber der Herbst ängstigt mich nicht. Ich habe so manche Jahreszeit erlebt und weiß, das tote Gefühl geht vorüber.

Eidechsen

1

Die Musik ist viel zu laut – die Pointer Sisters singen »I'm So Excited«. Manche Frauen halten sich die Ohren zu. Das stört Hot Rod, die heiße Latte, nicht. Er stolziert auf und ab und singt stumm mit. Er hat katastrophal vorstehende, schiefe Zähne und links oben eine Lücke, wo mindestens zwei fehlen. Jedesmal am Ende des Laufstegs streckt er die Zunge heraus, läßt sie vor- und zurückschnellen und wedelt mit seinem schwarzen Cape, damit man einen kurzen Blick auf seinen langen, bleichen Penis erhascht. Als Emma sich allmählich fragt, ob das alles ist, hebt er die Arme und fängt an, mit den Hüften zu kreisen. Sein Penis schlappt hin und her wie eine Nudel. Die Frauen kreischen.

Emma nicht. Marion auch nicht. Sie hat nur Augen für seine Akne. »Den ganzen Hintern voll!« schreit sie Emma ins Ohr, als Hot Rod sich zur Wand dreht.

»Achtung«, sagt Emma. Hot Rod ist plötzlich von der Bühne gesprungen und tanzt in ihre Richtung. Aber er hat es auf die Frau neben Emma abgesehen. Fünf Zentimeter vor dem Gesicht der Frau kreist er wieder mit den Hüften.

»Die Akne auf seinem Hals sieht aus wie Gürtelrose«, sagt Marion zu Emma. Sie lehnt sich über den Tisch, um besser sehen zu können. »Wahrscheinlich kriegt man nicht mehr für sein Geld«, sagt sie, weil kein Extraeintritt erhoben wurde.

»Das ist noch die Frage«, sagt Emma, weil Hot Rod gerade etwas zu der Frau gesagt hat. Sie erzählt Marion: »Er hat gesagt: ›Für zehn Mäuse steck ich ihn in deinen Drink.‹«

Marion legt schnell die Hand auf ihr Weinglas.

Die Frau reagiert genauso. Sie ist ungefähr dreißig, so alt wie Emma. Sie schüttelt nur den Kopf, und entweder aus Rache oder einer plötzlichen Eingebung heraus hüllt Hot Rod sein Cape um sie. Der Schrei der Frau erstickt. Hot Rod breitet triumphierend die Arme aus, beginnt hektisch und in hochkomplizierten Schwüngen mit dem Cape zu wedeln und geht die drei Stufen zurück auf die Bühne. Im Scheinwerferlicht von oben dreht er dem Publikum wieder den Rücken zu, hebt die Arme und kreist wieder mit den Hüften. Schneller, immer schneller.

Die Musik bricht ab. Mittendrin, als sei die Nadel von der Platte gehüpft. Hot Rod geht in die Knie und erstarrt mit vorgeschobenem Unterkörper. Gut dreißig Sekunden verstreichen, und dann wird das Scheinwerferlicht schwächer. Hot Rod bewegt sich immer noch nicht. Manche

Frauen kichern los und wechseln unsicher-fröhliche Blicke, und Marion stößt Emma mit dem Ellbogen an. Aber Emma denkt, in diesem Licht und von hinten ist er gar nicht übel... tolle Schultern, hübscher, strammer Hintern, lange Oberschenkel...

Das Scheinwerferlicht und das Licht im Saal gehen wieder an, und Hal, der Barbesitzer, schreit: »Wo bleibt der Applaus? Hot Rod Reynolds, meine Damen!« Hot Rod springt herum und stellt die halbe Erektion zur Schau, die er im Zustand der Starre zuwege gebracht hat, ein kurzes Aufblitzen, dann hängt er sich wie ein Torero das Cape über den Arm und schreitet von der Bühne.

»Zeigt ihm, daß ihr ihn liebt, Ladies!«

Üppiger Applaus, ein paar Pfiffe. Sogar die Frau, der er den Kopf verhüllt hat, klatscht. (Die Leute in dieser kleinen Stadt sind so was von höflich! Als Emma und ihr Mann Gerry aus der Großstadt hierhergezogen sind, mußten sie erst einmal lernen, daß einen Fremde durchaus nicht anhalten wollen, wenn man an ihnen vorbeifährt und sie einem zuwinken.) Aber das hier hat nichts mit guten Manieren zu tun, wird Emma klar. Die Frauen *wollen* klatschen, sie wollen sich heute abend amüsieren. »Damenabend« nennt Hal es und läßt statt der üblichen Oben-ohne-Kellnerinnen im »Bear Pit« die »Miami Beach-Boys« auftreten. Jetzt sagt er es auch, er versucht, den Applaus anzufeuern: »Und aus Miami Beach, Florida...!«

Marion hockt über ihrem Drink und sagt in ihrer aufgeregten Art, daß Craig, ihr neuer Freund, sie umbringt. Sie hat ein hübsches, freundliches Gesicht und etwas Großmütterliches, womit sie in ihrem Zoogeschäft eine heimelige Atmosphäre schafft, in der Tiere sich geborgen fühlen können. Emma fühlte sich ursprünglich zu ihr hingezogen, weil sie immer so atemberaubend schilderte, wie gräßlich Haustiere oft sterben: Bei der Heuernte geht ein junger Collie verloren; Monate später nimmt der Farmer einen Heuballen auseinander, und der zerfetzte, halbverweste Hundekopf kollert heraus. Ein Wellensittich fliegt in der Küche umher und landet auf dem heißen Herd, seine Füße schmelzen sofort wie Wachs, und seine zarten Beinchen entzünden sich und verbrennen zu Asche.

»Ich meine«, sagt Marion jetzt, »ich dachte, sie tragen, weißt du, Dingsbums... Suspensorien.« Sie zieht ein besticktes Taschentuch aus dem Ärmel und putzt sich die Nase. »Warum hast du mich nicht gewarnt?«

»Ich wußte es ja selbst nicht«, sagt Emma. »Mit Typen hab' ich so was erst einmal gesehen, und da trugen sie G-Strings.«

Das war vor sieben Jahren. An dem Abend sah Emma auch zum ersten und einzigen Mal Nackttänzerinnen. Sie hatte damals den Verdacht, daß sie schwanger war, aber noch keinen Test gemacht und es niemandem erzählt. Deshalb trank sie auch noch Alkohol. Sie saß mit Gerry bei einer Karaffe Wein auf der Terrasse eines Restaurants im Stadtzentrum, direkt gegenüber einer neuen Bar mit der Neonreklame »25 Girls 25«. Ein paar Typen in seinem Büro hatten ihm von der Bar erzählt, und er sagte, das sei bestimmt nichts für sie, aber sie sagte, sie ginge hin, mit ihm oder ohne ihn.

Innen drin war es wie unter Wasser, wie in einem trüben Teich. Dunkel, verraucht. Ruhig, weil gerade Pause war. Überall im Raum standen auf kleinen runden Tischen nackte Frauen und wanden sich langsam wie Algen in der Meeresströmung für Männer, die direkt unter ihnen saßen und hochschauten. Die Männer redeten kaum und bewegten sich nicht, außer wenn sie zu ihren Gläsern oder Zigaretten griffen.

Als ob niemand sie sähe (und es schien sie auch niemand zu sehen), drehte sich Emma auf ihrem Stuhl und blickte sich staunend um, während Gerry versuchte, eine Kellnerin auf sich aufmerksam zu machen, die ein enges T-Shirt mit der Aufschrift »Better A Blow Job Than No Job« trug. Emma fragte ihn, ob er eine Tänzerin für ihren Tisch bestellen wolle.

»Soll das hier ein Test sein?« fragte er. Er warf einen raschen Blick um sich. »Außer den Tänzerinnen und den Kellnerinnen bist du die einzige Frau hier«, sagte er.

»Ist mir egal.«

Er lächelte sie an und schüttelte den Kopf. Sie drückte sein Bein. Sie war erregt. Nicht von den Körpern der Frauen (die erregten in ihr nur den Wunsch abzunehmen), und auch nicht durch das, was manche der Frauen wohl empfanden. Die Männer turnten sie an, was *sie* empfanden. »Sie genießen mit den Augen«, dachte sie, obwohl sie nicht gerade so aussahen, als ob sie es genössen. Sie sahen sogar fast verbissen aus. Als hätten sie endlich ihre wahre, eindeutige Bestimmung gefunden. »Gibt es auch Tänzer?« fragte sie.

»Nicht, daß ich wüßte«, sagte Gerry. »Nur Stripper.«

»Ob es hier in der Gegend wohl solche Clubs gibt?«

»Warum?«

»Laß uns in einen gehen.«

Er lachte.

»Warum nicht?« Sie schob ihm die Hand zwischen die Beine.

»He«, sagte sie lächelnd. Er hatte einen Steifen.

Er lächelte auch, nahm aber ihre Hand und legte sie ihr wieder auf den Schoß. »Was hast du denn erwartet?« sagte er.

»Süßer«, sagte sie zärtlich und schmiegte den Kopf an seine Schulter. Damals, in seinen Börsenmakler-Nadelstreifenanzügen, war er noch mager und ehrgeizig. Er hatte immer noch den erwartungsvollen Blick in den Augen. Seinen Augen trauert sie nach. Das hat sie neulich ihrer Mutter erzählt, und ihre Mutter sagte: »Es war aber so was Lebloses darin. Wenn er blinzelte, hätte ich immer schwören können, daß ich seine Lider klicken höre.«

Gerry hätte über seine Augen bestimmt gesagt: »Ich

war im Paradies.« Immer, wenn man erwähnt, wie er früher war, behauptet er, er sei damals in einem Taumel der Verzückung gewesen, vor dem Unfall. Als »der Unfall« bezeichnet er es, und das findet Emma seltsam. *Der* Unfall. Ihr ist aufgefallen, daß er den bestimmten Artikel auch in anderen fragwürdigen Fällen benutzt, zum Beispiel, wenn er von der Ehe spricht. »*Die* Ehe«, sagt er. Und »das Gewicht«, »wenn ich *das* Gewicht verliere«, als hätten sie, Emma und sein Übergewicht, ihn auch wie ein Blitz aus heiterem Himmel getroffen.

Als die Kellnerin endlich kam, erfuhr Emma von ihr, daß nur zwei Straßen weiter ein Stripperclub war. Die Kellnerin nahm ihre Bestellung entgegen, blieb dann aber so lange verschwunden, daß Gerry sagte. »Komm, wir gehen«, obwohl eine klassisch schöne schwarze Tänzerin mit Hornbrille zur Bühne hoch ging.

Emma zögerte. »Jetzt warte doch«, sagte sie. »Das wird bestimmt gut.«

»Ich kann mir das nicht angucken, wenn du neben mir sitzt«, sagte Gerry und schob seinen Stuhl zurück.

»Warum denn nicht? Mich stört es nicht.«

»Aber ich würde ja nicht mal allein hierhergehen«, sagte Gerry. Er klang unglücklich.

Also gingen sie, aber sie lotste ihn die Straße hinunter zu dem Stripperclub. »Du weißt doch, daß Zugucken nicht Bumsen ist«, sagte sie, als sie hineingingen. »Tanzen ist auch nicht Bumsen.«

»Stimmt«, sagte er. »Und Rumphantasieren ist kein Bumsen. Vorspiel ist auch kein Bumsen.« Es klang, als habe er keine Ahnung, worüber er redete.

Die Bude war brechend voll. Vor allem mit Frauen, aber es waren auch ein paar Männer da. Emma und Gerry saßen mit vier auffallend attraktiven schwarzen Frauen an einem Tisch neben dem Ausgang. Die Frauen benutzten alle dieselben silbernen Zigarettenspitzen, die sie mit den Zähnen hielten, damit sie die Hände frei hatten und im Takt zur Musik klatschen konnten – dem Titelsong von »Quick Draw McGraw«, merkte Emma nach einem kurzen Moment. Auf der Bühne wirbelten zwei Männer in Cowboyhüten, Chaps, Stiefeln mit Sporen und G-Strings mit Lederfransen Lassos durch die Luft, ritten bockende Phantomwildpferde und klatschten sich dabei selbst auf den Hintern.

»Schwul«, sagte Gerry in Emmas Ohr, als empfinde er Genugtuung.

Emma zuckte mit den Schultern – vielleicht. Darum ging es aber nicht. Die Tatsache, daß die Tänzer wahrscheinlich schwul waren, war nicht der Grund, daß hier nichts Erotisches abging. Enttäuscht verschränkte sie die Arme vor der Brust. Sie versuchte, sich in die Körper der Tänzer zu verlieren, aber deren Outfit lenkte sie ab. Sie spürte, wie sie sich in sich zurückzog und von dem Licht, dem Lärm, der idiotischen Musik, dem Gelächter entfernte.

Die nächste Nummer war ein strippender Admiral, dessen großes Finale darin bestand, dem Publikum den Rücken zuzuwenden, seine G-Strings abzunehmen und sich dann wieder umzudrehen. An seinem erigierten Penis wehte sein weißer Fingerhandschuh. Gerry lachte und applaudierte.

»Können wir jetzt gehen?« sagte Emma.

Im Auto stritten sie sich darüber, ob die Frauen in dem Club angeturnt waren. »Verhalten haben sie sich jedenfalls so«, sagte Gerry. Emma sagte, sie hätten sich amüsiert, aber es sei eine Parodie gewesen, die Frauen hätten sich so verhalten, wie sie glaubten, daß Männer sich verhielten.

»Ich bin eine Frau, ich weiß, was Frauen empfinden«, sagte sie, und da gab er ihr recht, obwohl sie plötzlich merkte, daß das nicht stimmte. Sie hatte keine Ahnung, was andere Frauen empfanden. Vielleicht fehlten ihr ja manche Eigenschaften – Ironie und Vorsicht.

Nachdem sie den »Bear Pit« verlassen haben, gehen Emma und Marion in Marions Wohnung über dem Zoogeschäft, und Marion gesteht Emma, daß das die einzigen menschlichen Penisse sind, die sie außer Craigs und dem ihres Ex-Mannes je gesehen hat. Sie sagt, jetzt wüsste sie Craigs um so mehr zu schätzen. »Was soll's, wenn er nicht so groß ist«, sagt sie. »Wer will schon eine heiße Latte oder ein U-Boot –«

»Ein U-Boot war doch gar nicht dabei«, sagt Emma.
»Aber wie hieß denn der rothaarige Typ?«
»Torpedo.«
»Ach ja, Torpedo.« Marion gießt Kaffe in ihre guten Porzellantassen. »Ich meine, wer will schon ein Torpedo in der Vagina?«
»Ich nicht«, lügt Emma.

Später auf der Heimfahrt denkt Emma an Gerrys perfekten Penis und wünscht sich trotz allem, er hätte immer noch seinen perfekten Körper, wenn auch mehr seinetwegen als ihretwegen, denn natürlich würde sie ihn auch dann betrügen. Gerry hat einen Verdacht, aber er glaubt, es ist Len Forsythe, und er glaubt, es ist aus. Er ahnt ja nicht, daß es immer noch Len ist und vor einem halben Jahr Lens Zwillingsbruder Hen war und letzte Woche ein herrlicher Schwachkopf, der einen Bauhelm trug (nicht im Bett, aber alles andere zog er zuerst aus), weil er überzeugt ist, daß einem von Auspuffgasen die Haare ausfallen. Gerry würde ihr so viele Typen gar nicht glauben, selbst wenn sie ihm Fotos zeigte, und was hätte er auch davon, wenn er es glaubte, fragt sie sich. Würde soviel Wahrheit einen Mann wie Gerry etwa glücklicher machen oder besser in die Lage versetzen, Aktien zu verkaufen?

In der Filiale, wo er mit drei Leuten zusammenarbeitet, kommt er an Provision auf weniger als zweihundert die Woche. Emma will ihn immer aufmuntern und sagt: »Du arbeitest dich ja auch nicht gerade tot«, aber er führt es darauf zurück, daß alle seine Klienten, die er von einem Typen geerbt hat, der in Rente gegangen ist, sterben wie die Fliegen. Das sieht er normalerweise schon beim Frühstück, wenn er die Todesanzeigen im *Colville Herald* liest. »Plötzlich und unerwartet«, liest er vor, »im fünfundachtzigsten Lebensjahr...«

Zum Glück hat sich Emmas Katzensalon gut angelassen. Dabei hatte sie gedacht, es liefe gut, wenn sie hier in Colville im ersten Jahr plus-minus-null machte. Emma ist in so einer Stadt aufgewachsen. Sie weiß, wenn man Kleinstadtkatzen verwöhnen will, läßt man sie im Haus schlafen. Sie hat allerdings nicht mit all den einsamen alten Frauen gerechnet, wie zum Beispiel den Gattinnen von Gerrys toten Klienten, die mit Freuden weit mehr Geld ausgeben würden als Emma nimmt, nur damit sie fünfundvierzig Minuten jemanden zum Reden haben.

Wegen des weißen Kittels und der Arbeitsinstrumente aus rostfreiem Stahl halten sie sie für eine Ärztin. Sie meinen, Emma sei an den grausigen, würdelosen Details der letzten Krankheit ihres Gatten beziehungsweise ihrer eigenen interessiert, und siehe da, sie *ist* es, und weil sie so interessiert ist, kommen die einsamen alten Frauen eine Woche später mit selbstgemachten Keksen, Gläsern Marmelade und Pickles und, rein zufällig, der Katze wieder.

Manche Leute kommen wirklich wegen ihrer Tiere. Und dann bestreitet Emma den Großteil der Unterhaltung. Sie stehen nur verlegen herum. Um sie bei heiklen

Prozeduren (verfilztes Fell scheren, Ohren reinigen) abzulenken, fragt sie sie, ob sie eigentlich wüssten, daß Katzen lieber italienische Opern als Countrymusik hören. Oder erzählt ihnen, daß Marktuntersuchungen zufolge man sich um so mehr wünscht, Sonny und Cher kämen wieder zusammen, je mehr Katzen man besitzt. Emma hat sich soviel triviales Wissen über Katzen angeeignet, daß sie, wenn es sein muß, eine geschlagene Dreiviertelstunde reden kann. Sie kennt auch viele Katzengeschichten – die von dem Burmesen, der sechsundzwanzig Monate ohne Wasser lebte, von der Katze, die von einem Spaniel aufgezogen wurde und bellte wie ein Spaniel, von der Katze mit den zwei Köpfen und dann von all den Katzen, die Tausende von Meilen gewandert sind, um ihre Besitzer wiederzufinden. Wenn sie den Eindruck hat, daß der Kunde es aushält, probiert sie ein paar von Marions Lieblings-Haustiersterbegeschichten aus. »Kennen Sie die von dem Kater, der an den Hochspannungstransformator gespritzt hat?« ist ihre beste Katzengeschichte... Bei der, sagt Karl Jagger, hätte er ihr gern den weißen Kittel aufgeknöpft und die Brüste mit dem Schwanz seines Siamkaters gestreichelt.

2

Emmas Vater behauptete immer, daß ihn anfänglich vor allem die Sehnen am Hals ihrer Mutter gereizt hätten, aber was ihn dann vom Hocker gerissen habe, sei die reptilienhafte Haut zwischen ihren Fingern. Als ihre Mutter älter wurde, schmachtete er ihre drahtige, graue Haarpracht an. Er schob die Haut an ihrem Oberschenkel zusammen, um zu sehen, wie sie sich wellte. »Gott, ist die schön«, sagte er, »wie eine geschälte Litschi.« Ihre Mutter, die mittlerweile nicht nur gelernt hatte, sich die passende Antwort darauf zu verkneifen, sondern genauso irre in Verzückung geraten konnte wie er, betrachtete ihr Bein, als sei es eine neue, bemerkenswerte Landschaft.

Als Teenager wäre Emma in diesen Situationen immer am liebsten im Erdboden versunken, besonders wenn andere Leute dabei waren. Es war schlimm genug, wenn ihr Vater bei ihr oder ihrer Mutter loslegte, aber er machte vor niemandem halt. Zu Emmas Klavierlehrerin, einer launischen, eitlen Frau, die ständig in den Spiegel ihrer Puderdose schaute, sagte er: »Lassen Sie sich nie die goldverzierte Warze entfernen.«

»Das ist keine Warze«, entgegnete Emmas Klavierlehrerin pikiert. »Das ist ein Schönheitsfleck.«

»Die goldverzierte Warze ist der Stolz der Schaufelfußkröte«, sagte ihr Vater.

Emmas Freundinnen dachten immer, er sei irgendein

Künstler – er hatte einen Spitzbart und ziemlich lange Haare, und im ganzen Haus gab es nackte Figurinen und gigantische abstrakte Gemälde und nie weniger als sechs Katzen mit leuchtendbunten Halsbändern, von denen riesige, handgearbeitete algerische Katzenglocken baumelten –, aber von einem Büro im Souterrain aus verkaufte er Lebensversicherungen. Über seinem Schreibtisch hing ein Foto des Dichters Wallace Stevens, der auch in der Versicherungsbranche tätig gewesen war.

»Mein Job ist es«, sagte er immer zu seinen Klienten, »Sie dazu zu bringen, sich von Geld zu trennen, das Sie, solange Sie leben, nie wiedersehen werden.« Auf dem Stuhl, auf dem eigentlich der Klient sitzen sollte, saß normalerweise eine Katze. Katzen schliefen auch auf den altmodischen hölzernen Aktenablagen. Wenn der Klient Katzen haßte, tat Emmas Vater, als ginge es ihm genauso. »Du hast hier nichts zu suchen!« schrie er dann eine Katze an, die sich in einer Ecke putzte. »Bleib uns von der Pelle«, schrie er. »Verstanden?«

Die Leute dachten entweder, er machte Spaß (meistens, wenn er es ernst meinte), oder sie fanden den verträumten Blick unerschütterlicher Liebe, den er jedem schenkte, entwaffnend, und nahmen ihm ohne weiteres alles ab, was er sagte. Sie glaubten ihm zum Beispiel, daß man wie ein sonnengesprenkelter Waldboden in der Morgendämmerung aussieht, wenn jeder Quadratzentimeter Haut voller riesiger Sommersprossen ist.

Emma hielt sich selbst für immun gegen seine schwachsinnigen Schwärmereien. Als Kind hatte sie vielleicht noch geglaubt, sie sei etwas Besonderes, aber als sie mit der High School anfing, wußte sie dann schon, daß man nicht unbedingt damit prahlt, daß man wie eine Riesenfledermaus aussieht. Sie war klein und hatte eine spitze Nase und ein spitzes Kinn. Ansonsten sah sie nicht übel aus. Sie *hatte* riesige dunkle Augen und war auch immer stolz darauf. Erst als sie zu Hause auszog und sich in einen Kotzbrocken namens Paul Butt verliebte, merkte sie, wie sehr sie auf die Schmeicheleien hereingefallen war.

Für ihre Größe hatte sie außergewöhnlich lange Finger und Zehen – wie ein Koboldmaki, schwärmte ihr Vater, und da »Koboldmaki« so exotisch klang, glaubte sie ihre ganze Teenagerzeit hindurch, daß alle sie um ihre Hände und Füße beneideten und sie toll fanden. Dann sagte Paul Butt, daß Elvis Presley niemals mit einem Mädchen gegangen wäre, das so spindeldürre Hände hatte. Er sagte auch, ihre Lippen seien zu dünn und sie solle sich die Haare auf den Armen mit elektrischem Strom entfernen lassen.

Sie war so in ihn verknallt, daß sie eine qualvolle Behandlung über sich ergehen ließ, aber selbst dann, selbst als sie total verunsichert war, sah sie sich nie mit Paul Butts Augen. Was für ihn Haare auf den Armen waren, war für sie insgeheim Flaum. Als er sie wegen der Kosmetikerin, die ihr die Haare entfernt hatte, verließ, warf sie ihrem Vater vor, er habe sie grundlos eitel gemacht.

Elf Jahre später fällt ihr nur noch ein, ihm vorzuwerfen, daß er jemanden geheiratet hat, der so gänzlich anders ist als er, denn sie ist überzeugt, daß der Charakter eines Menschen nicht mehr und nicht weniger als das Schlachtfeld ist, auf dem sich die Persönlichkeit der Mutter und die Persönlichkeit des Vaters bekriegen. Als sie das Karl Jagger am Beginn ihrer Affäre erzählte, als sie einander noch überschwängliche Geständnisse machten, sagte er, seine Eltern seien sich total ähnlich, und stellte die Vermutung an, daß ein völliger Mangel an Zank und Streit ein Persönlichkeitsvakuum schaffe, in dem sich das Animalische des Babys durchsetze. »Das Wilde?« fragte sie.

»Das Schwarze.«

»Das Dunkle«, sagte sie, weil er nicht schwarz war. Einmal fragte sie ihn, warum er nie jemanden umgebracht habe, und er sagte. »Das Mitleid hält mich davon ab.«

Sie fragte ihn, weil er mit Schundromanen über Ex-Marines und anständige Polizisten, die mit pädophilen Crackdealern und Meuchelmördern abrechneten, einen Haufen Geld verdiente. In jedem der dreiundzwanzig Bücher, die er veröffentlicht hatte, kamen mindestens zehn abscheuliche Morde vor, im ganzen über zweihundertunddreißig, und er behauptete, daß nicht einer dem anderen gleiche und alle Einzelheiten realistisch und akribisch genau beschrieben seien. Wenn das Hirn eines Kerls über den ganzen Gehweg spritzt, sagte er, und in New York ist Winter, dann hat dieses Hirn gefälligst zu dampfen.

Emma kommt in den Sinn, daß Karl und Marion füreinander bestimmt sein könnten, und als Marion und Craig sich genau zu der Zeit trennen, als Sex mit Karl zur Routine geworden ist, versucht sie, ein Treffen zu arrangieren. Karl ist zu allem bereit, aber Marion ist beleidigt, als sie erfährt, daß sie mit einem Mann etwas gemeinsam haben soll, der Geschichten über Menschen erfindet, die sich gegenseitig abschlachten. *Sie* erfindet ihre Haustiersterbegeschichten nicht, sagt sie, und sie reißt sich auch nicht darum. Sondern sie arbeitet in der Haustierbranche, und ihr Bruder ist Tierarzt. Da hört sie Dinge, die andere Leute nicht hören.

»Ich finde es nicht gerade *unterhaltsam*«, sagt sie.

»Na ja, stimmt«, pflichtet Emma ihr bei.

Marion zupft sich Hundehaare vom Pullover, einem von fünf Pullovern mit Tiermotiven, die sie sich für den Laden gestrickt hat. Emma bedauert, daß Karl Marion in diesem Pullover voll neurotischer Papageien wohl nie sehen wird.

»Ich gehöre wahrscheinlich zu den Menschen, die von diesen blutigen Details besessen sind«, sagt Marion.

»Ja, ich weiß«, sagt Emma beschwichtigend. »Ich auch.« Und merkt, daß zwischen Karl und Marion und Karl und ihr wirklich ein Unterschied besteht. Karl kann über das, was ihn quält, lachen. Sie und Marion nicht.

Es gibt etwas, über das Emma immer und immer wieder nachdenken muß.

Nicky war elf Monate alt. Sie wollte dem neugeborenen Kätzchen gerade mit dem Finger ins Auge stechen, als Emma ihr die Hand wegnahm und einen Klaps darauf gab. Das hatte sie noch nie getan. Nicky schaute Emma mit einem Erstaunen an, das Emma bei einem Baby für unmöglich gehalten hätte – und schlug sich selbst auf die Hand. Wenn sie danach in die Nähe einer Katze krabbelte, ging sie meist mit dem Finger dicht vor deren Gesicht, zog sich dann die Hand weg und gab sich einen Klaps.

Manchmal kommt Emma diese Erinnerung wie eine Botschaft von Nicky vor, als wolle Nicky ihr mitteilen, daß man mit dem größten Schock seines Lebens nur fertig wird, wenn man ihn so lange wiederholt, bis er etwas Alltägliches wird. Genau das tut sie indirekt, vermutet Emma, wenn sie ständig die Revolverblätter aus dem Supermarkt liest oder Karl und Marion nach der schrecklichsten Geschichte ausfragt, der Geschichte, durch die ihre eigene Geschichte eine unter anderen wird.

3

Sie trauerte immer noch um Paul Butt, schluchzte in der Toilette der Investmentfirma, wo sie als Schreibkraft arbeitete, und liebäugelte mit der Idee, in eine andere Klinik zu gehen, um sich die Haare entfernen zu lassen, als Gerry an ihren Schreibtisch kam, in roten Boxershorts, Hemd und Krawatte, die Anzughose hatte er über dem Arm hängen.

»Emma«, sagte er; er hatte das Namensschild auf ihrem Tisch gelesen. Er war erst seit einer Woche in der Firma und sprach zum ersten Mal mit ihr.

»Gerry«, sagte sie.

»Ach bitte«, sagte er. »Haben Sie wohl Nadel und Faden? Mir ist eine Naht aufgeplatzt.«

»Klar«, sagte sie spöttisch und zog die Schreibtischschublade auf. »Ich habe ein Bügelbrett, Töpfe und Pfannen, Windeln...«

Er machte ein Gesicht, als hätte sie ihn geohrfeigt. »Ich frage ja nur, weil ich vor ein paar Tagen gesehen habe, wie Sie etwas ausgebessert haben«, sagte er. »Ihren Rock –«

Jetzt sah sie zum ersten Mal, daß seine Augen verschiedenfarbig waren – das linke blau, das rechte goldfarben. Sie waren kugelrund und rotgerändert, beinahe, als trüge er roten Eyeliner.

»Schon gut«, sagte sie. »Tut mir leid.« Sie kriegte mit, wie er den Blick einmal schnell über ihren Körper wandern ließ, und wußte plötzlich, als hätte sie den Jackpot beim Pokern gewonnen, daß es keiner besonderen Anstrengung bedurfte, seine hingebungsvolle lebenslange Liebe zu gewinnen. Sie nahm ihr Nähetui und streckte die Hand nach der Hose aus. »Ich mach das«, sagte sie.

»Aber nein««, sagte er und strich sich das Haar aus den Augen. Es war weißblond und sehr fein. Immer wenn er telefonierte, fuhr er sich mit der Hand durchs Haar. Emma hatte ihn dabei beobachtet. Ihr Schreibtisch war schräg links hinter seinem, in dem großen Raum, wo die Broker und Tippsen saßen. Sie hatte ihn nicht unter dem Gesichtspunkt beobachtet, ob er als Freund in Frage kam (sie dachte ohnehin, ihr Herz sei für immer gebrochen), sondern weil er mit soviel Begeisterung bei der Sache war. Er hämmerte die Telefonnummern nur so herunter und raste mit seinen Käufen und Verkäufen zum Auftragstisch. Und fuhr sich mit den Fingern durchs Haar, als gebe es kein schöneres Gefühl im Leben.

»Ich kriege das wahrscheinlich besser hin als Sie«, sagte sie und stand auf. Bevor er noch irgend etwas sagen konnte, zog sie ihm die Hose vom Arm und ging schnell in einen der leeren Sitzungssäle. »Es dauert nur einen Moment«, rief sie ihm zu.

Im Sitzungssaal legte sie die Hose auf den Tisch. Sie war marineblau mit roten Nadelstreifen. Emma war von den Bügelfalten beeindruckt. Messerscharf, dachte sie und glitt mit dem Finger an einer entlang. Ihr Finger zitterte. Was war los mit ihr, fragte sie sich. Warum war sie mit der Hose hier hineingegangen? Sie hätte sie doch an ihrem Schreibtisch nähen können. Sie hielt die Hand hoch und versuchte, sie vom Zittern abzuhalten. Sie schaffte es nicht. Sie untersuchte ihren Unterarm, die kahle Stelle, wo die Haare entfernt worden waren. Waren das Stoppeln? »Herr im Himmel«, murmelte sie und hatte Angst, sie würde wegen Paul Butt anfangen zu weinen, aber sie weinte nicht.

Sie nahm die Hose. Da war das Loch, am Reißverschluß entlang und darunter. Sie steckte die Hand durch das Loch. Sie hob die Hose an die Nase und roch am Zwickel. Urin, ganz schwach. Urin und der Geruch nach frischgebügelter Wolle. Mit geschlossenen Augen nahm sie einen tiefen, belebenden Atemzug.

Als sie die Augen aufmachte, stand Gerry in der Tür.

»O Gott«, sagte sie.

»Ich wollte fragen –« Er redete nicht weiter, schüttelte den Kopf und lächelte den Boden an.

Sie ließ die Hose auf den Tisch fallen. Sie versuchte ein kleines Lachen. Im Nebenraum griffen die Broker beim ersten Klingeln zum Telefon. Sie stellte sich vor, wie sie wieder an der Hose schnüffelte, und sagte: »Ich rieche Ärger.« Sie stellte sich vor, wie sie den ganzen Arm durch das Loch steckte und »Wahnsinn!« sagte. Sie stellte sich vor, daß sie einen Stuhl aus dem Fenster warf und der auf einem fahrenden Bus landete, in dem Paul Butt und die Kosmetikerin saßen.

»Ich wollte –«, fing Gerry wieder an.

»Mich einladen«, sagte sie. Sie hatte nichts zu verlieren.

Nach Paul Butt, der meinte, wenn er zwei Finger in ihre Vagina schob, müsse es das bringen, und der sagte, nur verklemmte Lesben wollten oben liegen, machte Sex mit

Gerry sie sofort süchtig. Die ersten sechs Monate liebten sie sich abends mindestens einmal. Danach zogen sie zusammen und heirateten und liebten sich morgens auch noch einmal. Als dann die Spekulationsgeschäfte blühten und er immer häufiger ein bißchen früher aus dem Haus ging und ein bißchen später zurückkam, wurde es ein wenig ruhiger. Sie machten sich gemeinsam darüber lustig, daß *er* über Kopfschmerzen klagte oder darüber, daß er zu müde war.

Sie hatte das zweite Schlafzimmer in einen Katzensalon verwandelt und arbeitete jetzt zu Hause. Ihren Job in der Investmentfirma hatte sie aufgegeben, weil das Management Ehepaare in derselben Abteilung nicht gern sah. Ihre Mutter wollte, daß sie weiterstudierte, aber ihr Vater sagte, sie solle etwas Heiteres machen, nichts, wo es soviel Konkurrenz gebe.

»Wie zum Beispiel Lebensversicherungen verhökern?« fragte ihre Mutter wie üblich mit unbewegter Miene.

»Wie zum Beispiel ihr Haar kämmen!« erklärte ihr Vater, und das führte schließlich zu der Idee, sie solle Katzen kämmen und pflegen und mit seinen anfangen.

Katzenpflegerin. Emma gefiel der ungewöhnliche Klang. Sie kaufte ein Buch, »Katzenpflege – leichtgemacht«, einen weißen Kittel, ein paar Kämme, Bürsten und Scheren. Sie piekste Annoncen an Telefonmasten und hing welche in Waschsalons, Tierarztpraxen und Zoogeschäften auf. Ihr erster Kunde nach ihrem Vater war ein unglaublich großer Schwarzer mit einer dreijährigen Tochter und einer alten Perserkatze namens White Thing, und zuerst dachte Emma, das sei ein Scherz, denn die vielen verfilzten Stellen in White Things Fell sahen genauso aus wie die unzähligen Zöpfchen auf dem Kopf der Tochter.

Ein Jahr später kamen der Schwarze und die Katze wieder. Da war White Thing wieder ganz verfilzt, und die Tochter lebte bei ihrer Mutter in New Jersey. Und Emma war schwanger, und Gerry hatte gesagt, ihm werde unheimlich, wenn er mit ihr schlief, als trieben sie es vor ihrem eigenen Kind.

Während sie das verfilzte Haar abschnitt, streckte sich der Mann, der Ed hieß, auf ihrer Couch aus und erzählte ihr, wie sehr er seinen Job als Polizist haßte und überlegte, was er tun könne, um bei Fortzahlung der Bezüge vom Dienst suspendiert zu werden. »Das schlimmste ist, daß ich mich im Auto immer so einklemmen muß«, sagte er. »Man kann die Sitze nicht weit genug zurückschieben.«

»Wie groß sind Sie denn?« fragte sie.

»Zwei Meter.«

Sie sah ihn an. Seine Arme und Beine ergossen sich in voller Schönheit über die viel zu schmale Couch. Seine Augen waren blutunterlaufen und sehr ausdrucksvoll. Sie machten sie nervös, und gleichzeitig empfand sie eine Distanz zu ihm, sie spürte gar nichts. Wie wenn man geröntgt wird, daran erinnerte es sie, nicht in dem Sinn, daß er sie durchschaute, sondern eher so, daß ihr Körper einer machtvollen und potentiell gefährlichen Prozedur unterzogen wurde, ohne daß sie das Geringste spürte.

Als sie zur Hälfte fertig war, kam er zu ihr und beobachtete, wie sie arbeitete. Er roch wie ein erloschenes Feuer. Die obersten Knöpfe seines Hemdes waren offen. »Wunderbar, Baby«, sagte er mit weicher, tiefer Stimme, die Emma wie ein Trommeln durchfuhr. Ob er mit White Thing oder mit ihr sprach, war unerheblich, doch sie hätte schon eine Zwangsjacke anhaben müssen, um nicht die Schere wegzulegen und mit der Hand in sein Hemd zu gleiten.

Er schenkte ihr ein breites Lächeln.

Sie machte die restlichen Knöpfe auf, fuhr mit der Hand zu seinem Bauch, über die Gürtelschnalle und zwischen seine Beine. Er legte seine Hand auf ihre und drückte und ließ wieder los, als wolle er sicherstellen, daß sie auch nichts verpaßte.

Sie zog seinen Reißverschluß auf.

»Genieße mit den Augen« – er sagte es nicht, aber als sein Penis schwer in ihre Hand glitt wie der Stab beim Staffellaufen, dachte er es so laut, daß sie es hörte.

Er besuchte sie zwei- oder dreimal in der Woche, aber nach einem Monat hatte sie beim Verkehr immer die Vorstellung, daß sein Penis gegen ihre Gebärmutter stieß und den Schädel ihres Babys eindellte, und sie beschloß, Schluß zu machen.

Schuldgefühle hatte sie da schon längst nicht mehr. Was zwischen ihr und Ed lief, hatte mit Liebe so wenig zu tun, daß es ihr schwerfiel, es mit einem Begriff wie Betrug in Verbindung zu bringen. Sie bedauerte nur, daß sie Gerry nicht mit der Beobachtung überraschen konnte, daß Eds Penis die Farbe änderte, von mahagonifarben, wenn er schlaff, zu tiefem Purpur, wenn er steif war. Sie konnte Gerry auch nicht erzählen, daß seine Hoden glatt waren und Eds sich wie Sternkorallen anfühlten.

Sie fragte sich, womit ihr Vater Ed verglichen hätte – mit einer Erdschnake vielleicht oder einer Schwarzen Rennschlange. Gerry, sagte ihr Vater, war eine Polarmöwe, weil er weißblondes Haar und rote Ringe um die Augen hatte. Ihr Vater schwärmte von Gerrys verschiedenfarbigen Augen. Emma schwärmte von seiner makellosen weißen Haut. Wenn er morgens noch im Halbschlaf war, glitt sie manchmal mit der Hand über seinen Körper und rieb sich an seinem Bein, bis sie kam. Das machte sie auch bei Ed, aber Ed war schwarz und bewegte sich.

Nachdem sie und Ed sich getrennt hatten, dachte sie, daß es jetzt mit anderen Männern wohl vorbei sei, zumindest, bis das Baby ein paar Jahre alt war, aber als sie im vierten Monat war, tauchten zwei weitere Kandidaten auf. Der erste war der frühere Mieter ihrer Wohnung, dessen Reklamepost, vorzugsweise Gratisprospekte für Gesundheitsbetten, ihren Briefkasten verstopfte. Eines Tages klopfte er an ihre Tür und fragte, ob sie fünf Einhundert-Dollar-

Noten im Medizinschränkchen gefunden hätten. Hatten sie nicht, aber sie sagte, ja, und sie hätten sie der Heilsarmee gegeben.

»In Ordnung«, sagte er und brachte sie dazu, ihm die Wahrheit zu erzählen und einen Kaffee anzubieten.

Er war Wohnmobilverkäufer und gerade wieder in ihre Stadt zurückversetzt worden. Ungefähr dreißig Jahre alt, Sportlerfigur, hohe Stirn, kleine blaue Augen, die an ihren Beinen klebten, kleine Hände – sie war zu unerfahren und wußte nicht, daß sie nicht notwendigerweise auf einen kleinen Penis hindeuteten; in diesem Stadium der Schwangerschaft hätte sie aber keinen anderen mehr riskiert. Da sie eine halbe Stunde später einen Kunden erwartete, passierte nichts, aber bevor er ging, ließ er noch die Bemerkung fallen, daß ihn schwangere Frauen anturnten. Er gab ihr seine Visitenkarte, falls sie mal einen mit ihm trinken gehen wollte.

Zwei Tage später – Gerry hatte vier Abende hintereinander Überstunden gemacht, war nach Hause gekommen und vor dem Fernseher eingeschlafen – wollte sie ihn schon anrufen, da stand ein rothaariger Typ auf der Matte. Mit einer Katze im Arm, die er auf dem Parkplatz vor dem Haus überfahren hatte. Jemand hatte ihm gesagt, sie sei Tierärztin.

»Sie ist tot«, sagte sie. Das Maul war blutverklumpt, und die Augen standen offen und blickten ins Leere.

Der Typ, der anscheinend noch keine zwanzig war – schwarze Lederhosen, Lederjacke, der Motorradhelm baumelte ihm am Arm –, hielt die Katze hoch und sagte. »Ach, stimmt. Scheiße.«

»Kommen Sie herein«, sagte sie. Er sah aus, als müßte er sich gleich übergeben. Sie nahm die Katze und steckte sie in eine Plastiktüte von Shoppers Drug Mart, und er setzte sich auf die Wohnzimmercouch, legte den Kopf in die Hände und sagte, er kenne den Kater, er heiße Fred und gehöre der schielenden Lehrerin in 104.

»Es war sicher nicht Ihre Schuld«, sagte Emma, aber sie dachte, wahrscheinlich doch, und auf einmal war sie so wütend, daß sie aus dem Zimmer gehen mußte. Sie wusch sich am Küchenbecken die Hände und stellte die Tüte vor die Haustür.

»Er lebte noch, als ich ihn aufgehoben habe«, sagte er. »Er lebte noch, bestimmt. Er lebte noch die ganze Zeit, bis er gestorben ist.«

Sie saß auf dem Stuhl ihm gegenüber. Seine Hände waren schmal genug. An seinen Fingern waren silberne Ringe und Blut. Sein lockiges rotes Haar war zurückgekämmt, naß. Er mußte gerade geduscht haben. Er war mager; das schwarze Leder schmiegte sich an die Muskeln seiner langen Oberschenkel. »Wenn Sie wollen, sage ich es ihr«, erbot sie sich.

Überrascht sah er hoch. Sie erwartete, daß er sagen würde: »Nein danke, das mach ich schon«, aber er sagte: »Würden Sie das tun? He, das wäre toll. Vielen, vielen Dank.«

Also ging sie zur Wohnung 104, vielleicht war die Frau ja früher von der Schule zurück. Die Tüte war außergewöhnlich schwer. Wenn die Frau weinte, würde sie auch weinen, das wußte sie, aber keiner machte auf. Als sie in ihre Wohnung zurückkam, betrachtete der Typ gerade sein Spiegelbild im Fernseher. Sie ließ den Kater im Flur und setzte sich dem Jungen wieder gegenüber.

»Sie sind verheiratet«, sagte er. »Stimmt's?«

»Stimmt.«

»Gut, dann mach ich Sie nicht an«, sagte er ernsthaft.

»Lassen Sie sich davon nicht abhalten«, sagte sie.

Er wohnte zwei Stockwerke unter ihr und lebte von Arbeitslosengeld. Wann immer sie ihn anrief, kam er hoch. Sie schliefen ungefähr einen Monat zusammen, da sagte er ihr, er liebe sie.

»Du liebst dich selbst«, sagte sie.

Das bestritt er nicht. »Ich meine, ich *liebe* dich echt«, sagte er.

»In Wirklichkeit liebst du, daß ich mit dir schlafe«, sagte sie.

»Ja«, sagte er und nickte. »Das stimmt«, sagte er, als sei der Fall damit erledigt.

»Ich überlege sowieso, ob ich nicht Schluß machen soll«, sagte sie. »Ich bin zu schwanger. Ich kann mich nicht mehr bücken und die ganzen roten Härchen aufheben, die du verlierst.«

4

Nicky ist fünfzehn Monate alt. Eines Tages taucht Ed, der schwarze Riese auf, ohne White Thing. Er ist in Uniform. Als Emma seine Hand von ihrem Hintern nimmt, lacht er und sagt: »Jetzt, wo das Baby auf dir rumkriecht, brauchst du wohl keinen Mann mehr.«

»Wenn ich mich richtig erinnere, bin ich auf dir rumgekrochen«, sagt Emma.

Er lädt sie und Nicky zum Mittagessen in ein Restaurant ein, das mit einem seifenblasenden Clown wirbt und Rabatt gibt, wenn man den Teller leer ißt. Emma hat den nächsten Kunden erst um vier, deshalb sagt sie, klar, warum nicht. »Bist du nicht im Dienst?« fragt sie.

»Mein Partner hat zu tun, und ich muß ein bißchen Zeit totschlagen«, sagt er, und sie hat den Verdacht, daß sein Partner nicht weit von hier genau das tut, was er hier tun wollte. Aber vielleicht auch nicht. Vielleicht macht sein Partner eine Drogenrazzia oder sonst was. Oder vielleicht versucht Ed jetzt gerade nur, unter Fortzahlung der Bezüge suspendiert zu werden. Sie fragt nicht. Seit Nicky da ist, will sie von riskanten oder nicht ganz koscheren Dingen lieber nichts wissen. Sie ist froh, daß sie Gerry die Wahrheit sagen kann – ein früherer Kunde ist vorbeigekommen und hat sie und Nicky zum Essen eingeladen.

»Wir fahren mit einem Polizeiauto«, erzählt sie Nicky.

»Lei-Auto«, sagt Nicky ernsthaft.

Emma zieht sich eine saubere weiße Bluse und einen langen weißen Bauernrock an. Sie und Nicky setzen sich auf den Rücksitz, weil Nickys Kindersitz in Gerrys Auto ist. Nicky steht auf Emmas Schoß und patscht mit der Hand gegen das Fenster. Sie trägt ein weißes gehäkeltes Sonnenmützchen, und wenn sie an einer Ampel halten, werden die Leute auf sie aufmerksam und machen ein besorgtes Gesicht. »Witzig, wenn Daddy uns jetzt sähe«, sagt Emma.

Ed spricht in sein Funkgerät, aber er lacht und sagt nach hinten: »Da würde er lernen, keine voreiligen Schlüsse zu ziehen.«

Im Restaurant machen die Leute vor ihnen Platz, damit Ed vorbeigehen kann. »Na, na, na«, sagt er und bleibt hinten in der Schlange. »Ich bin doch nicht bestechlich.« Hinter einem hohen Wandschirm aus Rattan steigen Seifenblasen hoch, und Ed hebt Nicky auf die Schultern, damit sie den Clown auf der anderen Seite sehen kann. Als sie dran sind und zu ihren Plätzen geleitet werden, will Nicky nicht runter. »Ist schon gut«, sagt Ed. Er geht hinter der Angestellten her. Er ist so groß, daß Emma nicht an Nickys Mützchen kommt, das ihr langsam vom Kopf rutscht.

»Was?« sagt Ed, als er Emmas Hand auf seiner Schulter spürt, und dreht sich halb um.

»Ach nichts«, sagt Emma.

Plötzlich schreit Ed was und stolpert.

Nicky fliegt von seinen Schultern.

Emma spritzt was ins Gesicht. Halb blind dreht sie sich um. Nicky liegt auf dem Boden, an der Wand.

»Weg da!« schreit sie und boxt Ed weg. Er kniet sich hin und hebt Nickys Kopf hoch, der viel zu sehr zur Seite hängt. Seine schwarze Hand hebt Nickys Kopf hoch. Jetzt sieht Emma die klaffende Wunde an Nickys Hals. Das Blut strömt heraus. Hellrotes Babyblut. Emma presst die Hand auf die Wunde, das Blut strömt ihr zwischen den Fingern durch. »Mach, daß das aufhört!« kreischt sie. Nickys Augenlider flattern.

»Wir müssen das Blut stillen«, sagt Ed. Seine Stimme ist tief und vernünftig. Emma zerrt an ihrem Rock. Ihrem Baby fällt der Kopf ab, aber man muß das Blut stillen. Sie gibt Ed ihren Rock, und er zerreißt ihn schnell und verbindet Nickys Hals. Nickys Beine zucken. Ed sagt, es war der Deckenventilator. Emma schaut nach oben – ein silberner Flügel, er dreht sich immer noch.

Als Nicky geboren war, stellte sich Emmas Vater vor die Scheibe des Babyraumes und verglich seine mit Kaiserschnitt entbundene Enkelin mit den braunen, verknitterten Babys, die durch den engen Geburtskanal gekommen waren. Nicky war eine Pflaume unter Trockenpflaumen, sagte er. Nicky war eine Weihnachtspuppe unter lauter Leistenbrüchen.

»Mehr oder weniger sind wir ja nun alle Leistenbrüche«, sagte Emmas Mutter in ihrer trocken-ironischen

Art, was eine besänftigende Wirkung auf die ärgerlichen Verwandten der anderen Babys ausübte.

Als Emma und Nicky wieder zu Hause waren, kam er nachmittags oft vorbei, manchmal mit Emmas Mutter, meistens allein. Wenn Emma sich um eine Katze kümmerte, passte er auf Nicky auf. Er kochte für Emmas Kunden Tee und verscherbelte ihnen Lebensversicherungen. Eines Tages öffnete er die Tür, und der rothaarige junge Mann stand da.

»Ist der ausgeflippte Typ dein Mann?« fragte er Emma.

»Ich dachte, du wärst weggezogen«, sagte sie leise. Ihr Vater war wieder zu Nicky gegangen und spielte mit ihr.

»Ich war nur gerade hier in der Gegend«, sagte der Typ. »Hm«, sagte er, »dann hast du wohl keinen Bock auf Action.«

Sie lächelte. »Nein.«

»Ein andermal«, sagte er.

Sie machte langsam die Tür zu. »Ich glaube nicht«, sagte sie.

Nicht, weil sie müde war oder Schuldgefühle hatte, und auch nicht aus Angst, ihr Vater hörte zu. Sie hatte kein Interesse. Seit Nickys Geburt war sie nicht mehr scharf auf Sex. Was natürlich war, hieß es in ihrem Babybuch. Natürlich und vorübergehend.

»Das wird schon wieder«, sagte sie zu Gerry.

»Ja, klar«, sagte Gerry munter, obwohl er nicht sehr enttäuscht zu sein schien, daß sie keine Lust mehr hatte.

Wie Emma ging er völlig in Nicky auf. Sie legten sie auf eine Decke auf dem Boden, knieten sich über sie und küßten sie und knabberten an ihr wie zwei Hunde, die aus derselben Schüssel fressen.

Nicky lag lieber auf dem Boden als im Kinderbett. Wenn sie sie auf den Boden legten und ihr den Po tätschelten, hörte sie auf zu schreien. Das hatte Emmas Vater entdeckt. Er probierte ständig etwas an ihr aus, um ihre Reaktionen zu testen und ihre Wahrnehmungsfähigkeit zu entwickeln. Er trug sie in der Wohnung herum und legte ihre Hand an Wände, Gardinen und Fenster. Er machte Gläser auf, damit sie daran roch. Er trällerte Lieder, angeblich in der Sprache der Ojibwa-Indianer, und hielt dabei ihren Fuß an seine Kehle, damit sie die Vibrationen aufnahm. Ein Lied handelte offenbar davon, daß die Zehen eines Babys wie Kieselsteine sind. Als Nicky tot war, mußte Emma immer daran denken, daß ihre Zehen wie Kieselsteine waren. Sie schrie und tobte, daß sie Nickys Fuß wollte, daß sie ihren Fuß hätte behalten und ihn ausstopfen lassen sollen, dann hätte sie wenigstens ihren Fuß gehabt.

»Ich weiß gar nicht, warum ich an so was nicht gedacht habe«, sagte ihr Vater. »Vor ein paar Monaten habe ich gelesen, daß ein Tierpräparator in Jugoslawien seinen verstorbenen Sohn konserviert hat und meint, das sei ein großer Trost.«

Er hatte sich neben ihr auf dem Bett ausgestreckt.

Emma verbrachte den ganzen Tag im Bett, und mittags kamen ihr Vater und ihre Mutter mit Essen und Bildbänden von Audubon und Fotomagazinen mit herausgerissenen Seiten (auf denen Babys abgebildet waren, argwöhnte Emma) und der *Amerikanischen Zeitschrift für Proktologie,* die ihr Vater wegen der Hochglanzfarbfotos von Dickdärmen abonnierte. Fotos, die man für Bilder aus dem All hielt, wenn man nicht wußte, was man da betrachtete.

Ihre Mutter räumte die Wohnung auf und erledigte die Anrufe auf dem Anrufbeantworter. Ihr Vater blätterte die Seiten um. Emma wußte nicht, woher er wußte, daß ihr einziger Trost war, Bilder anzuschauen, aber so war es. Wenn ihre Eltern wieder weg waren, schlief sie, bis Gerry von der Arbeit nach Hause kam. Vor dem Fernseher verschlang er fast eine Familienportion Kentucky Fried Chicken. Sie lag auf der Couch und aß ein paar Pommes frites.

Während eines Werbespots sagte er eines Abends: »Heute mußte ich daran denken, wie du einmal von der Kaimauer runterspaziert bist.«

Als sie zehn oder elf war und noch nicht schwimmen konnte, war sie einmal von einer Kaimauer heruntergespaziert, weil das schimmernde Wasser sie so anzog. Sie hatte sich auf den Grund des Sees gesetzt und gewartet, daß sie gerettet wurde. Die Geschichte erzählte ihr Vater immer gern.

Sie sah Gerry an: »Ach ja?«

»Ich mußte einfach nur so daran denken.«

Er sagte, er gäbe ihr keine Schuld. Er gab auch Ed keine Schuld. Sie aber.

5

Eine Frau in Argentinien setzt ihren fünfzehn Monate alten Sohn aufs Töpfchen und geht aus dem Zimmer. Eine Toilette fällt durch den Boden eines darüberfliegenden Flugzeuges, kracht durch das Dach des Hauses, landet auf dem Kind und tötet es. »Krabbelkind von Klo erschlagen«, heißt es in der Überschrift.

»Hast du die ausgelesen?« fragt Emma und hält die Zeitung hoch.

Marion guckt gar nicht hin. Sie zieht lebende Mäuse am Schwanz aus dem Käfig und wirft sie in eine Kiste, für einen Kunden, der eine Pythonschlange besitzt. Er wird bald kommen, die Pythonschlange um die Schultern geschlungen.

»Ist das die mit den siamesischen Zwillingen auf dem Titelbild?« fragt sie.

Emma schlägt die Zeitung zu. »Ja.«

»Hm, ich wollte eigentlich einem Burschen da drin schreiben«, sagt Marion. »Klingt nach meiner Kragenweite, außer, daß er lange Beine will.«

Seit sie nicht mehr mit Craig zusammen ist, kauft Marion Boulevardzeitungen, wegen der Heirats- und Kontaktanzeigen. Sie beichtet Emma, daß sie letzten Monat allen Mut zusammengenommen und einem Typen geschrieben hat, der sich als häuslicher Akademiker und Tierfreund bezeichnet hat. Auf Briefpapier des Staatsgefängnisses von Ohio schrieb er zurück und sagte, er habe vierzig Briefe bekommen und brauche zwei Aktfotos von ihr, eins von vorne, eins von hinten, damit er die Auswahl reduzieren könne.

»Aber nimm sie ruhig«, sagt sie zu Emma. »Wenn du willst, nimm sie mit. Es ist ein Artikel über plötzlichen Kindstod drin. Und daß klassische Musik ihn verhindert.« Sie wirft Emma einen Blick zu. »Aber bestimmt totaler Stuß.«

»Ich habe Nicky klassische Musik vorgespielt«, sagt Emma und reißt die Seite mit dem Klo-Artikel ab. Sie faltet sie und steckt sie in ihre Handtasche. »Mein Vater hatte mir eine Kassette aufgenommen.«

»Na siehst du«, sagt Marion mitleidig. Sie glaubt, daß Nicky durch plötzlichen Kindstod gestorben ist. Als Emma und Gerry hierhergezogen sind, haben sie sich auf die Version geeinigt.

»Mozart, Haydn, Brahms«, sagt Emma. »Alles sanftes Zeugs.«

Marion schließt den Käfig und trägt die Kiste zur Theke, wo Emma auf einem Stuhl sitzt. Es ist eine Holzkiste mit schmalen Ritzen zwischen den Latten. Eine Maus hängt an der Seite. Zwei Füßchen, an jedem vier Zehen, kommen durch die Ritze und halten sich außen an der Kiste fest. Emma fährt mit dem Finger über die Pfötchen, die samtweich und gekrümmt sind wie Miniaturkatzenpfoten. »Ich frage mich, ob sie Bescheid wissen«, sagt sie.

»Herrgott«, sagt Marion und verzieht das Gesicht. Die beiden haben sich so manches Mal darüber unterhalten, wie obszön die Nahrungskette ist. Bei diesen Dingen sind sie einer Meinung. Sie meinen beide, daß Hunde lachen, Katzen aber nicht. Daß Fische den Angelhaken spüren. Sie meinen beide, daß man sich darüber streiten kann, ob Eidechsen – die mit den Schwänzen, die abbrechen und nachwachsen – die höchste Lebensform darstellen.

Am Telefon ist Hot Rod Reynolds, der Stripper. Er hat sich mit »Jay Reynolds« gemeldet, aber als er sagt, er hat ihre Nummer von Hal, dem Manager des »Bear Pit«, fällt der Groschen, und Emma sagt: »Aber nicht Hot Rod«, und er sagt, doch, der.

»Sie wollen mich wohl auf den Arm nehmen.« Sie lacht. Sie erinnert sich an seine Akne und die Frau, die kreischte, als er sie in sein Cape wickelte.

»Dann haben Sie meine Vorstellung gesehen«, sagt er.

»Sie rufen wohl aus Miami an«, sagte sie.

»Also, wie hat's Ihnen gefallen?«

»Was?«

»Meine Nummer!«

Sie holt Luft. »Warum rufen Sie an?« fragt sie. Sie hat plötzlich das eklige Gefühl, daß Hal (sie kennt den Mann kaum) weiß, daß sie in der Gegend rumvögelt, und Hot Rod den heißen Tip gegeben hat. Sie vermutet stark, daß der Mann mit dem Bauhelm rumgeredet hat.

Aber Hot Rod sagt: »Ich hab hier 'ne Töle, die sieht halbtot aus.« Er erzählt, er wohnt in dem Motel hinter dem »Bear Pit« und wollte mal sehen, was mit Forellenangeln war, und da sitzt dieser herrenlose Köter, den er dann füttert und bei sich im Zimmer schlafen läßt. Er hat beim Tierarzt angerufen, aber keiner ist da. Hal meint, sie ist so was ähnliches wie Tierarzt.

»Was hat er denn?« fragt sie.

»Ihm kommt Schaum aus dem Maul. Keucht wie verrückt. Hal meint, es ist ein Hitzschlag.«

Der Meinung ist sie auch. Sie sagt, er soll den Hund in die Badewanne setzen und kaltes Wasser über ihn laufen lassen. Eine halbe Stunde später ruft er wieder an, um ihr zu sagen, daß es dem Hund schon viel besser geht, und um sie zu fragen, ob er ihr was schuldet. »Ach was«, sagt sie. Aber am nächsten Tag kreuzt er mit einem Fisch vor ihrer Wohnung auf, den er bereits ausgenommen und in Zeitungspapier eingeschlagen hat.

»Wenn Sie ihn nicht wollen, dann vielleicht Ihre Tiere«, sagt er.

Sie ist beeindruckt von seinen entsetzlichen Zähnen. »Danke«, sagt sie.

»Emma Trevor, Katzenpflegerin«, sagt er. Er liest es von dem wunderschönen Türschild ab, das ihr Vater in Schönschrift gemalt hat. Er schaut zur Seite, als tue er es einzig und allein deshalb, um ihr einen Blick auf sein Profil zu gönnen. Sein Haar ist glatt zurückgeschniegelt. Er hat eine Stupsnase. Seine Haut ist fast rein – weil er in der Sonne war, vermutet sie. Er trägt enge Jeans und ein orangefarbenes Muskelshirt und hält eine Zigarette zwischen Daumen und Zeigefinger. Seine Zähne und seine völlig grundlose Eitelkeit findet sie rührend. Weil sie jeden Moment einen Kunden erwartet, bittet sie ihn nicht hinein. »Kommen Sie in einer Stunde wieder«, sagt sie.

Heutzutage ergreift sie Vorsichtsmaßnahmen. Nimmt Kondome. Warnt ihn, wenn Gerry was rauskriegt, schießt er dem Typen die Eier ab. »Hiermit« sagt sie und zeigt das Gewehr. Es gehörte Gerrys Vater, ist nicht geladen, und Gerry will es loswerden, aber Emma bewahrt es neben ihrem Bett auf. Gerry glaubt, sie will damit Einbrecher verscheuchen, und halb hat er recht. Falls Emma Schuldgefühle wegen der anderen Männer hat, dann, wenn sie diese Lüge über Gerry erzählt, der so sanftmütig ist, daß er nicht nur die Ameisen in ihrer Küche nicht töten will, sondern auch noch Honig auf die Arbeitsplatte träufelt, damit sie was zu fressen haben.

Aber die Warnung wirkt. Sie sieht, daß die Typen Angst

kriegen, aber nicht davonlaufen. Hot Rod fragt, ob er das Gewehr mal halten kann, und als sie es ihm gibt, tanzt er durchs Zimmer, hält es mit ausgestreckten Armen fest in beiden Händen und kriegt so schnell einen Steifen, daß sie ihm vorschlägt, er soll bei seiner Show eine Knarre benutzen.

Er runzelt die Stirn, überlegt. »Zu offensichtlich«, sagt er.

Er ist ein geräuschvoller Liebhaber. Er stöhnt, gibt merkwürdig belfernde Laute von sich und trommelt mit der Faust gegen die Wand. Deshalb hören sie weder das Auto die Auffahrt hinaufkommen noch die Haustür aufgehen. Gerry steht schon mitten im Schlafzimmer, bevor sie mitkriegen, daß er zu Hause ist.

»O Gott«, sagt Hot Rod.

Gerry senkt den Kopf. »Verzeihung«, murmelt er und geht aus dem Zimmer.

Hot Rod stürzt sich auf das Gewehr, wälzt sich aus dem Bett, reißt das Fenster auf und schmeißt das Gewehr in den Nachbarvorgarten.

Sie begleitet Hot Rod zur Tür, weil sie das Gewehr zurückholen will. Der Fernseher läuft. Als sie durch die Küche gehen, schaut sie ins Wohnzimmer und sieht Gerrys Hinterkopf und seine Hand, die nach einer Schüssel auf dem Couchtisch langt.

»Jagt er mich jetzt?« fragt Hot Rod, als sie draußen

sind. Er hat das Muskelshirt linksherum an. Sein Haar steht in alle Richtungen ab. Er sieht leicht bescheuert und sehr jung aus, und sie weiß, er glaubt alles, was sie sagt.

»Wahrscheinlich nicht«, sagt sie. »Nicht, wenn du den Mund hältst.«

Er beißt sich auf die Lippen.

»Wenn ich du wäre, würde ich die Stadt allerdings verlassen.«

Das sagt sie wie auswendig gelernt, sie will so klingen wie der Sheriff. Ihr ist es einerlei, ob er geht oder nicht. Hier draußen auf der Auffahrt – der Asphalt ist glühend heiß, und das Gewehr glitzert in Mrs. Gaitskills Rosenstrauch – hat sie das Gefühl, daß demnächst unendlich viel passieren kann, aber es liegt nicht in ihrer Hand.

»Ich wollte morgen sowieso fahren«, sagt Hot Rod.

Sie klettert über den Lattenzaun und holt die Knarre aus dem Busch. Wenn Mrs. Gaitskill sie sieht, weiß sie absolut nicht, was sie sagen soll. Sie legt das Gewehr auf den Kühlschrank außer Sichtweite, geht dann ins Wohnzimmer und setzt sich auf die Couch. Gerry schaufelt sich eine Handvoll Kartoffelchips aus der Schüssel.

»Gott spricht zu uns in der Stille«, sagt der Mann in der Glotze. Er kommt ihr vor wie ein Mann, der einen entweder liebt oder totprügelt. Gerry ist anscheinend fasziniert von ihm. Die Vorstellung, daß sie Gerry so geschockt hat, daß er plötzlich zum religiösen Fanatiker wird, ist ihr aber immer noch lieber als das, was er mit Sicherheit denkt.

»Es tut mir leid, daß du da reingeraten bist«, sagt sie.

Gerry macht den Fernseher aus und dreht sich langsam zu ihr um. Sie sieht sein blaues Auge und dann sein goldenes Auge und das Rote drumherum, das aussieht, als käme es vom Weinen. Davon kommt es aber nicht. Bei dem Gedanken, daß Hot Rod sich vielleicht was auf den Schmerz und die Ungläubigkeit, die seit fünf Jahren in Gerrys Augen sind, einbildet, ist sie froh, daß er die Stadt verläßt.

»Ich weiß nicht, was ich sagen soll«, sagt Gerry leise.

»Außer –« Er wirft einen kurzen Blick auf den leeren Bildschirm.

»Außer, daß ich dich nicht verlieren will.«

»Ich weiß, daß ich ein Fettwanst bin«, sagt er.

»Ach, Gerry –«

»Es ist nur, daß mir lieber wäre, wenn du es woanders tun würdest.«

Sie blickt auf ihre Hände hinunter, auf einer Handfläche klebt Hot Rods getrocknetes, flockiges Sperma.

»Ich mache dir keine Vorwürfe«, sagt er.

Sie merkt, wie sich der Druck hinter ihren Augen verstärkt.

»Paß auf«, sagt Gerry. »Tu, was für dich am besten ist.«

Da ist es. Sie wußte, daß er das dachte. Sie fängt an zu weinen. *Es geht nicht um Trost!* will sie schreien. Sie wäre imstande, ihm das Sperma auf ihrer Hand zu zeigen und zu schreien: *Es geht um Genesung! Willst du die Wahrheit wissen? Ich bin so!*

Aber sie liebt ihn. Das ist auch die Wahrheit.

Sie weint lautlos. Dann steht sie auf und sagt: »Ich mache Abendessen.«

»Gut«, sagt Gerry. Er schaltet den Fernseher wieder an.

Sie schwankt ein bißchen. Es ist ein glühendheißer Tag, sie verbrennt. Wenn ein Wellensittich auf einem heißen Herd landet, schmelzen seine Füße. Es gibt eine Million Wahrheiten. Sie begreift, daß sie keine Ahnung hat, auf welche es ankommt.

Ihr ist schwindelig, weil sie schwanger ist. Aber das weiß sie noch nicht.

Seltsam wie die Liebe

Wenn man stirbt und das irdische Ich sich in das aufgelöste Ich verwandelt, strahlt man einen intensiven Energiestrom aus. Wenn etwas sich in sein Gegenteil verkehrt, wird immer Energie abgegeben, zum Beispiel, wenn Liebe zu Haß wird. An solchen Extrempunkten entstehen immer Funken. Aber Leben, das in Sterben übergeht, ist das Extremste. Unmittelbar nach dem Tod sind die Funken wirklich phantastisch. Wirklich magisch und explosiv.

Ich habe Leichen wie Sterne leuchten sehen. Ich bin der einzige Mensch, von dem ich je so was gehört habe. Obwohl fast alle etwas spüren, etwas Vitales, und deshalb nicht verbrannt werden und auch kein Organ spenden wollen. »Ich will ganz bleiben«, sagen sie. Sogar Matt, der behauptete, es gebe keine Seele und kein Leben nach dem Tode, schrieb im P.S. seines Abschiedsbriefs, man solle ihn intakt begraben.

Als wäre seine Energieausstrahlung dann anders gewesen. Einerlei, was man tut – das Fleisch aufschneiden, alles sezieren, alles verbrennen –, man begegnet einer Macht weit jenseits solcher lächerlichen Eingriffe.

Ich bin in einer netten, normalen, glücklichen Familie am Rande einer kleinen Stadt in New Jersey aufgewachsen. Meine Eltern und mein Bruder wohnen immer noch dort. Mein Vater hatte einen Blumenladen. Jetzt gehört er meinem Bruder. Mein Bruder ist drei Jahre älter als ich, ein ernster, verschlossener Mann. Aber loyal. Als ich in die Schlagzeilen geriet, rief er mich an und sagte, wenn ich Geld für einen Anwalt brauchte, würde er es mir schicken. Ich war richtig gerührt. Besonders weil er es gegen Carol, seine Frau, durchsetzen mußte. Sie ging an den Nebenanschluß und kreischte: »Du bist krank! Du solltest eingesperrt werden!«

Das wollte sie mir sagen, seit wir dreizehn waren.

Damals hatte ich einen Tierfriedhof. Neben unserem Haus war ein Wald, und wir hatten drei Katzen, großartige Jäger, die immer draußen herumstreunten. Sie ließen ihre Beute meist ganz. Wenn ich einen Kadaver fand, eine Maus oder einen Vogel, nahm ich ihn mit in mein Schlafzimmer und versteckte ihn bis Mitternacht. Ich wußte nichts von der rituellen Bedeutung der Mitternachtsstunde. Meine Beerdigungen fanden um die Zeit statt, weil ich dann aufwachte. Jetzt passiert das nicht mehr, aber ich war ein so sensibles Kind, daß mich wahrscheinlich die Energie erregte, die entsteht, wenn der Tag in die tiefste Nacht und gleichzeitig die tiefste Nacht in den nächsten Tag umschlägt.

Jedenfalls war ich immer hellwach. Ich stand auf und

ging ins Badezimmer und wickelte den Kadaver in Toilettenpapier. Ich fühlte mich gezwungen, ganz behutsam, ganz respektvoll zu sein. Ich sang leise und monoton vor mich hin. Ich sang bei jeder Phase des Begräbnisses eine Litanei. »Ich hüll den Körper, hüll den Körper ins Leichentuch, den kleinen Spatz, der Flügel ist gebrochen.« Oder: »Ich senk den Körper, senk den Körper, hinab...« Und so weiter.

Wenn ich aus dem Badezimmerfenster kletterte, flüsterte ich: »Ich tret in die Nacht, ich tret in die Nacht...« Auf meinem Friedhof legte ich den Leichnam auf einen besonderen flachen Stein und zog mir den Schlafanzug aus. Ich handelte aus reiner Intuition. Ich grub vier, fünf Gräber auf und wickelte die Tiere aus ihren Leichentüchern. Das Entscheidende war der Verwesungsgeruch. Und die kühle Luft. Normalerweise war ich nun so erregt, daß ich wie wild zu tanzen begann.

Für tote Männer habe ich auch getanzt. Bevor ich auf sie stieg, tanzte ich durch den Raum, in dem sie lagen. Als ich es Matt erzählte, sagte er, ich schüttelte meine Persönlichkeit aus meinem Körper, damit ich um so intensiver an dem Energieausbruch des Leichnams teilnehmen könne. »Du versuchst, den Auflösungsprozeß zu imitieren«, sagte er.

Vielleicht – auf einer unbewußten Ebene. Bewußt war ich mir nur der Hitze, der Hitze meines müde getanzten Körpers, den ich abkühlte, indem ich mich auf den Leichnam legte. Als Kind wischte ich mir immer mit zwei der gerade ausgewickelten Tiere sanft über die Haut. Wenn ich überall mit ihrem Duft bedeckt war, legte ich sie beiseite, wickelte den neuen Leichnam aus und tat dasselbe mit ihm. Das nannte ich »die Salbung«. Ich kann nicht beschreiben, was für ein Gefühl das war. Allerhöchstes Entzücken. Als ob mich ein elektrischer Strom durchschösse.

Der Rest, die Kadaver wieder einzuwickeln und zu begraben, verlief weitgehend so, wie man sich das vorstellt.

Heute erstaunt mich, wie naiv ich war. Ich dachte, ich hätte etwas entdeckt, daß manche Menschen – vorausgesetzt, sie hätten keine Angst, es auszuprobieren – genauso phantastisch finden würden wie ich. Es war etwas Dunkles und Verbotenes, ja, aber das war Sexualität auch. Ich hatte ja keine Ahnung von der riesigen Kluft, die ich übersprang. Ich fand nicht einmal etwas Böses an dem, was ich tat. Bis heute nicht, auch nicht an dem, was mit Matt passierte. Carol sagte, ich sollte eingesperrt werden, aber ich sehe nicht schlecht aus, und wenn es ein Verbrechen ist, den eigenen Körper toten Männern anzubieten, wüßte ich gern, wer das Opfer ist.

Carol ist immer eifersüchtig auf mich gewesen. Sie ist fett und schielt auf einem Auge, es wandert sozusagen. Das Auge verleiht ihr etwas Träumerisches, Abwesendes, in das ich mich eines Tages auf der Party zum dreizehnten Geburtstag einer Freundin sofort verliebte (vermutlich ging es meinem Bruder dann genauso). Die Sommerferien fingen an, und ich sehnte mich nach einer verwandten Seele, nach jemandem, mit dem ich mein geheimes Leben teilen konnte. Ich sah, wie Carol allein dastand, überall zugleich hinschaute, und entschied mich für sie.

Obwohl ich wußte, daß ich es langsam angehen lassen mußte. Ich wußte, daß ich nichts erzwingen durfte. Wir suchten tote Vögel und Vierbeiner, wir sangen unsere Litanei und wickelten die Körper ein, gruben Gräber und bastelten Kreuze aus den Stöckchen von Eis am Stiel. Alles bei Tage. Um Mitternacht ging ich noch einmal hinaus, öffnete das Grab und führte ein richtiges Begräbnis durch.

In dem Sommer muß es unter den Backenhörnchen eine Seuche gegeben haben. Carol und ich fanden unglaubliche viele Backenhörnchen, und an den meisten war kein Blut, man sah keine Wunden von einer Katze. Eines Tages fanden wir ein Backenhörnchen, das eine Reihe Föten ausschied, als ich es aufhob. Die Föten lebten noch, aber man konnte sie nicht retten, und ich nahm sie mit ins Haus und spülte sie die Toilette hinunter.

Von der Backenhörnchenmutter kam eine gewaltige Kraft. Als ob sie mit ihrer eigenen Energie die ganze Energie ihrer toten Brut entlud. Als Carol und ich für sie zu tanzen begannen, flippten wir beide ein bißchen aus. Wir zogen uns bis auf die Unterwäsche aus, schrien, drehten uns im Kreise und warfen Erde in die Luft. Carol hat es immer abgestritten, aber sie zog ihren BH aus und drosch damit auf Bäume ein. Ich bin fest davon überzeugt, daß ihr

Anblick mich inspirierte, Unterhemd und Unterhose auszuziehen und die Salbung vorzunehmen.

Da hörte Carol auf zu tanzen. Als ich ihren Gesichtsausdruck sah, hörte ich auch auf. Ich betrachtete das Bakkenhörnchen in meiner Hand. Es war blutig. Überall auf meinem Körper waren Blutspuren. Ich war entsetzt. Ich dachte, ich hätte das Backenhörnchen zerquetscht.

Tatsächlich aber hatte meine Periode begonnen. Das wurde mir ein paar Minuten, nachdem Carol weggelaufen war, klar. Ich hüllte das Backenhörnchen in sein Leichentuch und begrub es. Dann zog ich mich an und legte mich ins Gras. Kurz danach stand meine Mutter über mir.

»Carols Mutter hat angerufen«, sagte sie. »Carol ist ganz durcheinander. Sie sagt, du hättest sie gezwungen, einen ekelhaften Hexentanz aufzuführen. Du hättest sie gezwungen, sich auszuziehen, und sie dann mit einem blutigen Backenhörnchen angegriffen.«

»Das ist gelogen«, sagte ich. »Ich habe meine Periode gekriegt.«

Nachdem meine Mutter mich mit einer Binde versorgt hatte, sagte sie, ich solle besser nicht mehr mit Carol spielen. »Irgendwo hat die eine Schraube locker«, sagte sie.

Ich wollte auch gar nicht mehr mit Carol spielen, ich weinte aber, weil ich es als schrecklichen Verlust empfand. Ich glaube, von da an wußte ich, daß ich immer absolut einsam sein würde. Obwohl ich erst dreizehn war, kappte ich alle Verbindungen, die noch in Richtung normale Erotik gingen. Busenfreundschaften, Schwärmereien für Jungs, Parties bei Schummerlicht – ich hielt mich aus allem heraus.

Ungefähr einen Monat, nachdem ich zur Frau geworden war, entwickelte ich ein wahnsinniges Verlangen, Autopsien durchzuführen. Fast ein Jahr lang widerstand ich der Versuchung. Die körperliche Unversehrtheit der Tiere anzutasten, erschien mir wie ein Sakrileg und gefährlich, auch unvorstellbar – ich konnte mir nicht vorstellen, was passieren würde.

Nichts. Nichts passierte, fand ich heraus. Ich habe gelesen, daß Nekrophile Angst haben, bei normalen sexuellen Beziehungen verletzt zu werden, und vielleicht ist da was Wahres dran (wenn mir auch jede Menge Leichen das Herz gebrochen haben und kein einziger lebender Mann), aber ich glaube, ich fühle mich nicht aus Angst zu Toten hingezogen, sondern weil sie mich erregen, und mit das Erregendste an einem Leichnam ist, wie sehr er sich dem Sterben hingibt. Sein ganzer Wille richtet sich auf ein einziges Ziel, wie eine riesige Welle, die gegen den Strand brandet, und wenn man will, kann man auf dieser Welle mitreiten. Aber ganz egal, was man tut, die Welle schlägt am Strand auf, ob man mitschwimmt oder nicht.

Diese mächtige Kraft spürte ich zum ersten Mal, als ich all meinen Mut zusammengenommen hatte und eine Maus aufschnitt. Wie wohl jeder scheute ich mich erst, in das Fleisch zu schneiden, und als ich die Innereien sah, ekelte ich mich ein paar Sekunden lang. Aber etwas trieb mich, meine Hemmungen zu überwinden. Es war, als handelte ich rein aus Instinkt und Neugier, und was ich auch tat, war in Ordnung, solange es mich nicht umbrachte.

Am Anfang steckte ich immer die Zunge in den Einschnitt. Warum, weiß ich nicht. Ich dachte darüber nach, dann tat ich es, und von da an immer. Eines Tages nahm ich die Organe heraus, wusch sie mit Wasser und legte sie wieder hinein, und auch das tat ich jedes Mal. Wieder kann ich nicht sagen, warum, außer, daß man in eine Art Zugzwang gerät, wenn man eine ketzerische Idee einmal in die Tat umgesetzt hat.

Als ich sechzehn war, wollte ich menschliche Leichen. Männer. (In der Hinsicht bin ich normal.) Ich machte den Führerschein, mußte aber warten, bis ich mit der High School fertig war, bevor mich Mr. Wallis vom Bestattungsunternehmen als Fahrerin für die Leichenwagen anstellte.

Mr. Wallis kannte mich, denn er kaufte die Trauergestecke im Laden meines Vaters. *Der* war nun wirklich seltsam. Er nahm einen Trokar – das ist die große Nadel, mit der man die Flüssigkeit aus einer Leiche herausholt –, steckte ihn in den Penis toter Männer, so daß sie halb erigiert aussahen, und hatte dann Analverkehr mit ihnen. Einmal erwischte ich ihn dabei, und er versuchte mir weiszumachen, daß er in den Sammelbehälter gepinkelt hätte.

Ich tat so, als glaubte ich ihm. Ich ärgerte mich aber, weil ich wußte, daß tote Männer einfach nur totes Fleisch für ihn waren. Erst schloß er sich mit einem jungen männlichen Leichnam ein und verging sich an ihm, und dann balsamierte er ihn ein, als sei nichts geschehen, und machte schmutzige Witze über ihn und gab vor, er hätte Beweise wüstester Homosexualität gefunden – der After sei voller Spermakrusten und so weiter.

In meiner Gegenwart wurden diese Witze nicht gemacht. Der verrückte alte Mann, der putzte, erzählte mir davon. Er war auch nekrophil, aber nicht mehr aktiv. Er nannte tote Frauen Madonnen. Er schwärmte von den bildschönen Madonnen: In den Vierzigern habe er die Ehre gehabt, sie zu sehen, vor zwanzig Jahren seien die Madonnen viel fraulicher und femininer gewesen.

Ich hörte nur zu. Ich ließ mir nie anmerken, was ich fühlte, und ich glaube auch nicht, daß jemand etwas ahnte. Nekrophile sind einfach nicht hübsch und blond, und schon gar nicht weiblich. Als ich ungefähr ein Jahr in dem Beerdigungsunternehmen gearbeitet hatte, versuchte der Stadtrat mich zu bewegen, an einem Schönheitswettbewerb für die Werbekampagne der Molkereigenossenschaften teilzunehmen. Sie wußten über meinen Job Bescheid, und sie wußten, ich lernte abends Einbalsamieren, ich hatte ihnen aber erzählt, ich bereitete mich auf das Medizinstudium vor, und das glaubten sie offenbar auch.

Seit fünfzehn Jahren, seit Matt tot ist, fragen mich die Leute, wie eine Frau mit einer Leiche schlafen kann.

Matt war der einzige, der es herausbekam. Er studierte Medizin, deshalb wußte er, wenn man auf den Brustkorb bestimmter frischer Leichen Druck ausübt, quillt ihnen Blut aus dem Mund.

Matt war klug. Ich wünschte, ich hätte ihn mit mehr als schwesterlicher Liebe lieben können. Er war groß und dünn. Mein Typ.

Wir lernten uns in dem Doughnut-Shop gegenüber der Fachbibliothek für Medizin kennen, kamen ins Reden und mochten uns sofort, eine ungewöhnliche Erfahrung für uns beide. Nach ungefähr einer Stunde wußte ich, daß er mich liebte und daß seine Liebe bedingungslos war. Als ich ihm sagte, wo ich arbeitete und was ich lernte, fragte er, warum.

»Weil ich nekrophil bin«, sagte ich.

Er hob den Kopf und starrte mich an. Seine Augen erinnerten mich an Monitore mit gestochen scharfem Bild. Sie waren fast zu klar. Normalerweise schaue ich Leuten nicht gern in die Augen, aber ich merkte, wie ich zurückstarrte. Ich sah, daß er mir glaubte.

»Das habe ich noch keinem erzählt«, sagte ich.

»Mit Männern oder Frauen?« fragte er.

»Männern. Jungen Männern.«

»Wie?«

»Cunnilingus.«

»Frische Leichen?«

»Wenn ich sie kriege.«

»Was machst du, setzt du dich auf ihren Mund?«

»Ja.«

»Das Blut turnt dich an.«

»Es ist ein Gleitmittel«, sagte ich. »Es hat eine intensive Farbe. Es stimuliert. Es ist die ultimative Körperflüssigkeit.«

»Ja«, sagte er und nickte. »Wenn man es recht bedenkt. Sperma erzeugt Leben. Aber Blut erhält es. Blut ist das Wesentliche.«

Er fragte immer weiter, und ich antwortete so wahrheitsgemäß wie möglich. Nachdem ich gebeichtet hatte, was ich war, drängte es mich, seine intellektuelle Schärfe auf die Probe zu stellen und die Stärke seiner Liebe auf den ersten Blick. Ich warf Steine auf ihn, ohne zu erwarten, daß er stehen blieb. Blieb er aber. Er fing die geballte Ladung ab und konnte gar nicht genug kriegen. Allmählich erregte es mich.

Wir gingen zu ihm nach Hause. Er hatte eine Souterrainwohnung in einem alten, vergammelten Haus. In Apfelsinenkisten, in Stapeln auf dem Boden, auf dem Bett verstreut, überall lagen Bücher. An der Wand über seinem Schreibtisch hing ein Poster von Doris Day aus dem Film *Bezaubernde Frau*. Matt sagte, sie sehe aus wie ich.

»Willst du zuerst tanzen?« fragte er und ging zum Plattenspieler. Ich hatte ihm erzählt, daß ich tanzte, bevor ich auf die Leichen kletterte.

»Nein.«

Er fegte die Bücher vom Bett. Dann zog er mich aus. Er hatte eine Erektion, bis ich sagte, ich sei noch Jungfrau. »Mach dir keine Sorgen«, sagte er und glitt mit dem Gesicht an meinem Bauch hinunter. »Bleib ruhig liegen.«

Am nächsten Morgen rief er mich bei der Arbeit an. Ich hatte einen Kater und war deprimiert wegen der vergangenen Nacht. Von ihm aus war ich direkt in das Bestattungsunternehmen gegangen und hatte mit einem Fall für die Autopsie geschlafen. Dann hatte ich mich in einer miesen Country- und Western-Bar betrunken und überlegt, ob ich noch mal in das Bestattungsunternehmen gehen und mir selbst das Blut absaugen sollte, bis ich das Bewußtsein verlor.

Endlich kapierte ich, daß ich unfähig war, mich in einen Mann zu verlieben, der nicht tot war. Ich dachte immer wieder: »Ich bin nicht normal.« Das hatte ich bisher nie wahrhaben wollen. Natürlich ist mit Leichen zu schlafen nicht normal, aber solange ich Jungfrau war, muß ich wohl angenommen haben, daß ich damit aufhören konnte, wenn ich wollte. Heiraten konnte, Kinder kriegen. Ich hatte auf eine Zukunft gebaut, die ich gar nicht wollte und zu der ich allemal keinen Zugang hatte.

Matt rief an, er wollte, daß ich nach der Arbeit vorbeikam.

»Ich weiß nicht«, sagte ich.

»Aber es hat dir doch Spaß gemacht. Oder?«

»Klar, schon.«

»Ich finde dich faszinierend«, sagte er.

Ich seufzte.

»Bitte«, sagte er. »Bitte.«

Ein paar Abende später ging ich in seine Wohnung. Von da an trafen wir uns jeden Dienstag- und Donnerstagabend nach meinem Einbalsamierungsunterricht, und wenn ich wußte, daß wir einen neuen Leichnam hatten – einen männlichen Leichnam, einerlei, ob jung oder alt –, ging ich sofort danach zurück und kletterte durch ein Kellerfenster.

Den Raum zu betreten, in dem die Leichen lagen, war besonders nachts, wenn sonst niemand da war, wie in einen See zu tauchen. Plötzliche Kälte und Stille, und das Gefühl, ein neues Element zu durchdringen, wo die Regeln der anderen Elemente nicht gelten. Mit Matt zusammen zu sein war wie am Ufer eines Sees zu liegen. Matts Haut war warm und trocken, seine Wohnung überheizt und laut. Ich lag auf Matts Bett und saugte ihn in mich ein, aber nur, damit der Augenblick, in dem ich in den Aufbewahrungsraum ging, um so überwältigender wurde.

Wenn der Leichnam frisch einbalsamiert war, konnte ich ihn schon im Keller riechen. Es riecht nach Krankenhaus und altem Käse. Für mich ist es ein Geruch nach Gefahr und danach, daß alles erlaubt ist; es wirkte auf mich wie ein Aufputschmittel. Im Raum selbst lief dann ein Zittern durch meine Beine. Ich verschloß die Tür und fing an wie wild zu tanzen, riß mir die Kleider vom Leib, wirbelte im Kreis herum, zog an meinen Haaren. Was das alles zu bedeuten hatte, weiß ich nicht, auch nicht, ob ich an dem Chaos der Auflösung der Leiche teilhaben wollte, wie Matt vermutete, oder nicht. Vielleicht wollte ich mich nur bis zur völligen Erschöpfung hingeben.

Nach dem Tanzen war ich immer sehr ruhig, fast wie in Trance. Ich nahm das Tuch weg. Das war der wunderbarste Augenblick. Ich hatte das Gefühl, als würde ich von weißem Licht zersprengt. Fast blind kletterte ich auf den Tisch und setzte mich mit gespreizten Beinen auf den Leichnam. Ich ließ meine Hände über seine Haut gleiten. Meine Hände und die Innenseiten meiner Oberschenkel brannten, als berührte ich Trockeneis. Nach ein paar Minuten legte ich mich hin und zog mir das Tuch über den Kopf. Ich fing an, seinen Mund zu küssen. Meistens rann jetzt das Blut aus seinem Mund. Das Blut einer Leiche ist dick, kalt und süß. Mein Kopf dröhnte.

Ich war nicht mehr deprimiert. Im Gegenteil, ich fühlte mich besser, zuversichtlicher als je zuvor in meinem Leben. Ich hatte entdeckt, daß ich rettungslos unnormal war. Ich konnte mir entweder die Pulsadern aufschneiden oder mich meiner Obsession ergeben – und zwar rückhaltlos. Ich ergab mich. Und dann stürmte diese Obsession durch mich, als sei ich ein Tunnel. Ich wurde das Zentrum der Obsession und beide Enden zugleich. Wenn ich mit Matt schlief, war ich der Eingang, ich war der Leichnam. Wenn ich von ihm weg- und zu dem Bestattungsunternehmen ging, war ich die Liebhaberin. Durch mich strömte

Matts Liebe in die Leichen dort, und die Leichen erfüllten durch mich Matt mit explosiver Energie.

Er wurde bald nach dieser Energie süchtig. Kaum war ich in seiner Wohnung, mußte er jede Einzelheit über die letzte Leiche hören, mit der ich zusammen gewesen war. Ungefähr einen Monat lang hielt ich ihn für einen ›latent homosexuellen nekrophilen Voyeur‹, aber dann begriff ich, daß nicht die Leichen selbst ihn erregten, sondern meine Leidenschaft für sie. Die gewaltige Kraft, die in diese Leidenschaft floß und doppelt zurückkam, um ihm Lust zu bereiten. Er fragte immer wieder: »Was hast du gefühlt? Warum, glaubst du, hast du das gefühlt?« Und weil die Quelle einer solchen Kraft ihn verstörte, versuchte er, mir zu beweisen, daß meine Gefühle nur Einbildung seien.

»Ein Leichnam zeigt gleichzeitig diametral entgegengesetzte Dinge«, sagte ich zu ihm. »Weisheit und Unschuld, Glück und Trauer und so weiter.«

»Deshalb sind alle Leichname gleich«, sagte er. »Wenn du einen gehabt hast, hast du alle gehabt.«

»Nein, nein. Sie sind alle verschieden. Sie haben alle ihre spezifischen Gegensätze. Jeder Leichnam ist nur so weise und so unschuldig, wie der lebende Mensch gewesen ist.«

Er sagte: »Du entwirfst für die Leichen eine Persönlichkeit, damit du Macht über sie hast.«

»Wenn das so ist«, sagte ich, »bin ich ganz schön phantasievoll, weil ich noch nie zwei Leichen getroffen habe, die gleich sind.«

»So phantasievoll *könntest* du sein«, meinte er. »Schizophrene sind fähig, Dutzende komplexe Persönlichkeiten zu erfinden.«

Diese Angriffe störten mich nicht. Sie waren nicht böse gemeint und konnten mich ohnehin nicht erreichen. Es war, als schüttete ich mein Herz überschwänglich einem sehr klugen, sehr besorgten, sehr geplagten Analytiker aus. Er tat mir leid. Ich verstand seinen verqueren Wunsch, mich in jemand anderen zu verwandeln (jemanden, der ihn liebte). Ich verliebte mich auch wahnsinnig in die Leichen und weinte dann, weil sie tot waren. Der Unterschied zwischen Matt und mir war, daß ich vollkommen gelassen war. Mir ging's gut.

Ich dachte, ihm auch. Er litt, das schon, aber er schien darauf zu vertrauen, daß der Zustand vorübergehend und nicht unnatürlich war. »Ich bin total neugierig«, sagte er. »Wie alle neugierigen Männer fasziniert mich das Ungewöhnliche.« Er sagte, dadurch, daß er seine Lust durch meine nähre, werde er sie letztendlich befriedigen und dann in Ekel verwandeln.

Ich sagte ihm, das solle er tun, er solle es probieren. Da begann er die Zeitungen nach den Todesanzeigen meiner Leichen zu durchkämmen und zu ihren Beerdigungen und Trauergottesdiensten zu gehen. Er legte Karteien an über meine Vorlieben und die Häufigkeit meiner Besuche bei den Leichen. Nachts begleitete er mich und wartete draußen, damit ich ihm alles haarklein erzählen konnte, solange ich noch völlig benommen war. Er schnüffelte an meiner Haut. Er zog mich unter die Straßenlampen und untersuchte das Blut auf meinem Gesicht und an meinen Händen.

Wahrscheinlich hätte ich ihn nicht ermutigen sollen. Ich weiß eigentlich auch nicht, warum ich es getan habe, außer, daß ich am Anfang seine Obsession als den äußersten Bereich meiner eigenen Obsession sah, in den ich nicht vordringen mußte, solange er dort war. Trotz seines zunehmend exzentrischen Verhaltens begann ich aber dann, an seiner Obsession zu zweifeln, die so plötzlich entstand und nur durch mich hervorgerufen wurde.

Eines Nachts verkündete er, er wolle sich nichts mehr vormachen, er müsse auch mit Leichen schlafen, mit männlichen Leichen. Bei dem Gedanken werde ihm übel, sagte er, aber insgeheim, ganz tief innen, ihm selbst nicht bewußt, seien männliche Leichen das Objekt seiner Begierde. Ich rastete aus. Ich sagte ihm, zu nekrophilen Handlungen zwinge man sich nicht. Man sehne sich danach, man brauche es. Man werde dazu geboren.

Er hörte nicht zu. Er klebte an seinem Kommodenspiegel. In den letzten Wochen seines Lebens starrte er sich ohne die geringste Befangenheit ständig im Spiegel an. Er konzentrierte sich auf sein Gesicht, obwohl der spannende Teil vom Hals abwärts begann. Er trug jetzt immer unglaublich freakige Klamotten. Samtcapes, enge dreiviertellange Hosen, hochhackige rote Stiefel. Wenn wir miteinander schliefen, ließ er die Sachen an. Er starrte mir in die Augen, wie festgenagelt an sein Spiegelbild darin (fiel mir später auf).

Matt beging Selbstmord, das steht außer Frage. Und Nekrophilie war damals, vor fünfzehn Jahren, nicht ungesetzlich. Und obwohl ich auf frischer Tat ertappt wurde, nackt mit gespreizten Beinen auf einem unmißverständlich toten Körper sitzend, und obwohl die Zeitungen es herauskriegten und in die Schlagzeilen brachten, konnte die Polizei keine Anklage gegen mich erheben.

Trotzdem legte ich ein volles Geständnis ab. Mir war ungeheuer wichtig, daß die offiziellen Berichte mehr als nur die kargen Notizen der Beamten enthielten. Zwei Dinge wollte ich in den Akten haben: zum einen, daß Matt von einer ehrfürchtigen Expertin geschändet wurde; zum anderen, daß sein Leichnam die Energie eines Sterns verströmte.

»Ereignete sich dieser Ausstoß an Energie vor oder nach seinem Tod?« fragte der Beamte.

»Nachher«, sagte ich und fügte schnell hinzu, daß ich eine solche Explosion nicht hätte vorhersehen können. Der einzig heikle Punkt war, warum ich den Selbstmord nicht verhindert hatte. Warum ich es Matt nicht ausgeredet oder ihn abgeschnitten hatte.

Ich log. Ich sagte, Matt habe in dem Moment, als ich sein Zimmer betrat, den Stuhl weggestoßen. Das Gegenteil konnte niemand beweisen. Aber ich habe mich oft gefragt, wieviel Zeit wirklich zwischen dem Moment verstrich, als ich die Tür aufmachte, und dem Moment, als sein Halswirbel brach. In einer Katastrophe ist eine Minute keine Minute. Es entsteht dasselbe Chaos wie im Augenblick des Sterbens, Zeit und Form lösen sich auf, und alles wird unendlich groß und bricht auseinander.

Matt muß sich Tage beziehungsweise Wochen, bevor er starb, in einer Krise befunden haben. Ewig starrte er in den Spiegel und dachte: »Ist das mein Gesicht?« Beobachtete, wie es in kleinste Teile zerfiel und sich zu einem neuen, fremden Gesicht zusammensetzte. In der Nacht vor seinem Tod hatte er eine Maske an. Eine Draculamaske, aber das sollte kein Scherz sein. Er wollte die Maske tragen, wenn ich mit ihm schlief – als sei er ein Leichnam. Auf keinen Fall, sagte ich. Der ganze Sinn der Sache bestand doch darin, erinnerte ich ihn, daß *ich* den Leichnam spielte. Er bettelte, und ich lachte wegen der Maske und vor Erleichterung. Wenn er das Spiel umdrehen wollte, dann war Schluß mit uns, und ich merkte plötzlich, wie sehr mir der Gedanke gefiel.

Am nächsten Abend rief er mich bei meinen Eltern an, sagte: »Ich liebe dich«, und legte auf.

Ich weiß nicht, warum, aber ich wußte es. Ein Gewehr, dachte ich. Männer nehmen immer Gewehre. Und dann dachte ich, nein, Gift, Zyankali. Als Medizinstudent kam er an Medikamente ran. Ich lief zu seiner Wohnung, die Tür war offen. Von der Tür aus sichtbar war ein Zettel an die Wand geklebt: TOTER IM SCHLAFZIMMER.

Er war aber nicht tot. Er stand auf einer Trittleiter. Er war nackt. Eine eindrucksvoll geknotete Schlinge war an einem unter der Zimmerdecke verlaufenden Rohr befestigt und um seinen Hals geschlungen.

Er lächelte zärtlich. »Ich wußte, du würdest kommen«, sagte er.

»Und warum dann der Zettel?« fragte ich.

»Zieh die Leiter weg«, wimmerte er. »Meine Geliebte.«

»Hör auf. Das ist bescheuert. Komm runter.« Ich ging zu ihm und boxte ihm ans Bein.

»Du mußt einfach nur die Leiter wegziehen«, sagte er.

Seine Augen waren noch dunkler und ausdrucksvoller als sonst. Seine Wangenknochen wirkten betont. (Minuten später stellte ich fest, daß er Make-up darauf hatte.) Ich schaute mich im Zimmer nach einem Stuhl oder Tisch um, die ich zu ihm hinübertragen konnte, um mich darauf zu stellen. Ich wollte ihm die Schlinge selbst abnehmen.

»Wenn du weggehst«, sagte er, »wenn du einen Schritt zurückgehst, wenn du irgend etwas anderes tust, als die Leiter wegzuziehen, stoße ich sie weg.«

»Ich liebe dich«, sagte ich. »Alles klar?«

»Nein, eben nicht«, sagte er.

»Doch!« Damit es so klang, als meinte ich es, starrte ich auf seine Beine und stellte sie mir leblos vor. »Doch!«

»Nein«, sagte er sanft. »Aber«, sagte er, »du wirst mich lieben.«

Ich griff nach der Leiter. Ich weiß, daß ich dachte, wenn ich die Leiter festhalte, kann er sie nicht wegtreten. Ich ergriff die Leiter, und dann lag sie an der Wand, umgekippt. Ich erinnere mich an diese beiden Ereignisse nur an als zwei voneinander getrennte Vorgänge. Es gab ein lautes Krachen, und ein Schwall Wasser schoß hervor. Matt fiel anmutig, wie ein Mädchen, das ohnmächtig wird. Aus dem kaputten Leitungsrohr floß Wasser über ihn. Es roch nach Exkrementen. Ich zog ihn an der Schlinge weg.

Im Wohnzimmer legte ich ihn auf den grünen Flokati. Ich kleidete mich aus. Ich kniete mich über ihn. Ich küsste das Blut in seinem Mundwinkel.

Echte Obsessionen basieren darauf, daß das Objekt völlig passiv ist. Wenn ich mich in einen bestimmten Leichnam verliebte, fühlte ich mich immer, als sei ich ein hohles Musikinstrument, eine Glocke oder eine Flöte. Ich wurde leer. *Ich* verschwand (das geschah unwillkürlich), bis ich für den Leichnam das Instrument war, in das er hineinschwoll und darin wuchs. Als Objekt von Matts Obsession – wie konnte ich anders als gefühllos sein, solange er lebte?

Als er mit mir spielte, spielte er mit dem Feuer. Nicht nur, weil ich ihn nicht lieben konnte, sondern weil ich verstrahlt war. Die ganze Zeit, in der ich mit Matt zusammen war, schlief ich mit Leichen, saugte ihre Energie auf und strahlte sie wieder aus. Da diese Energie bei der magischen Verwandlung von Leben in Tod entstand, war sie möglicherweise auch magisch. Selbst wenn nicht, vermittelte sie Matt aber bestimmt den Eindruck, daß ich die Macht besaß, ihn gewaltig und gefährlich zu verändern.

Jetzt glaube ich, daß seine Sucht nach meiner Energie in Wirklichkeit ein Sich-Verzehren nach einer solchen Transformation war. Ich glaube, im Grunde ist alles Begehren der Wunsch nach Transformation, und alle Transformation – alle Bewegung, alles Werden – geschieht, weil sich Leben in Tod verwandelt.

Ich bin immer noch nekrophil, hin und wieder, leichtsinnig. Ich habe keinen Ersatz für die glühende Gelassenheit eines Leichnams gefunden.

Fleisch von meinem Fleisch

Marion liegt auf dem Bett mit dem riesigen herzförmigen Kopfteil aus Kunstleder. Sie erinnert sich an das Kopfteil, damals war sie mit John Bucci hier. Sie erinnert sich, daß auf der Tapete – in diesem Zimmer, immerhin der Hochzeitssuite – Turteltauben waren. Jetzt sind Eiffeltürme darauf, wahrscheinlich passend zu dem neuen Namen, »Bit O'Paris«, aber das sagt keiner. Alle sagen weiter »Meadowview Motel«, und im Badezimmer hat Marion gesehen, daß sie auch noch die alten Handtücher mit den ineinander verschlungenen M's haben.

Aber es gibt Kabelfernsehen – das ist neu. Und die rote Bettdecke sieht aus wie gerade ausgepackt. Marion hat sich in die Bettdecke gewickelt, weil sie befürchtet, daß sie unter Schock steht. Sie besitzt ein Zoogeschäft und weiß, wenn Tiere unter Schock stehen, deckt man sie sofort mit einer Decke zu oder mit seinem Mantel. Dann lagert man das Hinterteil hoch, um inneren Blutungen vorzubeugen.

»Nicht daß ich in Gefahr bin, innerlich zu verbluten«, denkt Marion. »Aber wer weiß.«

Sie lacht auf, skeptisch. Das Kätzchen auf ihrem Bauch macht die Bewegung mit. Es ist vollkommen schwarz, hat schwarze Lippen, Pfoten, die Ohren innen schwarz. Alle drei Stunden gibt Marion ihm mit einer Pipette Babynahrung, setzt es in die Badewanne und versucht es zum Pinkeln zu bringen. Sam hat gesagt, sie sollten es mitnehmen. »Du kannst doch nicht erwarten, daß jemand zweimal in der Nacht aufsteht«, sagte er, und sie dachte, was für ein wunderbarer Mann. Jetzt denkt sie, typisch, er hat die Gelegenheit, sie abzulenken, beim Schopf ergriffen.

Wo ist er? Er ist seit fast zwei Stunden weg, aber sie hat nicht gehört, wie das Auto losgefahren ist. Sie stellt sich vor, wie er auf der hölzernen Fußgängerbrücke steht, wo sie nach dem Abendessen gestanden und ihren zitternden Schatten weit unten im Fluß zugewinkt haben. Sie fragt das Kätzchen: »Glaubst du, es geht ihm einigermaßen?«, und gleitet mit dem Finger über sein Rückgrat. Es leckt hektisch an der Stelle, wo sie es angefaßt hat. Sogar auf seiner Zunge ist etwas Schwarzes – zwei schwarze Flecken, und die Spitze ist schwarz.

»Im Film meines Lebens«, sagt sie zu ihm, »darfst du mir über den Weg laufen.«

Marion war gerade neunzehn geworden, als ihre Mutter ermordet wurde. Ungefähr eine Woche nach der Beerdigung kam eine weißhaarige Sekretärin aus der Schule, wo Marions Mutter die dritte Klasse unterrichtet hatte, und brachte zwei Kaninchenpasteten. »So etwas Schreckliches wird dir nie wieder passieren«, sagte die Frau mit solcher

Überzeugungskraft, daß Marion aus ihrem hysterischen Anfall herausgerissen wurde. Von da an neigte Marion dazu, mit Todesverachtung jedes Risiko einzugehen, dem sie sich gegenüber sah.

Sie hatte die Pasteten abgesetzt und war hysterisch geworden, weil sie ein Stück Haut an der Seitenwand des Kühlschranks gesehen hatte. Sie wußte sofort, was es war, obwohl sie den Gedanken an die tausend Fetzen, in die ihre Mutter zersprengt worden war, immer tunlichst vermieden hatte. Als es passierte, war sie weggewesen, sie hatte ihre Großeltern in Ayleford besucht, und als sie dann wieder nach Hause kam, waren Polizei und Mordkommission schon x-mal dagewesen, und Mrs. McGraw hatte die Küche ordentlich geschrubbt. Mrs. McGraw hatte die Schüsse noch drei Felder weit weg gehört und behauptet, sie hätte am Klang erkannt, daß es kein normales Gewehr war.

Der Mörder war ein Mann namens Bert Kella. Er war Hausmeister an der Schule von Marions Mutter. An einem Samstagmorgen gegen elf Uhr, als Marions Vater sich in Garvey Preise von Schubkarren anschaute, fuhr Bert Kella in dem Mustang seines Neffen, Baujahr 67, zu ihrem Haus, trat die Tür auf, schoß von hinten zweimal auf Marions Mutter, die am Abwaschbecken stand und Kartoffeln schälte, schoß dann durch ein Wohnzimmerfenster, fuhr zur Schule zurück, trank eine Flasche Whisky und legte sich schlafen. Als er aufwachte, stahl er ein Tonbandgerät aus dem Büro und fuhr zum katholischen Friedhof am

Highway 10. Er parkte am Randstreifen und gestand alles. Marion hat das Band nie gehört, aber ihr Vater. Und in den Zeitungen standen Auszüge. Zum größten Teil war es irres Gefasel über all die hochnäsigen, kaltherzigen »Nutten«, denen Bert Kella in seinem Leben begegnet war. Offensichtlich hatte er Marions Mutter einen Liebesbrief geschrieben, von dem sie niemandem erzählt hatte und den er am Morgen vor dem Mord zerschnipselt in einem Mülleimer der Schule fand.

»Da war's aus«, sprach er auf das Band. »Eigentlich war es wie eine Gehirnerschütterung. Jetzt habe ich ein bißchen Angst.« Dann hörte man den Knall, wie er sich selbst in den Mund schoß.

In der Woche davor hatte Marion die Bewerbung für eine der Universitäten im Südwesten unterschrieben. Ihre Mutter hatte sie ausgefüllt und mehr oder weniger auch den dafür notwendigen Essay geschrieben. Ihr Vater hatte gesagt, er würde sich von ein paar Morgen Land trennen, um die Studiengebühren zu bezahlen. Ihr Bruder Peter, der vor zwei Jahren an derselben Universität Examen gemacht hatte und jetzt Tierarzt in Morton war, hatte sie angerufen und ihr gesagt, er würde ihr den Campus zeigen.

So war es gedacht, aber nach der Schießerei sprach niemand mehr davon. Marion bekam nicht einmal eine Bestätigung von der Universität, und keiner ihrer Lehrer versuchte sie zu überreden, wieder zur Schule zu kommen und den High-School-Abschluß zu machen. In anderen

Worten, und aus Gründen, die ihr nicht klar waren: Sie war weg vom Fenster, obwohl sie es sich erst so richtig eingestand, als sie die Kostüme und Blusen ihrer Mutter für die Heilsarmee einpackte. »Sie hätten mir sowieso nicht gepaßt«, weinte sie, als ob sie sich andernfalls noch einmal an der Uni beworben hätte. Als sei das einzige, was zwischen ihr und einer beruflichen Karriere stand, die simple Tatsache, daß diese Karrierefrauengarderobe ihr zwei Größen zu klein war.

Da sie nicht mehr zur Schule ging, mußte sie auch nicht mehr um sechs Uhr fünfzehn aufstehen, um den Bus in die Stadt zu kriegen. Jetzt schlief sie bis Viertel vor sieben, bis sie hörte, wie ihr Vater im Badezimmer Schleim aushustete. Dann ging sie nach unten und ließ die Hunde hinaus. Nach dem Frühstück wusch sie ab, machte ihrem Vater zwei Sandwiches fürs Mittagessen und duschte. Um acht Uhr fünfzehn war sie draußen. Um halb fünf kam sie nach Hause und machte ein bißchen sauber. Manchmal sattelte sie Daphne, das Pferd ihrer Mutter, und ritt einmal hin und zurück zum Highway. Um halb sechs fing sie mit dem Abendessen an. Dienstags abends ging ihr Vater immer zum Veteranentreffen in der Legion Hall, deshalb bügelte sie ihm im Laufe des Tages eins von seinen guten Hemden. An den anderen Wochentagen setzte sie sich nach dem Abendessen in den Liegesessel ihrer Mutter und sah mit ihrem Vater fern. Immer, wenn Werbung kam, stand ihr Vater auf, weil Sitzen schlecht für seinen Rücken war. »Deine Mutter hatte von Geburt an ein Loch im Rücken.« Damit rückte er eines Abends heraus. »So groß wie ein Penny.«

»Das hab ich gar nicht gewußt«, sagte Marion.

»Über der Hüfte.« Er zeigte ihr die Stelle auf seinem Rücken.

»Zufällig genau da, wo die zweite Kugel reingegangen ist.«

Nachdem er sich ein paar Minuten später wieder hingesetzt hatte, sagte er: »Das war der pure Zufall.«

Er war ein großer, verschlafen wirkender Mann, geschickt mit Maschinen und Tieren und kein großer Redner. (Natürlich hatte Marions Mutter ihn nie reden lassen. Sie sagte immer: »Erzähl du, Bill«, und dann erzählte sie die Geschichte selbst weiter.) Er hatte leichten Parkinson, und sein Kopf zitterte, normalerweise nur wenig, aber bei der Beerdigung hatte er so heftig gewackelt, daß der Pfarrer die Leichenpredigt unterbrach und sagte: »Korrigier mich, wenn ich da falsch liege, Bill.«

»Nein, du machst es wunderbar, Herb«, hatte ihr Vater mit ruhiger Stimme zu ihm gesagt und seitdem immer ruhig gesprochen. Marion tat alles, damit er nicht vor Kummer zusammenbrach, aber sie rechnete jeden Moment damit. Eines Morgens sah sie ihn mitten auf dem Hof stehen, den Kopf gebeugt, die Hände vor dem Gesicht, und dachte: »Jetzt ist es soweit.« Dann sah sie, daß er die linke Hand sinken ließ und sich nur im Wind eine

Zigarette angezündet hatte, und sie atmete tief aus und machte sich wieder an seine Sandwiches, was ihre Mutter genau um diese Zeit getan hätte. Mrs. McGraw hatte ihr erzählt, daß die Polizei um die Überreste ihrer Mutter Kreidestriche auf den Küchenfußboden gemalt hatte, und immer mal wieder überkam Marion das merkwürdig tröstliche Gefühl, daß die Umrißlinien um ihre eigene Haut paßten.

Während der Stunden, die ihre Mutter in der Schule gewesen wäre, schlug sie die Zeit tot und fuhr in dem roten Toyota ihrer Mutter Forststraßen entlang, einen Weg hoch, einen anderen hinunter. Sie tat so, als sei es ein Job, eine ernste Verantwortung. Das machte sie tagtäglich. Manchmal fuhr sie mit höchstens zehn Stundenkilometern. Manchmal (wenn sie daran dachte, was die weißhaarige Sekretärin mit den Kaninchenpasteten gesagt hatte) ging sie hoch auf hundertfünfzig.

Zweimal in der Woche besuchte sie Cory Bates, die auch die Schule geschmissen hatte und mit ihren Eltern in Garvey lebte, in einer Wohnung über einem Zoogeschäft. Nachdem Cory einmal gesagt hatte: »Ich kapier nicht, was Bert Kella an deiner Mutter fand«, machte sie nie wieder eine direkte Anspielung auf den Mord, und als Objekt des Mitleids behandelte sie Marion schon gar nicht. Im Gegenteil. »Wenigstens hast du ein Auto«, sagte sie neidisch. Sie sagte: »Wenigstens gehen sich deine Eltern nicht die ganze Nacht lang an die Gurgel.«

Den ganzen Tag lang schliefen Corys Eltern. Hin und wieder standen sie auf und gingen zur Toilette oder aßen was im Stehen vor dem Kühlschrank. Mrs. Bates' helles, rotes Haar und Größe und hinterlistige grüne Augen schienen Corys Behauptung, sie sei adoptiert, Lügen zu strafen, aber Cory hielt dagegen, daß Säuglingsschwestern ein Händchen dafür haben, das passende Kind zu finden. Vor ein paar Jahren hatte Mrs. Bates mit Altenpflege begonnen und arbeitete jetzt zwei Nächte die Woche in einem Altersheim. Mr. Bates bezog eine Invalidenrente. Wenn Marion da war, redete er nie, doch Mrs. Bates mekkerte in einer Tour.

»Der Abwasch ist nicht gemacht«, sagte sie.

»Das mach ich nachher!« schrie Cory mit ihrer erstaunlich donnernden, wütenden Stimme. Marion bewunderte Cory, weil sie nicht auch den ganzen Tag schlief, denn sie sagte immer, sie sei so müde.

»Ich leide an Schlaflosigkeit«, sagte Cory. »Das hat angefangen, als ich schwanger war.«

Ihr Kind, ein Junge, war vor einem Jahr geboren und zu einem Ehepaar gegeben worden, das aus reinem Zufall auch Bates hieß. Wenn er groß war, sagte Cory, wollte sie ihn besuchen und ihm erzählen, was für ein Arschloch sein Vater war. Obwohl sie nicht wußte, wo ihr Kind lebte, wollte sie ihm den jungen Schäferhund aus dem Zoogeschäft unter ihrer Wohnung schicken.

»Ein Junge braucht einen Hund«, sagte sie.

Der junge Hund war der schwächste aus dem Wurf, als einziger übriggeblieben. Nachts, wenn Corys Vater und Mutter sich stritten, bellte und winselte er.

»Sein Käfig ist genau unter meinem Bett«, sagte Cory. »Und ich schwöre zu Gott«, sagte sie, »in dem Moment, wo er zu jaulen anfängt, tropft mir die Milch aus der Brust.«

Wenn sie aus dem Haus gingen, schauten sie bei dem kleinen Schäferhund vorbei. »Ist er nicht zum Fressen süß?« sagte Cory. Marion steckte zwei Finger durch den Käfig und kratzte ihn am Kopf. »Ist er nicht zum Totdrücken?« sagte Cory und schob ihre schlanke Hand durch den Draht und tätschelte ihm das Hinterteil.

Sie fuhren zu dem neuen Einkaufszentrum in Garvey. Fünfundzwanzig Läden, eingezwängt zwischen Woolworth und einem Supermarkt. Im Snack Track bestellten sie Cola-Soda und Pommes frites und gingen damit in den Bereich, so man sich hinsetzen und essen konnte. Die meisten Tische waren von Farmern belegt, die schon in Rente waren, Zigaretten rauchten und den ganzen Nachmittag vor einer einzigen Tasse Kaffee hockten. Marion kannte einige, und normalerweise hätten sie sie sicher gefragt, wie sie zurechtkäme, aber ein Blick auf Cory, und sie beließen es bei einem Nicken. Cory war auffallend groß und dünn und trug schwarze Lederstiefel, die bis übers Knie reichten, und ihre Jeans waren so eng, daß sie den Reißverschluß aufmachen mußte, bevor sie sich hinsetzte. Wenn kein

Tisch frei war, sagte sie so laut »Scheiße«, daß sich alle Köpfe nach ihr umdrehten. Marion stellte sich vor, wie Mr. Grit, der jedes Frühjahr von ihrem Vater den Kultivator borgte, nach Hause kam und zu Mrs. Grit sagte: »Mit Bill Judds Mädchen wird es böse enden.«

Marion war das egal. Bestenfalls rührte sie die Vorstellung, daß diese anständigen Männer insgeheim um ihre Zukunft bangten. Es tröstete sie. Gerade das empfand sie hier als anheimelnd und tröstlich, genau wie die träge murmelnde Prozession der Einkaufenden und die beschwingte Musik, die ab und zu von dröhnenden Männerstimmen unterbrochen wurde. In dieser Atmosphäre geriet sie in denselben süßen Dämmerzustand, wie wenn sie sich die Haare schneiden ließ, und kriegte Corys schonungslose Kommentare über die vorbeigehenden Frauen kaum mit. Nur wenn Cory sie einbezog, wurde sie wirklich aufmerksam – »O Gott, ich kann's nicht fassen... das Mädchen trägt genauso einen häßlichen Pullover wie du«–, und selbst dann war Marion nie so wach oder beleidigt, daß sie sich darüber aufregte (denn eine hinreißende Schönheit war Cory ein Dorn im Auge).

Sie saßen immer mindestens zwei Stunden da. Manchmal standen sie auf und streiften durch Woolworth und den Laden mit den Frauenklamotten, aber das machte Cory nicht gern, weil sie kein Geld hatte, um etwas zu kaufen. Wenn in der Nähe ihres Tischs eine Zeitung liegengeblieben war, schlug sie die Kleinanzeigen auf und las mit ihrer lauten Stimme die Annoncen aus der Rubrik Stellenangebote vor. »›Erfahrung in Buchhaltung von Vorteil. Fröhliches Wesen erwünscht.‹ Ja, alles klar. Damit sie dich als Fußabtreter benutzen und bei Bürofeiern alle Mann hoch vergewaltigen können.«

Einmal nahm sie die Zeitung und warf sie sofort wieder hin. »Ich hätte das Baby behalten sollen«, sagte sie. »Dann hätte ich wenigstens Sozialhilfe gekriegt.«

»Warum arbeitest du nicht für John Bucci?« sagte Marion aus ihren Träumerein heraus. John Bucci blieb immer, wenn er vorbeikam, an ihrem Tisch stehen. Er war der Chef im Elite Shoe Store, außerdem betrieb er mit jemand anderem zusammen eine Tankstelle irgendwo am Highway 10 und hatte Anteile an einer Kiesgrube.

»Vergiß es«, sagte Cory.

»Aber er scheint doch ein ganz netter Typ zu sein«, bemerkte Marion.

»Netter Typ«, äffte Cory sie nach. »Mafiadrogenboß, meinst du. Ich garantiere dir, wenn ein Typ in seinem Alter – was, fünfundzwanzig, sechsundzwanzig? –, wenn der in so vielen Geschäften die Finger hat, sind es Scheinfirmen für Drogenhandel.«

Jetzt wurde Marion hellwach. »Ach, du liebe Güte«, lachte sie.

»Gut, dann ist er eben bloß ein Haufen Scheiße«, sagte Cory. »Eins von beidem. Und hübschen kleinen Typen traue ich sowieso nicht über den Weg.«

Aber als er eine halbe Stunde später an ihrem Tisch vorbeikam, zog sie ihn auf einen Stuhl und fragte ihn, ob er in seiner Kiesgrube jemanden fürs Telefon brauchte.

»Kann sein, kann sein«, sagte er, nickte, drehte an dem goldenen Ring an seinem kleinen Finger und sah sich um. »Aber erst nach Weihnachten.«

»Bis dahin hab ich mir die Pulsadern aufgeschnitten«, sagte Cory.

»He«, sagte er. »Wenn ich Blut sehe, kippe ich um.«

»Dann mach ich es nicht hier«, sagte Cory.

»Warum arbeitest du nicht im Laden?« sagte er. Seine Augen waren auf dem offenen Reißverschluß ihrer Jeans. »Diesen Samstag. Einen Tag, zum Ausprobieren. Ich brauche diesen Samstag jemanden. Fester Lohn, plus Provision.«

»Vergiß es«, sagte Cory. »Ich hasse anderer Leute Füße.«

»Mir schlagen ihre Socken auf den Magen«, sagte John. Er schaute Marion an. »Was ist mir dir?«

»Ich mag Socken«, sagte sie.

Cory prustete los.

»Ich meine, willst du am Samstag im Laden arbeiten?« fragte er.

»Oh.« Marion wäre am liebsten vor Scham vergangen, weil sie es mißverstanden hatte. »Nein, nein«, sagte sie. »Samstags kann ich nicht. Samstags –«

»He.« John tätschelte sie am Arm. »Kein Problem.« Zum ersten Mal fiel ihr auf, wie schwarz und traurig seine

Augen waren. Traurig, weil seine Mutter gestorben war, dachte sie. Er hatte mal erzählt, wie er mit seiner Mutter und seinen Schwestern nach Kanada gekommen war und seiner Mutter geholfen hatte, die Schiffsdecks zu putzen, damit sie ihre Überfahrt bezahlen konnten, obwohl er da erst fünf war.

»Quatsch«, hatte Cory gesagt.

»Es stimmt, bei Gott, ich kann's beschwören«, hatte er gesagt. »Meine Mutter hatte solche Arme« – er ließ seine Armmuskeln spielen –, »weil sie anderer Leute Böden schrubbte. Als sie so alt war wie ich, sah sie wie fünfzig aus. Aber sie war wunderschön, wie eine Rose.«

»Alle Leute meinen, ihre dämlichen Mütter wären ein Ausbund an Schönheit«, hatte Cory gesagt.

Es ist Mitternacht. Ihr Auto steht noch da. Auf dem Parkplatz hinter der offenen Seitentür der Motelbar schlagen sich zwei Kellner mit Geschirrtüchern. Ein Hund schnappt nach den Tüchern. Der Hund, zu dem Schluß kommt Marion, ist eine Kreuzung zwischen Irish Setter und Bernhardiner. Bei Hunden kennt sie sich aus. Wenn sie sich bei etwas auskennt, dann bei Hunden.

Sie schließt die Vorhänge, geht zur Kommode und langt nach der Pipette und der Flasche mit der Babynahrung. Im Licht der Kommodenlampe sieht sie zwei blaue Flecken innen auf ihrem Handgelenk. Sie schaut auf dem anderen Handgelenk nach, und da prangt ein großer blauer Fleck. Als sie und Sam genau hier standen und sie anfing, seinen Gürtel aufzumachen, nahm er sie bei den Handgelenken und sagte. »Ich habe keinen echten Penis.«

Sie lachte.

»Hör mir doch zu!« sagte er mit so fiebrigem, irrem Blick, daß sie erstarrte und dann völlig desorientiert schwankte. Da griff er fester zu. Sie sagte, er tue ihr weh. »Verzeihung«, sagte er, aber er lockerte seinen Griff nicht.

»Ich höre zu«, flüsterte sie.

Er sagte: »Okay«, und holte tief Luft.

Während ihre Hände weiß wurden, erzählte er ihr die ganze Geschichte, seit damals, als er acht war und in Delaware lebte. »Das hat er auswendig gelernt«, dachte sie einmal. Sie kriegte gar nicht alles mit. Es gab nur den einen entscheidenden Punkt. »Halt mal«, sagte sie endlich.

»Was?« sagte er.

»Ich will ihn sehen.«

»Nein.«

»Ich will ihn sehen«, wiederholte sie ruhig.

»Es ist ein Dildo, okay? Einen Dildo hast du doch schon mal gesehen?«

»Ich will ihn sehen.«

Er ließ ihre Handgelenke los, drehte sich um und machte seinen Reißverschluß auf. Sie hörte es zweimal klicken und dann, wie sein Reißverschluß hochgezogen wurde. Als er sich ihr wieder zuwandte, hielt er den Dildo, von seinem Unterarm verborgen, gegen seinen Oberschenkel. Sie schaute ihm zwischen die Beine, aber er trug weite Hosen – zu sehen gab's nichts.

»Laß mich sehen«, sagte sie.

Er machte die Hand auf.

Sie schauten ihn beide an.

»Er ist aus Gummi«, sagte sie.

»Aus Silikon, glaube ich. Ich weiß es selbst nicht genau.«

»Und wie hält er?«

»Er wird mit einem Bändchen befestigt.« Er umschloß ihn mit den Fingern und ließ die Hand sinken. »Ich trage ihn fast nie.«

»Mir wird schlecht«, murmelte sie. Statt dessen wurden ihr die Beine weich, und sie fiel auf die Knie. Er versuchte, sie zu erwischen, erst mit der freien Hand und dann mit beiden Händen, aber es gelang ihm nicht, und der Dildo fiel auf die Kommode, rollte herunter, unter die Kommode.

»O Gott!« sagte sie.

Weil die Kommode an der Holzverkleidung der Wand befestigt war und man sie nicht wegschieben konnte, mußte er einen Kleiderbügel auseinanderbiegen, um den Dildo in seine Reichweite zu bugsieren, eine absurd lange und frustrierende Angelegenheit, die sie schweigend von dort aus beobachtete, wo sie auf dem Boden gelandet war.

Cory arbeitete nicht an dem Samstag im Laden, an dem John Bucci sie gebraucht hätte, aber am folgenden, und im August fing sie Vollzeit an. Was bedeutete, daß Marion sie nur noch mittwochs nachmittags traf, wenn sie ins Einkaufszentrum kam, um Lebensmittel einzukaufen. John war normalerweise nicht im Laden. Aber auch sonst niemand mehr.

»Ich weiß auch nicht, warum«, sagte Cory.

Marion wußte es. Cory jagte den Kunden Angst ein, nicht absichtlich, sondern weil sie so einschüchternd groß und aufgedonnert in der Tür hing. Wenn sie »Was wünschen Sie?« schmetterte, griffen sich die alten Frauen ans Herz.

Auf dem Heimweg wurde Marion klar, daß John Cory deshalb nicht entließ, weil er in sie verliebt war. Sie betrachtete ihre plumpen Hände auf dem Steuer und verstand seine Sehnsucht nach Länge. Sie malte sich aus, daß er und Cory hellrothaarige, schwarzäugige, große und kleine Kinder bekamen. Sie *sah* die Kinder, sie waren vorherbestimmt, etwas ganz Besonderes. Aber am nächsten Mittwoch lehnte eine andere Verkäuferin in der Tür, und als Marion fragte, wo Cory sei, kam John aus dem hinteren Raum und sagte, sie habe gekündigt. »Sie hat einen Job als Stripperin gekriegt«, sagte er.

»Das sagst du nur im Spaß«, sagte Marion.

Er lächelte. »Na gut, als Tänzerin. Willst du einen Job?«

»Wo tanzt sie?«

»Frag sie.« Er lächelte immer noch, aber nicht wie ein Mann mit gebrochenem Herzen. »Hast du Lust auf eine kleine Spazierfahrt?« sagte er.

»Wie bitte?«

»Du und ich. Ein bißchen frische Luft schöpfen.«

Ihr Blick fiel auf seine Schuhe. Vor ihrem inneren Auge sah sie, wie einer dieser spitzen schwarzen Schuhe vorschoß und einen Drogensüchtigen trat, der kein Geld hatte.

»Na komm schon«, sagte er. »Da draußen ist noch richtiger Sommer. Wunderschön. So wunderschön wie du.«

Sie lachte.

»He, du wirst ja rot«, sagte er. »Das gefällt mir.«

Er fuhr ein rotes Kabrio mit offenem Verdeck. Auf dem Highway zerzauste der Wind ihr Haar, aber sein schwarzes, zurückgekämmtes Haar geriet nicht in Unordnung. Im Sitzen war er nicht größer als sie. Sie mußte daran denken, wie er gesagt hatte, er würde ohnmächtig, wenn Cory sich die Pulsadern aufschnitt, und überlegte, ob man immer blutete, wenn man noch Jungfrau war. Ihr schlug das Herz bis in den Magen, aber es konnte auch wegen des Mordes sein. Urplötzlich brachte ihr Herz manchmal ihren ganzen Körper zum Beben; sie hielt es immer noch für die Nachwirkungen des Schocks. Damals quälte sie besonders der Gedanke, daß die zweite Kugel durch das Loch eingedrungen war, das ihre Mutter von Geburt an gehabt hatte. Ihre Mutter hätte in die andere Richtung schauen müssen, wenn man bedachte, daß Bert Kella in einem Auto mit verrostetem Auspuff die Auffahrt hochgekommen war und dann gegen die Tür getreten hatte. »Warum hat sie sich nicht umgedreht?« hatte der Kripobeamte gefragt. Keiner wußte eine Antwort. »Das ist die Preisfrage«, sagte der Beamte.

John Bucci fuhr zum öffentlichen Park, und sie stiegen aus dem Auto und kletterten auf die Felsen. »Warte, bis du die Aussicht siehst«, sagte er, weil er fälschlicherweise annahm, daß sie sie noch nie gesehen hatte. Sie folgte ihm den Weg hoch, der mit einem Geländer aus Baumstämmen versehen war, wie ein richtiger Treppenaufgang. Er nahm seinen Schlips ab. Auf der obersten Stufe breitete er die Arme aus wie ein Opernsänger und drehte sich langsam im Kreise, bis seine Arme auf sie gerichtet waren. Jetzt, wo er den Schlips nicht mehr anhatte, sah sie die beiden goldenen Ketten an seinem Hals. »Ist es nicht wunderschön?« sagte er. »Ich kann gar nicht glauben, daß ich hier bin und du hier bist und daß es so warm und schön ist.«

Sie fühlte, wie sie wieder rot wurde. Sie drehte sich um und schaute ins Tal, wo das Blechdach eines Hauses aus dem Gold und Grün herausragte. Ein Hund bellte, vermutlich in dem Haus.

»Dein Haar ist wie Musik«, sagte John.

»Lieber Himmel«, lachte sie. Sie hatte dicht gelocktes, erdbraunes Haar.

»Wie Klaviere«, sagte er und strich ihr über den Kopf. »Wie Arpeggios.«

Sie ging von ihm weg, zu einem tiefen Felsspalt. Ihre Haut fühlte sich an, als prasselte Regen darauf. Sie ging bis zur Kante des Spalts und schätzte die Entfernung zur anderen Seite ab.

»Einmal hab ich da unten ein Stachelschwein gesehen«, sagte John und stellte sich hinter sie.

Marion ging zwanzig Schritte zurück.

»He, keine Bange, sie schmeißen nicht mit ihren Stacheln«, sagte John. Sie warf ihre Sandalen ab.

»Gute Idee«, sagte er und knotete seine Schnürsenkel auf.

Als er immer noch gebückt dastand, rannte sie an ihm vorbei.

Vor fünfzehn Jahren hatte sie beobachtet, wie ihr Bruder gesprungen war. Sie sprang genauso, mit einem langen Schritt im Spagat durch die Luft, und landete auf einem Felsvorsprung, der unten auf der anderen Seite des Spalts herausragte.

»Himmel!« schrie John.

Sie hielt sich an einem jungen Baum fest, um nicht zurückzufallen. John rannte um den Spalt, langte nach unten und half ihr hoch.

»Himmelherrgott«, sagte er. »Warum hast du das gemacht? Ich kann es gar nicht glauben, daß du da drübergesprungen bist.« Sie ließ zu, daß er sie aufs Gras zog. »Du hättest dich umbringen können«, sagte er und ließ sich neben ihr auf den Boden fallen.

»Nein«, sagte sie. »Ich wußte, daß ich es schaffe.« Sie hatte das Gefühl, sie könnte es noch einmal.

»Aber warum zum Teufel hast du es gemacht? Ich dachte, du begehst auf einmal Selbstmord oder so was.«

»Ich wollte es.«

»Du wolltest es«, sagte er, lächelte und schüttelte den Kopf. »In anderen Worten: Du bist verrückt.«

Sie legte sich ins Gras. »Das glaube ich nicht«, sagte sie ernsthaft.

Er streichelte ihr Gesicht. Er küsste die Kratzer auf ihrer Hand. »Du bist verrückt«, sagte er. »Ich liebe dich.«

Er zog sie ganz aus, sich selbst aber nur die Hosen. Der Verkehr ging so schnell und schmerzlos vorüber, daß sie gar nicht genau wußte, ob es wirklich passiert war, bis sie einen kugelrunden Blutfleck auf dem Gras sah, als er losging, um ihre Sandalen zu holen, und sie sich anzog. Sie legte ein gelbes Pappelblatt auf die Stelle. Er kam zurückgerannt und klatschte ihre Sandalen gegeneinander. Auf dem Weg zum Einkaufszentrum sagte er, sie sei so schön wie ein Pfirsich. Wieder sagte er, er liebe sie. Sie wußte nicht, ob sie ihn liebte. Sie wußte es erst, als sie am nächsten Tag in das Schuhgeschäft kam und sah, wie er sich über den Fuß einer alten Frau beugte, und daran denken mußte, wie er als fünf Jahre alter kleiner Einwanderer ein Schiffsdeck geschrubbt hatte.

Sie füttert das Kätzchen, setzt es in die Badewanne und betupft es mit einem warmen nassen Waschlappen unter dem Schwanz. Es schlägt nach seinem Pipi, das zum Abfluß rinnt. Es springt, als es ihre Tränen auf seinem Kopf spürt. Sie nimmt es auf, und es sitzt ganz munter auf ihrer Hand. Sie setzt es auf das Kissen, macht die Nachttischschublade auf und holt die Bibel heraus. Was immer sie aufschlägt, es wird eine Botschaft sein.

»Und da war eine Frau«, liest sie, »die hatte den Blutfluß seit zwölf Jahren und hatte viel erlitten von vielen Ärzten und hatte all ihr Gut darauf verwendet, und es half ihr nichts, sondern vielmehr ward es ärger mit ihr.«

»Du meine Güte«, sagt sie und legt die Hand auf den Mund, weil die Tür aufgeht.

Es ist Sam.

»Ich bin wieder da«, sagt der dümmlich.

Sie mustert ihn von oben bis unten, als könne sie irgend etwas entdecken, an dem sie es hätte merken müssen. Seine schmalen Hände. Musikerhände, hat sie immer gedacht. Er geht zum Stuhl und setzt sich breitbeinig hin.

»Hattest du den Adamsapfel immer?« fragt sie.

Er faßt sich an die Kehle. »Nicht so einen«, sagt er.

»Kommt das von den Hormonen?«

»Ja.« Er wendet den Blick nicht von ihr ab. Er hat geweint, das sieht sie von weitem. Sie hat ihn zweimal weinen sehen – als sein Hund Tibor von einem Auto überfahren wurde und als das Mädchen in dem Film *Ein Baum wächst in Brooklyn* die Rasierschale ihres Vaters aufhebt. Anstatt zu denken, Männer weinen nicht, hat sie damals gedacht, so sind künstlerisch veranlagte Menschen eben.

Sie schaut auf das Wort »Siehe« in der Bibel. Sie sagt. »Hm, ich hasse dich nicht. Ich hab's nicht so gemeint.«

»Dazu hättest du jedes Recht.«

Ihr schnürt es die Kehle zu. »Heißt du wirklich Sam?« fragt sie.

»Jetzt ja, gesetzlich, aber meine Eltern haben mich nicht so genannt.« Er fährt sich mit den Fingern durch sein feines blondes Haar, das wegen der Hormonspritzen an den Schläfen dünner wird. Vor vier Jahren hat er mit den Spritzen angefangen. Vor zwei Jahren hat er sich beide Brüste auf einmal abnehmen lassen. Nach seiner flachen Brust hat sie sich auch sofort erkundigt.

»Wie haben deine Eltern dich denn genannt?« fragt sie.

Sein Mund zuckt. »Pauline.«

»Pauline?«

»Ja.« Er lacht verlegen.

»Warum hast du das nicht in Paul umgeändert?« fragt sie, und das Rationale und zugleich Irrelevante dieser Frage erinnern sie daran, wie sie und ihr Vater sich immer wieder darüber unterhalten haben, warum Bert Kella durch die Scheibe im Wohnzimmer statt in der Küche geschossen hat, und bevor Sam antworten kann, weint sie: »Es ist mir unbegreiflich! Ich bin wohl vom Schicksal verfolgt oder so was.«

»Liebes«, sagt er und steht auf.

»Nein!« Sie wehrt ihn mit den Armen ab.

Er steckt die Hände in die Taschen, dreht sich um und schaut aus dem Fenster.

»Du hast nicht mal Hüften«, sagt sie mit stockender Stimme. Sie läßt sich wieder aufs Bett fallen. Das Kätzchen springt herbei und schnurrt ihr ins Ohr. Sie haben dem Kätzchen keinen Namen gegeben, denn sobald es zwei Pfund wiegt, wird es verkauft. Als sie wieder reden kann, sagt sie: »Du hättest es mir sagen müssen.«

»Ich weiß, ich weiß«, sagt er. »Ich liebe dich einfach nur so sehr. Und ich dachte –« Er trommelt mit den Fingern auf die Sessellehne.

»Dachtest was?«

»Ich dachte, es wäre jetzt schon alles vorbei.«

»Was meinst du damit?«

»Die Operationen.«

Die Konstruktion eines Penis, die letzte Operation in einer ganzen Serie.

»Du meinst, du hättest es mir dann gar nicht erzählt?« fragt sie und dreht sich um, weil sie ihn ansehen will.

»Doch, natürlich.« Er trommelt weiter mit den Fingern. »Du hättest ja die Narben gesehen«, fügt er hinzu.

»Wer weiß es noch?«

Er ist überrascht. »Niemand. Na ja, die Ärzte.«

»Weiß Bernie es?«

Er schüttelt den Kopf.

»Sind deine Eltern wirklich tot?«

»Sie sind tot«, sagt er leise.

»Vielleicht hast du ja von vorne bis hinten gelogen«, sagt sie.

Er sieht sie direkt an. »Dir kommt es vielleicht wie eine Lüge vor, daß ich mich dir als Typ präsentiere. Aber für mich *bin* ich ein Typ. In jeglicher Hinsicht, außer einer, und das wird sich auch noch ändern.

»O Gott.«

»Hör zu, ich wußte, du würdest schockiert sein«, sagt er. »Ich habe damit gerechnet, daß es einen Riesenstreit geben würde. Aber wir lieben uns doch, oder? Ich meine, ich liebe dich, das weiß ich. Und . . .« Er blinzelt und schaut zu Boden. »Ich kann dich trotzdem befriedigen.«

Sie verbirgt ihr Gesicht im Kissen. Die Hand, die genau wußte, was sie tun mußte, war die Hand einer Frau. »Laß uns warten, bis wir verheiratet sind«, sagte er jedes Mal, wenn *ihre* Hand an seinem Körper entlangglitt, dahin, wo sie sich eine Erektion vorgemacht hatte.

Sie fängt wieder an zu weinen. »Ich dachte, es sei was Religiöses bei dir«, sagt sie. »Ein Schwur, rein zu bleiben, oder so was.«

Er klopft mit einem Fingernagel, ein stetiges, nerviges Geräusch wie von einem tropfenden Wasserhahn.

»Ich komme mir so blöd vor«, sagt sie.

»Ich werde dich nie schlagen«, sagt er leise. »Ich werde dich nie anschreien. Ich werde dich immer lieben. Ich werde dir immer zuhören. Ich werde dich nie verlassen. Ich werde dich nie betrügen.«

Sie muß lachen. »Und ganz bestimmt wirst du auch nie«, sagt sie, »Cory Bates schwängern.«

Sie traf sich mit John Bucci an zwei oder drei Nachmittagen und am Dienstagabend, wenn ihr Vater in der Legion Hall war. Weil John bei seiner Tante wohnte, konnten sie nicht in seiner Wohnung miteinander schlafen, also machten sie es im Auto. John wollte sie heiraten, sie zumindest häufiger sehen, besonders abends, aber er setzte sie nicht unter Druck, zuerst nicht.

»Ich finde es großartig, daß dir die Gefühle deines Vaters wichtiger sind als deine eigenen«, sagte er.

Woraufhin sie sich unehrlich vorkam. Eigentlich wollte sie nur, daß alles im Lot blieb. Im Laufe des Sommers hatte sie aufgehört, so getreu am Tagesablauf ihrer Mutter festzuhalten, aber sie war immer noch die Frau im Hause, und es kam ihr vor, als hätte sie eine Affäre, wenn sie einen Freund hatte. »Vielleicht kannst du in ein paar Monaten mal zu Besuch kommen«, sagte sie zu John, und dachte, dann war ihre Mutter ja auch schon ein Jahr tot.

Seine Familie hatte sie oft getroffen – seine Tante, seine beiden Schwestern, seine vier Nichten, drei Neffen, die Männer seiner Schwestern –, denn dienstags, wenn sie miteinander geschlafen hatten, nahm er sie immer mit nach Hause zum Essen, und in der Küche war immer eine ganze

Bande. Seine Schwestern machten genauso ein Getue um sie wie er. Sie sagten, sie habe eine Babyhaut, und sie sagten, hoffentlich kriegten ihre und Johns Kinder ihre blauen Augen und Grübchen. Sie gingen einfach davon aus, daß sie und John heiraten und ein Haus auf dem Grundstück ihrer Tante bauen würden, genau wie sie. Sie beschwatzten sie, John dazu zu bringen, jemanden namens Marcel mit dem Ausheben der Baugrube zu beauftragen. Sie gaben ihr den liebevollen Rat, John zu schlagen, wenn er die Dinge nicht in Gang brachte. »Schlag ihn mit einem Stock!« riefen sie. »Schlag ihn, du weißt schon, wo!« Mit ihnen redete sie über ihre Mutter, denn sie redeten auch ganz selbstverständlich über ihre. Sie wußte von John, daß ihre Mutter bei einem Autounfall ums Leben gekommen war, aber die Schwestern erzählten ihr, sie sei durch die Windschutzscheibe geflogen und ihr Gesicht habe im Sarg wie Draculas ausgesehen, weil es so oft genäht war. Sie weinten, und Marion weinte. »Du bist unsere Schwester«, sagten sie, und das veranlasste Marion mehr als alles, was John sagte oder tat, vom Heiraten zu träumen.

Die Tante, bei der John wohnte, Tante Lucia, war weniger freundlich. Zum einen konnte sie kein Englisch. Sie stand am Herd, starrte sie an und zeigte auf einen Stuhl, auf den Marion sich setzen sollte. Sie fuchtelte sich ärgerlich mit der Faust vor dem Mund herum, wenn Marion zu langsam aß. Und wenn Marion sich zum Gehen anschickte, drängte sie ihr meistens ein Glas mit irgend etwas auf – mit Kräutermayonnaise, Spaghettisauce –, als wollte sie sie herausfordern, es mitzunehmen, als wüsste sie, daß Marion ihrem Vater verschweigen würde, wo es herkam.

»Von Corys Mutter«, erzählte Marion ihm. Ihr Vater hatte Mr. Oder Mrs. Bates nie kennengelernt, und in Anbetracht ihrer Schlafgewohnheiten würde er sie wahrscheinlich auch nie kennenlernen, deshalb ging Marion mit dieser Notlüge keinerlei Risiko ein. Sie hatte drei-, viermal bei Corys Eltern angerufen, um zu erfahren, was mit Cory war, aber nie ging jemand ran. Schließlich war sie zu der Wohnung gegangen, hatte geklingelt und an die Tür geklopft. Aber keiner hatte geöffnet.

»Natürlich sind sie da«, sagte Mrs. Hodgson, die alte Dame aus dem Zoogeschäft. »Man hört immer mal wieder einen dumpfen Aufprall.« Sie sagte, daß Cory eines Morgens mit dem Greyhound nach Toronto gefahren sei. »Aufgetakelt wie eine Prostituierte«, sagte sie, ganz freundlich. »Wie üblich, Sie wissen ja.«

»Was ist mit dem kleinen Hund?« fragte Marion. »Dem Schäferhund?«

»Ach, der ist gestorben«, sagte Mrs. Hodgson. »Als ich nicht aufgepasst habe, hat ihm jemand einen Hundekeks hineingeworfen, mit – wie heißt es noch gleich, ach ja –« Sie schnippte mit den Fingern. »Mit Arsen.«

»Das ist ja schrecklich«, sagte Marion.

»Ja«, sagte Mrs. Hodgson ungerührt.

»Haben Sie den Kerl erwischt?« fragte Marion.

Mrs. Hodgson setzte sich auf ihrem Stuhl zurecht. »Hör auf zu quasseln!« schrie sie den Papagei in dem Käfig hinter sich an. Sie drehte sich wieder um. »Durch Gift zu sterben ist grauenhaft«, sagte sie. »Man krümmt und windet sich und hat Schaum vor dem Mund. Ich fände es allerdings am ekelhaftesten, wenn ich aus großer Höhe abstürzen würde. Wenn ich wüßte, daß ich in ein paar Sekunden unten aufplatsche. Ich habe mal von einem Mann gehört, so der Typ wahnsinniger Wissenschaftler. Er warf lebendige Tiere vom Balkon seiner Wohnung, um zu sehen, wie sie landeten. Die Katzen sind natürlich meistens auf den Füßen gelandet, selbst wenn sie dann gestorben sind. Jetzt kommt aber das Interessanteste: Je größer die Höhe war, aus der die Katzen fielen, desto eher bestand die Chance, daß sie überlebten. Denn eine Katze muß sich in der Luft strecken können, und das dauert seine Zeit.«

Ein paar Wochen später fuhr Marion an dem Zoogeschäft vorbei und sah das Schild »Aushilfe gesucht« im Schaufenster. Aus einer plötzlichen Laune heraus ging sie hinein und fragte nach. Es sollte stundenweise sein, montags, mittwochs und freitags morgens, und weil sie sich mit John sowieso nie vor dem Lunch traf, entschloß sie sich, den Job zu nehmen. Sie war darauf eingestellt, allein im Laden zu sein (Mrs. Hodgson wollte die Buchführung und ihren Haushalt erledigen), aber wenn Marion kam, saß Mrs. Hodgson meistens auf dem Stuhl und rührte sich nicht vom Fleck, bis Marion wieder ging. Während Marion Käfige säuberte und Fische und Vögel fütterte und mit den jungen Hunden spielte, machte Mrs. Hodgson die Kasse und erzählte Marion – und jedem Kunden, der zufällig zuhörte – ihre makabren Geschichten. Die meisten las sie in den *Nachrichten aus dem Gerichtssaal*, einer Zeitschrift, für die ihr verstorbener Mann, ein Fotograf, Bilder gemacht und die sie immer noch abonniert hatte. Sie hatte aber auch jede Menge eigener Geschichten auf Lager, viele davon über Tiere. Katzen, die in Öfen, Trockner und Geschirrspülmaschinen gesteckt wurden. Hamster, die mit dem Staubsauger aufgesaugt wurden. Ein Hund, der hinten an ein Auto gebunden wurde und sich zu Tode rennen mußte.

Nachdem sie eines Tages den Mord beziehungsweise Selbstmord eines Ehepaares geschildert hatte, sagte sie: »Die Geschichte von der Lehrerin aus der Marley Road School, die was mit dem Hausmeister hatte, der sie dann umbrachte, kennen Sie vermutlich.« Noch bevor Marion etwas sagen konnte, sagte sie: »Ich könnte mich totlachen, daß er ausgerechnet Soundso Killer hieß. Bart oder Tom Killer. Na egal, ihr Mann hatte Verdacht geschöpft, und sie beschloß, Schluß zu machen. Da verlor Mr. Killer die Nerven. Er sticht siebenundvierzigmal auf sie ein, so oft, wenn ich mich richtig erinnere. Dann fährt er zu dem Friedhof am Highway, setzt sich auf das Grab seiner Mutter und schießt sich zwischen die Augen.«

»Du liebe Güte«, sagte Marion.

»Für einen Hausmeister hat er wirklich eine Riesenschweinerei angerichtet«, sagte Mrs. Hodgson.

Marion war verblüfft, daß Mrs. Hodgson keine Ahnung hatte, daß sie Ellen Judds Tochter war. Sie hatte geglaubt, daß alle Leute in Garvey entweder sofort durchblickten oder in Windeseile davon informiert wurden. Sie war also ziemlich überrascht, daß Mrs. Hodgson keine Ahnung hatte. Die Leute hatten natürlich auch schon früher Andeutungen in die Richtung gemacht, daß ihre Mutter und Bert Kella ein Verhältnis hatten, aber alle, die ihre Mutter (und erst recht Bert Kella) auch nur halbwegs kannten, glaubten es keine Sekunde lang.

Marion beschloß, Mrs. Hodgson nicht aufzuklären. Früher oder später würde das schon jemand besorgen. Aber das war nicht der Grund, warum sie nichts sagte. Auch nicht, daß sie zu traurig war oder nicht den Mut hatte. Sondern sie empfand es – und das war ihr neu – als unter ihrer Würde. »Sticht siebenundvierzigmal auf sie ein«, sagte Mrs. Hodgson noch einmal und irrte sich bei dieser wesentlichen Tatsache so gründlich und umfassend, daß Marion dachte: »Keiner weiß es.« Es war eine erregende, einsame Entdeckung.

Endlich schlafen sie ein, Marion auf dem Bett und Sam im Sessel. Als der Morgen dämmert, wachen sie auf, weil draußen Reifen quietschen.

Sam fährt sich mit der Hand übers Gesicht. »Hierzubleiben ist sinnlos«, sagt er.

Marion schaut ihn an. Sein blaues Hemd sieht in der Düsternis nicht blasser aus. Er hat breite Schultern. Wenn man einen Schattenriß von ihm zeichnete und ihn herumzeigte, würde jeder schwören, es sei ein Mann. Gestern abend hat sie noch gemeint, daß sie gar keine andere Wahl hat, als sich von ihm scheiden zu lassen. Jetzt weiß sie noch nicht einmal, ob sie es schafft, die vielen Geschenke zurückzuschicken, ganz zu schweigen davon, eine Erklärung dafür zu erfinden, warum die Ehe schon in den Flitterwochen auseinandergeht. »Am besten fahren wir einfach nach Hause«, sagt sie und steigt aus dem Bett.

»Okay«, sagt er bedächtig.

»Glenda meint bestimmt, wir trauen ihr nicht mit den Hunden«, sagt sie. Glenda ist das geistig zurückgebliebene Mädchen, das stundenweise für sie arbeitet.

»Da hat sie ja auch nicht ganz unrecht«, sagt Sam und lacht.

»Noch ist nichts entschieden«, sagt sie scharf.

Er steht auf und geht ins Badezimmer. Er bleibt sehr lange drin, und das Wasser läuft die ganze Zeit. Sie füttert das Kätzchen. Als er herauskommt, geht sie mit dem Kätzchen sofort hinein. Es gelingt ihr, es zum Pinkeln zu bringen, dann setzt sie sich auf die Toilette und spült, um die Geräusche zu übertönen. Sam ruft, er gehe zur Rezeption und bezahle die Rechnung, und sie entschließt sich, rasch zu duschen. Als sie ihre Brüste im Spiegel sieht, muß sie weinen. Alles an ihr, vom Hals an abwärts, erscheint ihr jetzt wie pure Verschwendung und pervers, als sei *sie* diejenige mit dem falschen Körper.

Als er wieder zurückkommt, ist sie angezogen und verstaut die paar Sachen, die sie ausgepackt haben. Er sagt, er will auch noch eben duschen. Sie setzt sich auf den Liegestuhl draußen vor der Tür und ißt Hochzeitskuchen, da schießt ihr durch den Kopf, daß er seine weiblichen Genitalien wäscht, und sie muß ausspucken, was sie im Mund hat. Als er ein paar Minuten später mit den Koffern herauskommt, tritt er hinein. »Fertig?« fragt er.

Im Auto reden sie kein Wort. Irgendwann räuspert er sich, sie findet, daß es sich affektiert anhört, und zum ersten Mal kommt ihr der grauenhafte Gedanke, daß die Leute was ahnen. Sie erinnert sich, wie Grace einmal gesagt hat: »Was hat er für lange Wimpern!« Sie sieht ihn an, und er blinzelt heftig mit den Augen. Das bedeutet, er ist nervös, aber früher dachte sie immer, es sei bloß ein Tick.

Ihr steigen Tränen in die Augen. Der »Er«, den sie geliebt hat, ist nicht mehr da. Er *war* auch nie da, das ist das Niederschmetternde daran. Und trotzdem liebt sie ihn noch. Sie überlegt, ob sie unbewußt bisexuell ist. Oder vielleicht stimmt es auch, daß sie blind liebt. Als sie immer wieder bestritten hat, daß sie John Bucci geliebt hat – noch Jahre nach der Scheidung –, erzählte ihr ihre Freundin Emma, die immer versuchte, sie zu verkuppeln, von einem

Experiment, bei dem ein neugeborener Schimpanse mit einem fellbedeckten, Babynahrung spendenden Kleiderbügel in einen Käfig gesteckt wurde, und am Ende so an der milchgebenden Apparatur hing, daß er nichts mehr von seiner echten Mutter wissen wollte, als sie schließlich in den Käfig gelassen wurde.

Am Valentinstag schenkte John Bucci ihr Pralinen in einer schwarzen Samtschachtel, die so groß war wie ein Pizzakarton. Dazu eine riesige Karte mit dem Foto einer Standuhr und dem Spruch »Die Zeit vergeht, aber unsere Liebe nicht«. Sie ließ die Pralinen im Zoogeschäft, da konnte Mrs. Hodgson sie Kunden anbieten. Die Karte nahm sie in einer Einkaufstüte mit nach Hause und versteckte sie in der Schublade mit der Unterwäsche. Am nächsten Abend fragte ihr Vater sie beim Essen, ob sie mit dem Italiener ginge, der im Einkaufszentrum Schuhe verkaufte, und fassungslos dachte sie als erstes, daß er in ihren Schubladen gewühlt hatte, aber es stellte sich heraus, daß Mrs. Grit sie in Johns Auto gesehen hatte.

»Ja, manchmal esse ich mit ihm zu Mittag«, sagte sie, was der Wahrheit entsprach. »Er ist ein Freund von Cory«, fügte sie hinzu, was auch der Wahrheit entsprach beziehungsweise entsprochen hatte.

»Ich hab die rotbraunen Halbschuhe bei ihm gekauft«, sagte ihr Vater. »Muß drei Jahre her sein. Ne Verkaufskanone, das muß man ihm lassen.«

Sie wußte nicht, was sie sagen sollte.

»Hat er nicht auch was mit der Esso-Tankstelle draußen am Highway 10 zu tun?« fragte ihr Vater. »Einmal hab ich ihn da am Telefon gesehen. Im Büro.«

»Ich glaube, er ist daran beteiligt oder so was«, sagte Marion.

Ihr Vater schob seinen Teller von sich und nahm eine Zigarette aus der Hemdtasche. Wenn sein Kopf so wackelte wie heute abend, zündete er sich die Zigarette nicht im Mund an, sondern hielt das Streichholz daran, bis Papier und Tabak anfingen zu brennen. »Früher war es eine Shell-Tankstelle«, sagte er, steckte die Zigarette zwischen die Lippen und nahm einen tiefen Zug.

»Ja, stimmt«, sagte sie.

»Sie gehörte Jack Kreuzinger«, sagte er.

Sie nickte.

»Davor«, sagte er, »waren die Diehls da drin. Und davor, das ist jetzt aber schon lange her, war es ein Restaurant. Ich weiß noch, daß man für einen Dollar neunundvierzig zwei dicke Scheiben Roastbeef, einen Berg Kartoffelbrei und als Beilage frische Erbsen kriegte.«

»Für einen Dollar neunundvierzig«, staunte sie.

»Jawohl«, sagte er.

Sie hätte ihm alles erzählen können – mit diesem plötzlichen Ausbruch an Gesprächigkeit wollte er ihr eine goldene Brücke bauen und sein Bestes versuchen, ihr Vater und Mutter zugleich zu sein. Statt dessen stand sie auf und deckte den Tisch ab. Es war nicht etwa so, daß sie dachte, er würde wütend oder sich sonderlich um sie sorgen, das war nie das Problem gewesen. Ihre Mutter hätte zu einem italienischen Katholiken, der ein rotes Kabrio fuhr und Goldschmuck trug, sicher war zu sagen gehabt, aber bei ihrem Vater konnte Marion sich nur vorstellen, daß er sagte: »Du solltest ihn mal zum Abendessen mitbringen.«

Trotzdem erzählte sie ihm nichts, und obwohl sie gerührt war, wie sehr er sich bemühte, und Angst hatte, er würde hinterher denken, daß er einfach nicht an sie herankam, hatte sie wegen John Schuldgefühle. Seit Weihnachten hatte John ihr in den Ohren gelegen, sie solle ihm ein genaues Datum nennen, wann sie ihn ihrem Vater vorstellen wolle. »Nicht vor Ende Februar«, hatte sie zuerst immer gesagt, weil der zweite Februar der Todestag ihrer Mutter war. Jetzt, Mitte Februar, meinte sie, sie sollte besser bis nach der Hochzeit ihres Bruders im April warten.

»Wenn du mit mir spielst...«, sagte John und schüttelte den Kopf.

»Du kannst ja am Tag nach der Hochzeit vorbeikommen«, sagte sie. »Am dreiundzwanzigsten April.«

»Ich meine, wenn du mir damit vielleicht was zu verstehen geben willst...«, sagte er.

Neuerdings warf er ihr immer vor, sie hätte verborgene Motive. Als sie sich das Haar abschneiden ließ, behauptete er, es sei eine Retourkutsche dafür, daß er mit der Französin geflirtet habe, die in seinem Laden arbeitete.

»Ich wußte gar nicht, daß du mit ihr geflirtet hast«, sagte sie.

»Hab ich ja auch nicht!« schrie er.

Er warf ihr vor, sie hielte Schuheverkaufen für etwas Minderwertiges. Dabei müsse sie zu *ihm* kommen, wenn sie als Verkäuferin arbeiten und einen Job haben wollte.

»Es ist aber besser für unsere Beziehung, wenn ich nicht deine Angestellte bin«, sagte sie. »Außerdem liebe ich Tiere wirklich.«

»Ich bin stinksauer, daß du da arbeitest«, sagte er. »Die alte Schachtel verdirbt dich.«

Das überging sie, es stimmte vermutlich. Denn obwohl John immer sagte: »Ich will nichts davon hören«, konnte sie nicht anders, sie mußte Mrs. Hodgons gruselige Stories weitererzählen, meist seinen völlig hingerissenen Schwestern, wenn er nicht im Zimmer war. Aber er kam immer herein und kriegte das Schlimmste noch mit. Er sagte, sie tue es absichtlich, es sei auch eine Art, ihn zu foltern. Sie küsste seine geballte Faust. Sie gab sich die Schuld für seine Paranoia und für die Heimlichtuerei, in der zu leben sie ihn zwang. Und ihr Schuldgefühl wurde stärker, weil sie befürchtete, daß es wirklich keinen Grund gab, ihn ihrem Vater nicht vorzustellen. Es hatte nie ein Grund bestanden. Diese Befürchtung und die Aussicht, ihn zu verlieren, bescherten ihr ein paar sorgenvolle Augenblicke, aber nicht so viele, daß sie das Datum des dreiundzwanzigsten April vorzog.

Vorgezogen wurde das Datum dann schließlich durch etwas ganz anderes. Als sie am letzten Dienstag im März früher nach Hause kam, um zu bügeln, erwartete ihr Vater sie mit dem Foto einer fetten Frau, die sich schier totlachen wollte.

»Sie heißt Grace Inkpen«, sagte er. »Sie kommt am Freitag und bleibt ein paar Tage.«

Es stellte sich heraus, daß er ihr schon seit fünf Monaten schrieb. Er hatte einen Sammelordner mit ihren Briefen, die alle in bläulichvioletter Tinte auf blassgelbem Briefpapier geschrieben waren. »Der Briefkopf allein ist schon ne Wucht«, sagte er und zeigte ihr die Zeichnung von einem Tintenfaß und Federhalter und darunter eine Adresse in Michigan. »Hallöchen, Bill!« las Marion, bevor er den Brief umdrehte und ihr die Zeitungsanzeige zu lesen gab, die er ausgeschnitten und mit Tesafilm hinten draufgeklebt hatte. »Lustige Witwe von stattlichen Ausmaßen«, hieß es da. »Echtes Landmädchen, 54, wünscht heiratswilligen Herrn. Alter, Aussehen unwichtig, aber Teddybärtyp Pluspunkt. Umzug möglich. Nur ernstgemeinte Zuschriften.«

»Natürlich werde ich deine Mutter immer lieben«, sagte ihr Vater.

Marion sah sich das Foto noch einmal an. Brille, wuscheliges blondes Haar. Gelbe Bermudashorts, aus denen mollige Knie quollen. So anders als ihre adrette kleine Mutter, daß sie, einfach, um es zu kapieren, sagte. »Aber du heiratest sie doch nicht.«

Ihr Vater stapelte die Briefe aufeinander, so daß sie Kante auf Kante lagen. »Na ja, aber deshalb kommt sie hier hergeflogen«, sagte er, doch er sah verzweifelt aus, als sei ihm die ganze Sache vollständig über den Kopf gewachsen. Marion fing plötzlich an zu lachen, aber dann schloß sie die Augen, weil sie von dem Gefühl für die absolute Einsamkeit überwältigt wurde, die ihn dazu getrieben haben mußte.

»Paß auf«, sagte er. »Das hier ist dein Zuhause. Wenn du sie nicht magst –«

»Nein, ist schon gut, Dad«, sagte sie. Und nur um ihn zu beruhigen, fügte sie hinzu: »Weil ich wahrscheinlich auch bald heirate.«

Also kam John Bucci am nächsten Abend zum Essen. Er brachte zwei Flaschen Rotwein mit, einen Karton mit brauner Schuhcreme und einen Stoß Benzingutscheine. Er trug seinen Kammgarnanzug. Er machte den Vorschlag, seine Kiesfirma solle ihre Auffahrt aufschütten, und ihr Vater nahm das Angebot an. Als er weg war, sagte ihr Vater: »Er trägt das Herz auf dem rechten Fleck«, und meinte damit, daß er bereit war, über den Anzug und das großspurige Gerede hinwegzusehen. Nach einer Minute sagte er: »Und das zählt«, und Marion konnte sich des Gefühls nicht erwehren, daß er jetzt nicht über John nachdachte, sondern über Grace Inkpen – wie er sich selbst für sie erwärmen konnte.

Er fuhr in die Stadt, um sie am Flughafen abzuholen.

Er trug den anthrazitfarbenen Anzug von der Stange, den er für das Begräbnis gekauft hatte. Als er weg war, richtete Marion die Campingliege im alten Zimmer ihres Bruders her. Am Abend vorher hatte sie gemeint, Grace solle in ihrem Zimmer schlafen, weil darin ein Doppelbett stand, aber ihr Vater hatte, leicht alarmiert, gesagt: »So dick ist sie nun auch wieder nicht.«

War sie aber doch. Kaum sah Marion sie aus dem Auto steigen, rannte sie nach oben in ihr Zimmer, schnappte sich Kamm, Bürste, Nachthemd, Hausschuhe, Kissen und das Foto ihrer Mutter, das sie auf dem Nachttisch stehen hatte, und warf alles auf den Stuhl im Zimmer ihres Bruders. Dann nahm sie das Bettzeug von der Liege und die Vase mit dem Flieder von der Kommode und brachte es in ihr Zimmer.

Als sie wieder unten war, gingen ihr Vater und Grace immer noch den Weg hoch. Grace hielt alle zwei Schritte an, schaute sich um und brach in Begeisterungsrufe aus. Sie trug einen bauschigen, rosafarbenen Mantel und hatte in jeder Hand ein künstliches Weihnachtsbäumchen. »Du böser Junge!« rief sie lachend, als Sophie, ihr schwangerer Collie, nach einem Kabel schnappte, das von einem der Weihnachtsbäumchen hing. Ihr Vater trug die Koffer und versuchte, Sophie ins Hinterteil zu treten, aber er traf nicht. Eine nicht angezündete Zigarette hing ihm zwischen den Lippen, und sein Kopf wackelte heftig. Marion machte die Tür auf, und Grace, die vor Freude ganz überwältigt aussah, ging geradewegs auf sie zu. »Oje!, oje!, oje!«, sagte Grace und rannte und keuchte die Treppe hinauf. Marion trat einen Schritt zurück. »Kommst du klar mit den Koffern, Bill?« schrie Grace, aber mit ihren verzückten Blicken spießte sie Marion geradezu auf.

Sie umarmte Marion. Sie hatte immer noch die Weihnachtsbäumchen in der Hand. »Wer *du* bist, weiß ich«, sagte sie. Sie ließ sie los und rief über ihre Schulter: »Warum hast du mir nicht erzählt, daß du eine Schönheitskönigin im Haus hast, Bill?« Dann: »Jetzt kannst du sie anstecken!« Sie wandte sich wieder an Marion. »Ich muß kotzen, wenn im Auto jemand raucht.« Sie lachte.

»Das Gefühl kenne ich«, sagte Marion.

Grace schob sich mit der Spitze eines Baumes die Brille zurecht. »Die hier«, sagte sie und setzte beide Bäume auf die Arbeitsplatte, »sind für Sie, Mary Ann.«

»Marion«, sagte Marion schüchtern.

»Zeitlich zwar etwas daneben«, sagte Grace, »aber was soll's, ich habe sie selbst gemacht. Das ist mein Beruf, Weihnachtsbäume machen. Wo ist eine Steckdose? Wo ist eine Steckdose?« Sie nahm einen Baum und ging zum Herd. »So«, sagte sie und steckte den Stecker hinein.

»Ach, ist der schön«, sagte Marion. Die winzigen Lämpchen entzündeten auf den glänzenden Metallstreifen, aus denen der Baum bestand, ein Feuerwerk aus allen Regenbogenfarben. »Dad, schau mal«, sagte sie.

»He, das ist aber hübsch«, sagte ihr Vater. Er stellte

sich neben Grace, und Grace legte ihm den Arm um die Taille.

»Jetzt ist es soweit, jetzt kann ich es dir erzählen, Bill«, sagte sie und strahlte ihn an. »Jetzt, wo du mich wegen meines Aussehens und meines Charakters hierhergeholt hast.«

Ihr Vater stand ganz steif und starr da und bedachte sie mit einem Lächeln, das aber nicht bis in seine Augen reichte.

»Ich bin eine reiche Frau«, sagte sie. »O ja, o ja«, sagte sie. »Hast du einen Stoß Bibeln, dann schwör ich drauf. Die Bäume hier sind eine Goldgrube. Ich habe ein Hauptgeschäft und fünf Zweigstellen. Ich bin stinkreich.«

Marion denkt immer nur von einem Moment zum anderen. Sagt sie Sam, er soll nicht mit hoch in die Wohnung kommen? Und eine Sekunde später: Läßt sie ihn auspacken? Während sie noch überlegt, tut er es schon. Im Zeitraum von einer Sekunde zur anderen zieht er ein.

Eines Morgens wacht sie auf, und sie sind zwei Wochen verheiratet. Sie kann es nicht glauben. Sie lebt in einem Zustand völliger Verblüffung, in dem nicht enden wollenden schockierenden ersten Augenblick. Sie ist wie betäubt, und Sam und sie tun so, als sei es das erste zaghafte Akzeptieren. Vielleicht ist es das ja auch. Bevor er sich zum Schlafen auf die Couch legt, küßt er sie auf die Lippen, und sie läßt es geschehen. »Ich liebe dich«, sagt er, und sie atmet ganz flach und denkt: »Was, wenn wir einfach so weitermachen?«

Sie reden nie darüber. Ob er den Dildo noch trägt, weiß sie nicht. Sie vermeidet es, ihm zwischen die Beine zu schauen. Was seinen restlichen Körper betrifft, ertappt sie sich dabei, wie sie nach kleinen Fehlern schaut, als ob der echte Sam woanders und der hier eine Fälschung sei. Sie sieht ihn kühl und manchmal mit Staunen und Widerwillen an und sagt sich: »Das ist die Schulter einer Frau. Das ist der Arm einer Frau.«

Und dennoch weiß sie: Ganz egal, wer er ist, er ist es, den sie liebt. Sie weiß, wenn sie ihn nicht liebte, wüßte sie nicht, wer *sie* ist. Er hört ihr zu. Er ist der einzige Mensch, der ihr je zugehört hat, obwohl ihr das erst klar wurde, nachdem er aufgetaucht war. Von Anfang an hatte sie, immer wenn sie ihm erzählte, was sie dachte oder fühlte, das deutliche Empfinden, daß ihr Leben eingehaucht wurde, als sei sie eine aufblasbare Puppe, die Gestalt annahm. Immer, wenn er aus dem Laden ging, fühlte sie sich leichter und runder und ein bißchen beschwipst. Sie erinnert sich, wenn sie auf die Tasten der Kasse schlug, fühlten sich ihre Fingerspitzen so reif an, als würden sie gleich platzen.

Jetzt ist sie die ganze Zeit schlaff, obwohl die Liebe da ist. Für sie ist ihre Liebe ein Wunder. Sie ist wie der eine kleine Baum, der als einziger die ansonsten totalen Verheerungen eines Tornados überlebt hat. Sie geht an dem Restaurant vorbei, wo er arbeitet, und sieht ihn im Fenster nur für die beiden Kellner Gitarre spielen (er sorgt für die Unterhaltung, wenn nicht viel Betrieb ist), sie sieht seinen schmalen, gebeugten Rücken und weiß, sie würde immer noch durchs Feuer für ihn gehen.

Nur ihre Freundin Emma ahnt, daß irgendwas los ist. Die anderen machen die üblichen Witzchen über das frischgebackene Ehepaar und fragen, wie die Hochzeit war. Glenda will dauernd wissen, wann sie ein Kind kriegt.

»Nie«, sagt Marion.

Glenda lächelt, als wüßte sie es besser.

Emma dagegen sagt. »Mach, was du willst, aber werde nicht schwanger.« Und zwar, nachdem sie gesagt hat: »Alles in Ordnung? Ganz bestimmt? Du siehst aus wie ausgekotzt.« Eines Tages sagt sie sogar: »Eine Heiratsurkunde ist nicht für die Ewigkeit«, und Marion wird wütend.

»Was redest du da?« sagt sie. »Ich hab mir eine Grippe eingefangen, und du willst mich vor den Scheidungsrichter zerren.«

Den Gedanken, es jemandem zu erzählen, selbst Emma, findet sie grauenhaft. Hier in Colville kennt sie niemand. Das war so wunderbar an Colville. Als sie aus Garvey weggegangen und hierhergezogen ist, wußten die Leute über sie nur, daß sie genug Geld hatte, das alte Haus mit dem Installateurgeschäft zu kaufen und es in ein Zoogeschäft mit Wohnung zu verwandeln. Sie konnte lachen, und niemand dachte, wie kann sie lachen? Schließlich konnte sie sogar über ihre Scheidung von John Bucci sprechen, andere Leute wurden ja auch geschieden. Bevor sie Sam von dem Mord erzählte, wußte keine Menschenseele, daß sie nur deshalb den Mut hat, während einer Einzelhandelsflaute einen Laden zu eröffnen, bei Tauwetter auf dem Grand River Schlittschuh zu laufen und, ohne mit der Wimper zu zucken, Mrs. Hodgons Haustiersterbegeschichten zu erzählen, weil sie jemand ist, der das Entsetzlichste, das einem Menschen geschehen kann, schon überlebt hat.

Sie glaubt, das Entsetzliche jetzt ist passiert, weil sie es Sam erzählt hat. Hier in Colville über den Mord zu reden, obwohl sie ihn zehn Jahre gut unter Verschluß gehalten hat, war, als hätte sie einen tödlichen Virus freigesetzt. Vielleicht ist er nicht gerade dadurch zum Transsexuellen geworden (aber wer weiß? Sie hat ja nun wahrhaftig erlebt, wie fragil alles Lebendige ist), aber sie hat sich zumindest in ihn verliebt, den ersten Mann seit John, in den sie sich mir nichts, dir nichts verliebt hat.

Davor wäre ihr nicht im Traum eingefallen, daß er derjenige, welcher, war. Er war der neue Mann in der Stadt. Der mysteriöse Fremde, der Fang des Jahres. Und dann sah sie ihn Arm in Arm mit Bernie, einer Oben-ohne-Kellnerin im »Bear Pit«. Einmal beobachtete sie, wie die beiden sich in der Schlange vor dem Bankschalter küßten, aber als er *sie* das erstemal küßte und Marion fragte: »Was ist mit Bernie?«, lachte er und sagte: »Gott nein, ich meine, sie ist toll, es ist nur...«

Marion wartete. Sie wollte es hören – was sie wohl einer Sexbombe wie Bernie voraushatte. Aber sie kriegte nur »Sie ist nicht du« zu hören, das war allerdings so ehrfurchtsvoll gesagt, daß sie ihn küßte und sagte, sie liebe ihn – auch das eine verspätete Reaktion auf seine Liebeserklärung von einer Minute zuvor.

Die hatte sie total umgehauen. Wenn er mit irgendwas anderem herausgerückt wäre, hätte sie angefangen zu weinen. Sie hatte ihm gerade von dem Mord erzählt. Der Name Bert Kella war ihr seit Jahren nicht über die Lippen gekommen, und er hing in der Luft wie giftiges Gas, das ihr in den Augen brannte.

»Ein paar Stunden später erschoß er sich«, sagte sie. »Mein Bruder sagt immer: ›Da hat er mir die Mühe erspart.‹«

»Ich liebe dich«, sagte Sam.

Sie sah ihn an. Er blinzelte, als habe er einen nervösen Tick. »Wie bitte?« sagte sie. Er stellte seine Hundefutterdosen ab, kam um den Ladentisch, nahm ihr Gesicht in die Hände und küßte sie wie ein Mann, der sein Essen in sich hineinschlingt. Zwischen den Küssen sagte er, er liebe sie, aber mit so schicksalsschwerer Stimme, daß sie dachte, das müsse er Bernie auch gesagt haben.

Diesen pessimistischen Ton und alles, was damit zusammenhing – der resignierte, fast unterwürfige, gequälte Blick, das Zögerliche, die ausweichenden Antworten, die Reserviertheit, sein Schamgefühl (er zog ja nicht einmal sein Unterhemd aus!) –, das alles hatte sie von Anfang an gründlich mißverstanden. Als Bernie erst einmal aus dem Spiel war, hatte sie spontan den Eindruck, daß er nach einem emotionalen Verlust, höchstwahrscheinlich dem Tod seiner Eltern, die fixe Idee hatte, er verdiene keine Liebe. Also wurde es ihre Aufgabe, ihre freudige Mission, ihn davon zu überzeugen, daß er sehr wohl Liebe verdiente. Wenn er aus keinem ersichtlichen Grund seufzte, sagte sie immer: »Ich liebe dich.« »Ich liebe dich«, sagte sie auch immer, wenn sie das Telefon abhob und er dran war. Er war so zerbrechlich, wie sie es bei einem erwachsenen Mann noch nie erlebt hatte, weniger wegen seines Aussehens, obwohl er schlank und großäugig war, und auch nicht wegen seiner offensichtlichen Furcht, sie zu lieben. Es war etwas anderes – zum Teil seine Verträumtheit, die damit zu tun haben mochte, daß er so etwas Vergeistigtes hatte, eine sehr persönliche Lauterkeit. Genau wie einem die tödlichen Gefahren, die in einem Zimmer lauern, erst ins Gesicht springen, wenn man mit einem Baby darin ist, erschien ihr alles Gewöhnliche und Harte ihres Lebens in Colville deutlicher, wenn Sam anwesend war. Als er das allererste Mal im Laden war und sie ins Gespräch kamen, fragte sie sich, wie jemand, der so aufgeschlossen war, je mit der Sturheit und Biederkeit der Leute hier zurechtkommen konnte. Als sie ihn dann mit Bernie gesehen hatte, sagte sie zu Emma: »Die ist so sexy, die wird ihm das Herz brechen.«

Wie naiv sie war! Das zieht ihr jetzt den Boden unter

den Füßen weg. »Was, wenn es mir egal ist, ob du die Achtung vor mir verlierst oder nicht?« sagte sie einmal.

»Dann kann ich mich selbst nicht mehr achten«, antwortete er.

»Dann brennen wir einfach durch.«

»Wir haben gesagt, wir warten, bis ich meine Verwandten besucht habe.«

»Was, wenn ich dir die Kleider vom Leib reiße?«

»Laß uns doch warten.« (Er nahm ihre Hand von seinem Knie und stand auf.) »Ja, Liebes? Für so was bin ich nicht geschaffen.

Genauso drückte er sich aus – für so was war er nicht geschaffen. In sechs Monaten würde er es sein. Und dann noch die Monate, die zur Genesung nötig waren. Ihr erzählte er, er wolle zum Grab seiner Eltern in Delaware, dann ein paar Verwandte besuchen, von denen er gerade erst gehört hatte, sie kennenlernen und zur Hochzeit einladen und danach eine Zeitlang allein nach Vermont zum Camping fahren. Er bleibe drei, vier Monate weg.

Aber er hatte nicht damit gerechnet, daß die Operation so kompliziert sein würde. Als er sich dann genügend informiert hatte und dauernd darüber redete, daß die Hochzeit ein paar Monate verschoben werden müßte (er sagte, seine Verwandten seien unter Umständen im Frühjahr nicht da, und es sei besser, sie im Sommer zu besuchen), war sie so fest der Meinung, es sei typisch für ihn, zwischen sich und dem Glück Barrieren zu errichten, daß sie ihm gar nicht mehr zuhören wollte. Sie legte ihm die Hand auf den Mund.

Manchmal hat sie das Gefühl, die Hand ist immer noch da. Oh, sie *reden* durchaus noch miteinander. Sie erzählen sich ihren Tagesablauf und dergleichen Dinge mehr. Aber während sie ihm früher Sachen erzählt hat, von denen sie sich nie vorstellen konnte, daß sie sie überhaupt jemandem erzählte (sogar bevor sie einander gesagt hatten, daß sie sich liebten, hatte sie ihm gestanden, daß sie John immer einen Orgasmus vorgetäuscht hatte), reden sie jetzt miteinander, als würden ihre Gespräche später in der Kirche abgespielt. Sie machen alle beide einen weiten Bogen um Worte wie »Orgasmus« oder »Sex«. Marion kann nicht mal mehr »Liebe« sagen. Sie kann ihm nicht erzählen, daß das Frettchen läufig ist. Statt dessen sagt sie. »Ich muß in allernächster Zeit Arnie erwischen«, und überläßt es ihm, sich daran zu erinnern, daß Arnie der Typ mit der Zuchtfarm draußen am Highway 10 ist.

Sie fragt sich immer wieder, wie lange es so weitergehen kann. Nicht die Ehe, sondern wie lange sie noch diesen unbehaglichen Frieden aufrechterhalten können. Dann kommt ein Brief mit Stempel aus Boston. Sie beobachtet, wie er ihn liest. »Und?« sagt sie mit einer Ruhe, die, das fühlt sie, im Handumdrehn ... in totale Wut oder totale Apathie umschlagen kann. In eins von beidem.

»Das ist es dann ja wohl«, sagt er.

»Du machst es doch nicht, oder?«, sagt sie.

Er schaut überrascht hoch. »Hm, doch. Natürlich. Ich meine, ich dachte, du willst es.«

Es ist Wut. Sie schießt in ihr hoch wie eine Stichflamme. »Aha, *ich* will es!« schreit sie. »Warum sollte ich es wollen?«

Er sieht sie nur an.

»Was hast du dir um Himmels willen eingebildet? Daß ich die ganze Zeit mit angehaltenem Atem auf einen Penis warte?«

Er fängt an zu reden, aber sie fällt ihm ins Wort. »Der ist doch dann sowieso nicht echt!«

»Er ist echt. Sie nehmen meine eigene Haut und –«

»Herrgott noch mal, mir wird schlecht, wenn ich daran denke.«

»Er kann nicht ejakulieren –«

»Halt die Klappe!« Sie boxt ihn sogar.

»Aber er kann erigieren«, fährt er in demselben belehrenden Tonfall fort. »Es gibt eine Möglichkeit, daß das geht.«

Sie fällt auf den kleinen Stuhl, auf dem sie sich immer die Schuhe anziehen.

»Was wäre denn, wenn ich ein Bein verlöre und ein künstliches bekäme?« sagt er. »Oder wenn ich ein Glasauge hätte oder, was weiß ich, ein Toupet, oder wenn ich mir die Nase richten ließe? Was ist mit Frauen, die Silikon in der Brust haben?«

Sie schüttelt den Kopf.

»Und mit fetten Leuten, die früher dünn waren? Grace zum Beispiel? Weißt du noch, was sie bei der Hochzeit gesagt hat?« Seine Stimme wird leiser, eindringlicher. »Sie hat gesagt. ›Wer *die* Fettsau ist, weiß ich nicht.‹ Sie hat gesagt: ›*Ich bin das nicht.*‹«

Marion schluckt, als ob ihr ein Kern im Hals steckte. »Du kannst nicht als Frau zur Welt kommen und dich dann entschließen, ein Mann zu werden. Darum geht's. So was kann man nicht machen.«

Er redet weiter, als ob sie gar nichts gesagt hätte. »Grace steckt in demselben Dilemma wie ich. Sie weiß, wer sie ist.« Er klopft sich mit der Faust auf die Stelle über seinem Herzen, wo sie ihn geschlagen hat. »Aber sie ist im falschen Behälter.«

Marion lächelt gequält. Grace als Behälter. »Ich habe geglaubt, ich hätte mich in einen Mann verliebt«, sagt sie. »Ich habe geglaubt, ich heirate einen Mann.«

»Hast du auch«, sagt er. »Hast du.«

Sie sieht ihm voll ins Gesicht. Wider alle sichtbaren Beweise sagt sie: »Du bist kein Mann.«

Er fängt an zu blinzeln. Er senkt den Kopf. Er faltet den Brief sorgfältig zusammen und steckt ihn in den Umschlag. Als er sie dann wieder ansieht, denkt sie, jetzt bringt er mich um. »Wer bist du, daß du das sagst?« sagt er ruhig. Seine Pupillen sind so groß wie Stecknadelköpfe. »Wer bist du, daß du meinst, du kannst mir sagen, wer ich bin?« Er streckt den Arm aus, und sie zuckt zusammen, aber er nimmt nur seine Jacke von der Garderobe.

Ihr Vater und Grace heirateten im Mai in Detroit, aber sie wollten auf der Farm leben. Es war eine riesige Hochzeit. Grace bezahlte, alle Einwände von Marions Vater tat sie mit den Worten ab: »Die Braut zahlt! Die Braut zahlt! Das ist Tradition!« Sie organisierte alles so schnell und mit so überwältigender Effizienz – schnauzte am Telefon die Leute an, die das Essen lieferten, während sie die Nähte an ihrem Hochzeitskleid runterratterte (natürlich nähte sie es selbst und benutzte dazu die uralte Nähmaschine von Marions Mutter) –, daß Marions Vater nichts weiter tun mußte, als aus dem Weg zu bleiben.

Nach ihrem zweiten Besuch Anfang April war sie eingezogen. Sie ließ sich ein eigenes Telefon ins Gästezimmer legen und managte ihr ganzes Weihnachtsbaumgeschäft von Peters kleinem Rollschreibtisch aus. Wenn sie nicht telefonierte, nähte, tippte oder backte sie. Sie zeigte Marion, wie man Biskuitrolle backt und Soufflés. Sie strich das Eheschlafzimmer blassgelb an. Sie beriet sich nicht einmal mit Marions Vater, sie kaufte einfach die Farbe und malte los. »Grün ist nicht meine Farbe«, erklärte sie, nicht daß Marions Vater eine Erklärung verlangt hätte. Mit der restlichen Farbe malte sie eine Wand im Gästezimmer an. »Ich habe immer Hummeln im Hintern«, sagte sie. »Ich kann nicht stillsitzen.« Nach dem Abendbrot vor dem Fernseher strickte sie kunterbunte Zopfmusterpullover für Marions Vater, der sie so stolz trug, daß sich sogar seine Haltung besserte.

Seit ihrem ersten Besuch hatte er sich sehr verändert. Da hatte ihn ihre Herumkommandiererei, ihr Riesenumfang und besonders die Tatsache, daß sie steinreich war, wie mit dem Holzhammer getroffen. Das ganze Wochenende hatte er seine Halskrause getragen, damit sein Kopf nicht irgendwo gegen schlug, und als sie weg war, fiel er auf einen Küchenstuhl und sagte: »Verflixt und zugenäht, was hab ich mir da eingebrockt?«

»Ich mag sie«, sagte Marion. Das stimmte. Ihr gefiel Grace' gutmütiges Selbstbewußtsein. Als Grace Marions Vater dabei ertappt hatte, wie er gaffte, als sie sich das Essen in den Mund schaufelte, hatte sie gesagt. »Das hier ist kein Hormonproblem, Bill. Das ist reiner, unverdorbener Appetit.«

»Ihr Lachen hat mir gefallen«, sagte Marion.

Ihr Vater nickte.

»Sie zeigt mir, wie man strickt«, sagte Marion.

»Ach wirklich?« sagte ihr Vater. Er runzelte die Stirn und kratzte sich unter der Halskrause. »So viel Geld, das will gut überlegt sein«, sagte er beklommen.

»Himmelherrgott noch mal, Dad. Und wenn sie Tausende von Dollar Schulden hätte? Die meisten Leute würden sagen, du hättest das große Los gezogen.«

»Hm, ich weiß nicht...«

Irgend etwas stimmte ihn aber um, etwas, das in Grace' Briefen gestanden haben mußte, die sie weiter täglich schickte. Denn sie kam wieder. Sie kam wieder mit zwei riesigen Kleiderkoffern, einer Schreibmaschine und acht Kästen Geschäftsordnern. Und drei Schachteln Hochzeitseinladungen, fertig gedruckt.

Die ganze Familie samt sechs Freunden ihres Vaters flog im Privatflugzeug zu der Feier. John flog als Marions Verlobter mit. Er fragte immer wieder, wie viel Grace ausgegeben hätte – und verglich es damit, was sie für ihre Hochzeit im Juni ausgeben wollten, obwohl sie sich auf eine kleine Zeremonie im Wohnzimmer von Marions Elternhaus geeinigt hatten. Da hatten Marions Eltern vor dreißig Jahren geheiratet.

»Warum ist es denn so wichtig, was sie ausgegeben hat?« sagte Marion. Zum Schluß beugte John sich über den Mittelgang im Flugzeug und fragte Grace. Marion zuckte zusammen, aber Grace war es völlig egal.

»Hier der Pendelbus«, fragte Grace, »oder die ganze Chose?«

Die ganze Chose belief sich auf etwas unter dreißig Riesen. Diese Summe verfolgte John und verdarb mehr oder weniger ihre eigene Hochzeit. Er nahm in letzter Minute Veränderungen vor, bestellte ein Duo mit Drummer und Elektrogitarrist, die so laut spielten, daß die Leute raufgehen mußten, wenn sie sich unterhalten wollten. Hinter dem Haus hatte er einen Baldachin aufgespannt, völlig überflüssig, denn der Nachmittag war kühl und regnerisch, und es waren sowieso nicht genug Gäste da, die in Massen nach draußen geströmt wären. Weil er für den Alkohol zahlte, hatte er ihn kistenweise angeschleppt, und schrie alle an, trinkt, trinkt. Am Ende des Abends standen die Leute Schlange, um in der Toilette zu kotzen. Der Drummer und der Akkordeonspieler, den ihr Vater schon Wochen zuvor angeheuert hatte, gingen mit Fäusten aufeinander los. Marions letzte Erinnerung, bevor sie auf der Campingliege umkippte, war Tante Lucias nackter Bauch ... Tante Lucia hatte ihr rotes Seidenkleid bis zu ihrem schwarzen BH hochgezogen, auf ein purpurfarbenes Narbengewirr gezeigt und geflüstert: »*Guarda! Guarda!*«, und Marion dachte, daß die Narben was mit Kinderkriegen zu tun hatten, daß auf den Buccis ein Babyflug lag, vor dem Tante Lucia sie warnen wollte.

Offenbar trugen John und ihr Bruder sie in Johns Auto, und dann trug John sie allein über die Schwelle der Hochzeitssuite des »Meadowview Motel«. Sie verbrachten dort drei Nächte, Miniflitterwochen, für die John sie mit einer Reise nach Italien entschädigen wollte, sobald er es sich leisten konnte, Urlaub zu nehmen. Aus dem Motel zogen sie direkt in ihr neues Haus, das zwei Jahre alt war und fünf Schlafzimmer und drei Bäder hatte. Die rückwärtige weiße Stuckfassade zeigte auf zehn Morgen Land. Das Haus hatte zu beiden Seiten der Haustür Säulen, eine

Garage für vier Autos, eine in den Boden eingelassene tiefschwarze Badewanne und Kilometer weißen Teppichboden, in dem ein Fußabdruck den ganzen Tag zu sehen war.

John hatte nie auch nur die geringste Absicht gehabt, auf dem Grundstück seiner Tante Lucia zu wohnen. Er hatte das Haus schon im April gekauft und eine so hohe Hypothek aufgenommen, daß Marion eine Null wegließ, als sie ihrem Vater davon erzählte. Ihr Vater war immer noch sehr durcheinander. Er und Grace schenkten ihnen fünf wichtige Haushaltsgeräte. Die schwarze Ledercouch, zwei rote Samtsessel, ein schwarz furniertes Bett und die schwarze, furnierte Eßzimmereinrichtung kaufte John von dem Geld, das ihm seine Geschäftspartner in den Glückwunschkarten geschickt hatten. Er wollte alles modern und entweder rot oder schwarz haben. In einem Bettwäschegeschäft in Ayleford fand Marion einen roten Bettüberwurf und rotschwarz gestreifte Kissenbezüge. Sie hielt Ausschau nach Untersetzern, Handtüchern, Vasen, Lampen und Aschenbechern in rot oder schwarz. Sie kapitulierte vollständig vor Johns Geschmack, denn sie selbst hatte keinen. Wenn sie ihrer Mutter früher in einem Schaufenster oder in einem Katalog ein Kleid gezeigt hatte, das ihr gefiel, war das immer ein sicherer Lacherfolg gewesen.

An der Vorderseite des Hauses pflanzte sie rote und weiße Nelken. Sie legte einen Gemüsegarten an. Und drei Vormittage die Woche ging sie immer noch in das Zoogeschäft. John wollte, daß sie aufhörte, sagte aber, er ließe es laufen, bis sie schwanger würde. Jetzt, wo sie seine Frau war, nahm er alles wieder lockerer und war so herzlich und liebevoll wie eh und je. Er brachte ihr langstielige Rosen und Tüten kernlose Weintrauben. Er war nicht oft zu Hause – an den Abenden, wo der Laden offen war, schloß er ihn immer gern selbst, und er mußte immer zu der Kiesgrube oder der Tankstelle, um sich um irgendein Problem zu kümmern –, aber wenn er zu Hause *war*, folgte er ihr wie ein Hündchen, küßte sie, zog sie aus und erzählte ihr, wie schön sie sei. In dem ebenholzschwarzen Bad ließ er ihr Schaumbäder ein und wusch ihr Brust und Bauch. Wenn sie manchmal morgens aufwachte und sah, wie er sie anschaute, sie lagen fast Nase an Nase, erschrak sie, weil seine Augen so riesig und schwarz wie Tinte waren. Gerührt von seiner scheinbaren Dankbarkeit und dem Erstaunen, daß sie endlich die Seine war, schloß sie ihn in die Arme und versprach, ihn immer und ewig zu lieben.

Ein paarmal in der Woche, wenn er lange arbeitete, fuhr sie zur Farm, sah mit Grace und ihrem Vater fern und strickte John einen Pullover. Freitags abends ging sie zu Tante Lucia, um seine Schwestern zu besuchen. Tante Lucia starrte sie immer noch an und ließ sie den harten Knoten in ihrer linken Brust fühlen, als wolle sie von ihr wissen, ob er wuchs, und machte eines Abends ein paar Kniebeugen, damit Marion hörte, wo überall ihre Gelenke knackten – in Knien, Hüften, Knöcheln, Füßen. Es klang, als zerbreche Holz.

»Dein Bruder ist Tierarzt«, erklärte John ihr. »Das ist für sie ein Arzt.«

»Aber *ich* bin kein Tierarzt«, sagte Marion.

John zuckte mit den Schultern. »Ein Bruder kommt der Sache nahe genug.«

»Vielleicht sollte sie wirklich zum Arzt gehen.«

»Das macht sie nie und nimmer. Paß auf«, sagte er. »Sie ist alt. Sie stirbt bald. Munter sie auf.«

Das tat Marion gern. Gern war sie eine Bucci, gehörte sie zu dieser großen, leidenschaftlichen Familie. Gern fuhr sie aber auch wieder weg, zurück in ihr eigenes, riesiges weißes Haus, seine stillen, überwiegend leeren Zimmer und die zehn Morgen Land dahinter. Alles prächtig und funkelnagelneu. Sie wünschte, ihre Mutter könnte sehen, wie gut sie und ihr Vater es getroffen hatten. Aber vielleicht hatte ihre Mutter das ja alles zustande gebracht. Der Gedanke kam Marion oft. Daß ihre Mutter immer noch ihr Leben organisierte, aber endlich mit der Macht, tatsächlich etwas zu bewirken.

Ihre Mutter hatte am fünfzehnten Oktober Geburtstag. Morgens besuchten Marion, ihr Vater und Grace das Grab. Grace legte einen Kranz darauf mit weißen Rosen und rotem Band mit der Aufschrift: »Von uns gegangen, aber nicht vergessen.« Sie weinten alle. »Sie hatte so ein winziges, liebes Gesicht«, heulte Grace, und Marion fragte sich, wo sie das herhatte – ihre Mutter hatte viel eher ein rundes Gesicht gehabt, wie Marion auch.

Als Marion nachmittags in der Küche saß und alte Fotoalben anschaute, fing es an zu regnen. Sie stand auf, um das Fenster über dem Küchenbecken zuzumachen, und bemerkte, daß die Regentropfen kleine Kugeln bildeten und in einem Karomuster so exakt angeordnet waren, daß es aussah wie Chenille. Es sah aus, als schicke der Geist ihrer Mutter eine wohlaufgesetzte Botschaft.

Kaum hatte Marion das gedacht, klingelte das Telefon.

»Hallo?« flüsterte Marion in die Sprechmuschel.

»*Bist du dran?*« brüllte eine Stimme. »*Hallo?*«

Es war Cory Bates.

Sie war wieder in Garvey und rief aus einer Telefonzelle an. Sie wußte nicht, wo sie bleiben sollte, weil ihre Eltern nach Manitoba gezogen waren, ohne ihr Bescheid zu sagen. Sie hatte kein Geld. Sie hatte ein blaues Auge.

»O Gott«, sagte Marion. »Aber du kannst doch hier wohnen, bis du was gefunden hast. Wir haben jede Menge Platz.«

»Hab ich schon gehört«, sagte Cory. »Ich kann's nicht fassen, daß du ihn geheiratet hast. Ich meine, John Bucci! Gottchen! Trägt er die Goldketten auch im Bett?«

Marion mußte lächeln.

»Gut, kriegt er einen Anfall, wenn ich bei euch wohne?« fragte Cory.

»Ach was«, sagte Marion und ergriff freudig die Gelegenheit, ihn zu loben. »Er ist wirklich sehr großzügig. Er findet es schön, wenn Leute da sind.«

»Ja, damit er angeben kann. Ich meine, ich kann es nicht mal fassen, daß du mit ihm gegangen bist. Und jetzt hast du eine Villa und wahrscheinlich ein neues Auto, stimmt's? Kannst du mich abholen? Meine Füße sind klitschnaß.«

Marion gab ihr das einzige Schlafzimmer, in dem noch ein Bett stand. Es hatte ein eigenes Luxusbad. Cory duschte eine halbe Stunde lang, rief dann Marion, damit die ihre zwei dürftigen Kleidchen in Augenschein nahm, die beiden Paar Jeans und die drei ärmellosen Tops, die in dem Wandschrank hingen. Der war so lang wie die ganze Wand. »Erbärmlich, was?« sagte sie. Sie ließ sich aufs Bett sinken. Sie war so groß, daß ihre Füße das Fußende berührten, obwohl sie mit dem Kopf auf dem Kissen lag. Sie hob den Kopf ganz kurz und fuhr sich mit den Händen durch das nasse Haar. Es war jetzt kohlrabenschwarz und rundum auf zwei, drei Zentimeter Länge gestutzt. »Gib mir die mal bitte«, sagte sie und zeigte auf ein Päckchen Zigaretten auf dem Badezimmerregal. Der weite Ärmel hing anmutig von ihrem schmalen Handgelenk. Sie hatte sich einen orangefarbenen seidenen Bademantel übergeworfen, halb offen bis weit über die Oberschenkel, und zeigte ungeniert ihre schlanken, weißen Beine, bei denen Marion an die obszön langen Staubgefäße tropischer Blumen denken mußte. Sie gab Cory die Zigaretten, und Cory bot ihr eine an.

»Nein, danke.«

»Immer noch die Heilige, was?« sagte Cory. »Na ja«,

grinste sie, »nicht ganz«, und sie schaute sich gründlich um, als wolle sie andeuten, daß Marion reiche alte Herren ausnahm.

Deshalb erzählte Marion ihr von Grace, von dem ganzen Geld, von dem sie sogar weggezogen war. »Du kannst es mir glauben oder nicht«, sagte sie, »ich bin wirklich total verliebt in John.«

»Herr im Himmel«, sagte Cory und schnipste die Asche auf den Teppich. »Da geh ich aus dieser Scheißstadt, um ein bißchen Kohle zu machen, weil ich besser leben will. *Ich* reiße mir den Arsch auf...« Sie hielt inne und kaute auf ihrer Unterlippe.

Marion wußte nicht, was sie sagen sollte.«Wenigstens bist du hier vor Rick in Sicherheit«, war alles, was ihr einfiel.

»Rick, der Fick.«

»Die Eidechsen tun mir aber leid«, sagte Marion.

Cory schnaubte verächtlich. »Mit tut leid, daß ich die warzigen kleinen Dinger nicht mit dem Hammer plattgemacht und sie ihm in seine Müslidose gelegt habe.«

Auf der Fahrt hatte Cory Marion erzählt, wie sie einen Job in Ricks Nachtclub in der Nähe des Flughafens ergattert hatte. Schon ein Qualitätsschuppen, sagte sie. Kein nacktes Fleisch, immer Tattoos auf den Brustwarzen und G-Strings. Sie hatte ihre Talente als Ex-Cheerleader genutzt und eine Show ausgearbeitet, bei der sie erst auf einem kleinen Trampolin herumhüpfte, Purzelbäume schlug und Spagatsprünge machte und sich dann radschlagend zu einer Stange bewegte, auf der sie eine Art Schwebebalkenübung vollführte. Binnen zwei Wochen war sie die Spitzennummer und in Ricks Eigentumswohnung im fünfundzwanzigsten Stock gezogen.

Rick hielt in zwei Terrarien Eidechsen, die Blut aus den Augenlidern verspritzten, wenn man sie erschreckte. Cory haßte sie, machte sich aber immer einen Jux daraus, mit einem Kuli an ihnen herumzustochern. Blutspuren in den Terrarien waren das einzige, über das sie und Rick sich stritten, das heißt, in den ersten sechs Monaten. Dann beichtete Rick, daß er phantasiere, ihr das Gesicht zu zerschneiden, damit kein anderer Mann sie wollte. Cory dachte, er machte Spaß, bis er eines Abends bei einer Fete mit einem Obstmesser auf sie losging. Sie verzieh ihm, weil er betrunken war und sie um Kilometer verfehlt hatte. Aber vor zwei Abenden hatte er versucht, sie mit seinem brennenden Feuerzeug zu verletzen, nachdem sie abends dem Barmann einen unschuldigen kleinen Geburtstagskuß gegeben hatte. Sie entkam ihm, rannte nur mit G-Strings und Tattoos auf die Straße und nahm ein Taxi in die Eigentumswohnung. Als erstes packte sie die Eidechsen mit der Grillzange und warf sie aus dem Fenster. Dann stahl sie das Geld auf Ricks Kommode – ein paar hundert Dollar – und verbrachte zwei Nächte in einem Hotel, bevor sie den Bus nach Garvey nahm. Sie hatte allen Leuten erzählt, sie käme von der Westküste, deshalb müßte es schon ein Wunder sein, wenn Rick sie fände.

»Weißt du«, sagte sie und fuhr sich mit dem Finger unter ihrem blaugeschlagenen Auge entlang, »die Bude hier ist sogar noch schöner als die Wohnung von Rick.«

»Wir sind auch total begeistert«, sagte Marion.

»Hier gefällt's mir«, sagte Cory. »Ich hätte nichts dagegen, für immer hierzubleiben.«

So war es dann: Sie blieb für immer. Zuerst hieß es, nur für zwei Wochen. Um sie aus dem Haus zu kriegen, stellte John sie wieder im Schuhgeschäft ein. Geplant war, daß sie ihren Lohn sparte, um sich eine Wohnung zu mieten, aber sie hielt es keine drei Tage aus. Schuheverkaufen war ein zu großer Abstieg, wenn man einmal die Spitzenattraktion in einem Nachtclub gewesen war, sagte sie. Darüber sah John hinweg. Er wollte sie nur aus dem Haus haben. Er hielt sie für eine Nutte und fand zudem, sie ruiniere ihr Liebesleben. Keine Schaumbäder mehr, kein Sex mehr überall im Haus, was Marion auch vermißte, aber sie hatten beide nicht das Herz, Cory zu sagen, sie solle gehen. Sie hatte sonst niemanden. Sie hatte nichts. John gab ihr Geld, damit sie sich Kleider kaufte, in denen sie sich für Jobs bewerben konnte, aber sie gab es für eine schwarze Motorradlederjacke und eine Lederhose aus und behauptete, sie hätte keine Ahnung, wie man sich als Landpomeranze anzog. In einer der beiden Bars in der Stadt zu kellnern bot sich als Lösung geradezu an, aber es waren Country-and-Western-Bars, und sie sagte, bei Countrymusik müßte sie kotzen. Als der Wasserwerksarbeiter aus der Wohnung hinter der Esso-Tankstelle auszog, dachte John, er habe endlich einen Ausweg gefunden.

»Du kannst sie haben«, sagte er zu Cory. »Mietfrei, bis du einen Job hast.«

»Oh, toll«, sagte Cory, und die Tränen traten ihr in die Augen. »Ein Loch am Ende der Welt, wo mich jeder schmierige Penner aus der Provinz vergewaltigen kann. Vielen Dank.« Und sie rannte in ihr Schlafzimmer und knallte die Tür zu.

Sie litt nicht mehr an Schlaflosigkeit. Abends um neun oder zehn ging sie ins Bett und schlief bis Mittag. Meistens lag sie noch im Bett, wenn Marion vom Zoogeschäft nach Hause kam. Sie duschte stundenlang, sah fern oder fuhr mit Marions Auto ins Einkaufszentrum und nervte John wegen Geld für Zigaretten. Wenn Marion Abendessen machte, rauchte sie am Küchentisch und zerriß sich das Maul über jeden, den sie tagsüber im Einkaufszentrum oder im Fernsehen gesehen hatte. Es war wie in alten Zeiten, außer daß sie alle naselang mal über John oder seine Schwestern oder Grace herzog, und obwohl Marion wußte, daß Cory sie nur provozieren wollte, war sie trotzdem verletzt und mußte sie einfach verteidigen. Das war aber, als werfe man Blechdosen auf einen Scharfschützen.

Wenn Cory so erbarmungslos über Grace und Johns Schwestern lästerte, blieb Marion die Luft weg. Bei John hielt sich Cory allerdings etwas zurück. Da ließ sie gelten, daß es auch eine Kehrseite der Medaille gab. Na gut, räumte sie ein, John war großzügig und hübsch ... ein großzügiger Quatschkopf, ein hübsches Kerlchen. Eines Tages sagte sie. »Ich wette, er hat einen Schwanz wie aus der Thunfischdose.«

»Hat er nicht!« sagte Marion. »Einen völlig normalen.«

»Woher weißt du das denn? Hast du schon mal einen anderen Schwanz gesehen?«

»Ja, bei Tieren.«

Cory brach in Lachen aus. »Ach so, stimmt, du arbeitest ja in einem Zoogeschäft. Verdammte Kacke, ich sage ja nicht, daß er bei einer Gegenüberstellung mit gut bestückten Wüstenspringmäusen keinen guten Stand hätte.«

Marion war stinkwütend. »Ich rede über Pferde«, sagte sie außer sich.

Schweigen. Ein Forsythienzweig schlug gegen das Küchenfenster.

»Du machst Witze«, sagte Cory versöhnlich.

Kurz danach schmolz der Schnee unter den Büschen, und die warme Luft, die über die Felder wehte, roch nach Dung und Erde. Cory fing an, früher aufzustehen und sich auf dem Rasen vor dem Haus in den G-Strings mit den rosa Pailletten und einem ärmellosen, knappen Top zu sonnen. »Mamma mia!« pfiff John anerkennend auf dem Weg vom oder zum Auto. Urplötzlich mußte er immer irgendwo hinrennen und war nie lange genug zu Hause, um sich den Kopf darüber zu zerbrechen, ob Cory sich nun um einen Job kümmerte oder nicht. Also zerbrach Marion sich den Kopf auch nicht mehr darüber. Jetzt, wo John so viel weg war, war sie sogar dankbar, daß Cory ihr Gesellschaft leistete.

Cory begleitete sie auf ihren Einkaufszügen nach roten und schwarzen Sachen. Sie war eine enorme Hilfe. »Das wird John mißfallen«, sagte sie im Brustton der Überzeugung, und Marion hielt inne und begriff, daß Cory recht hatte. Nach dem Einkaufen fuhren sie zum Lunch ins »Bluebird Café«. »Auf John«, vergaß Cory nie zu sagen, wenn sie Dessert und Irish Coffee bestellte. Sie nahm zu, aber Marion fand, daß sie es gebrauchen konnte. Ihr Haar wuchs und wurde wieder hübsch honigfarben. Auch ihr Blick war wieder so verschlagen wie früher. Sie schien Rick überwunden zu haben, und eines Nachmittags traute Marion sich, es ihr zu sagen.

»Über*wunden*!« sagte Cory. »Das Arschloch habe ich vom ersten Tag an gehaßt. Mit einem Typen zusammenzuleben heißt doch noch lange nicht, daß man ihn auch mögen muß.«

»Bei mir heißt es das sehr wohl«, sagte Marion.

»Ja, bei *dir*«, sagte Cory. Sie leerte ihr Glas Wein in einem Zug. Sie zündete sich eine Zigarette an und sah aus dem Fenster. »Dumme Menschen kriegen nur, was sie verdienen«, sagte sie wild entschlossen. Marion dachte, das bezöge sich auf Rick. »Mit dummen Menschen habe ich kein Mitleid«, sagte Cory. »Das kann ich mir nicht leisten.«

Zwei Tage später, bei einem der seltenen Abendessen,

bei denen John mit ihnen aß, unterbrach Cory eine Geschichte, die er über einen Mann mit Quadratlatschen im wahrsten Sinne des Wortes und Ballen so groß wie Eiern erzählte. »Tut mir leid, John«, sagte sie, »aber früher oder später muß sie es erfahren.« Und sie sah Marion an und sagte: »Ich bin schwanger, und John ist der Vater.«

»Herr im Himmel«, sagte John und ließ sein Messer auf den Boden fallen. Ein umfassendes Geständnis.

Marion beobachtete, wie er das Messer aufhob. Sein Nacken war puterrot. »Warum habe ich das Gefühl, daß ich das schon wüßte?« fragte sie ehrlich neugierig. Sie betrachtete ihre Lebenslinie. Sie war lang, aber sie gabelte sich.

»Hör mal –« sagte John.

»Ich lasse es weder abtreiben, noch gebe ich es zur Adoption frei«, sagte Cory.

John schlug mit den Händen flach auf den Tisch. »Okay –« sagte er. Er holte tief Atem.

»Ein für allemal, ich gebe es nicht weg«, sagte Cory. »Diesmal nicht.«

»Entschuldigung«, sagte Marion und schob ihren Stuhl zurück.

»He!« sagte John. »Wo gehst du hin?« Er folgte ihr in den Flur. »Nun komm schon. Herrgott. Wo gehst du hin?«

»Laß sie gehen«, sagte Cory.

Marion sah ihn nie wieder. Er rief sie an dem Abend dreimal in der Farm an, aber sie weigerte sich, mit ihm zu sprechen. Als sie am nächsten Morgen auf ihrem alten Bett lag und weinte, wobei sie sich immer dann gestattete, richtig zu jammern, wenn die elektrische Säge loskreischte (Grace ließ gerade die Küche renovieren), fuhren ihr Vater und Grace weg, um John in seiner Tankstelle zu treffen. Sie erzählten ihr nichts, was sie sich nicht schon selbst gedacht hatte. John war völlig durcheinander. Er liebte sie immer noch. Er wollte sich nur in der Sache mit dem Baby richtig verhalten.

»Woher will er wissen, daß es seins ist, habe ich ihm die ganze Zeit unter die Nase gehalten«, sagte Grace.

»Es ist seins«, sagte Marion. Hatte sie Johns und Corys Kinder nicht vorausgesehen?

Und dennoch wartete sie darauf, daß er unten an die Tür klopfte und sie bat, zu ihm zurückzukommen. Als er anrief, sagte er, er liebe sie, dann fing er an zu weinen und konnte nicht weiterreden. Sie legte auf. Einmal blieb sie dran und fragte ihn. »Liebst du Cory?«

»Nicht ... nicht ... nicht ...«, sagte er.

Sie wartete.

»Nicht so sehr wie dich.«

Sie legte auf und ging ins Badezimmer und betrachtete die Flasche Kodein. Es war nicht schlimmer als damals, als ihre Mutter starb. Ihr Körper fühlte sich nicht so dünn und hohl an, als sei er aus Kreppapier. Es tat ihr auch nicht ununterbrochen weh. Stundenweise ging es ihr gut, sie war sogar erleichtert. Verglichen mit dem Tod ihrer Mutter hätte sie eigentlich gar nichts spüren dürfen, aber es *erinnerte* sie an den Tod ihrer Mutter. Zwang sie – besonders, wenn sie einschlief oder eben aufgewacht war –, das Stück Haut auf dem Kühlschrank zu sehen und die flach in Kisten gepackten Röcke und Blusen für die Heilsarmee. Es war, wie wenn man Alkoholiker ist und jemand gibt einem was zu trinken.

Die Arbeit, sechs Tage die Woche, half ihr. Sie saß mit den jungen Beagles im Schoß da und versuchte, nicht jedes Mal zu beten, daß es John war, wenn die Türklingel einen Kunden anzeigte. Als sie Mrs. Hodgson endlich erzählte, was passiert war, sagte die: »Jetzt erzähle ich Ihnen aber was zum Aufmuntern«, und erzählte ihr von der Frau, die ihrer besten Freundin den Mann wegnahm, in das eheliche Haus zog und eine Woche später zu einem Häuflein Asche verbrutzelte, als der Heizungskessel explodierte.

Danach bildete Mrs. Hodgson sich ein, sie heitere Marion auf, wenn sie ihr erzählte, wann sich Cory in der Stadt blicken ließ. Cory wurde im Schnapsladen gesichtet, wie sie »sich vollaufen ließ«. Im Drugstore, wie sie mit einem Hundertdollarschein einen Lippenstift kaufte. Eines Tages sah Marion sie auch. Als sie an einer roten Ampel halten mußte, ging Cory vor dem Auto her. Sie trug Jeansshorts und Marions rotblaukariertes Hemd, die Ärmel aufgerollt und unter der sanften Wölbung ihres Bauches zusammengeknotet.

An dem Abend rief Marion im Schuhgeschäft an, zum ersten Mal rief *sie* bei *ihm* an. Sie weinte. Sie wußte nicht, was sie sagen sollte.

Aber Cory war dran. »Bist du das, Marion?« rief sie nach dreimal Hallosagen.

Marion legte die Hand über die Sprechmuschel.

»Hör mal, Marion«, schrie Cory. »Du weißt ganz genau, daß er die Hälfte aller Minderjährigen in der Stadt vögelt!«

Plötzlich schrie eine andere Stimme: »Das ist gelogen, und das wissen Sie ganz genau!« Es war Grace auf dem Nebenapparat. »Sie können nichts als Lügen verbreiten und Ehen kaputtmachen, jawohl, genau!«

Marion legte auf. Ein paar Minuten später kam Grace die Treppe heruntergestampft. »Ich wollte nicht lauschen«, sagte sie. »Ich wollte gerade wählen.« Sie keuchte, und ihr Gesicht war erschreckend rot. »Heiliger Strohsack, die stinkt doch zum Himmel!«

»Ich will weg«, sagte Marion. »Ich will woanders leben.«

»Oh«, sagte Grace. Sie schauten sich an. »Wo?« fragte sie.

»Ich weiß nicht. So weit weg, daß keiner weiß, wer ich bin.«

Grace schob sich die Brille hoch. »Hm, ich kann nicht behaupten, daß mir das Gefühl unbekannt ist.«

In der Nacht, bevor Sam wegfliegt, um sich operieren zu lassen, träumt Marion von ihrer Mutter, die sich in John verwandelt. Marion umarmt diesen Menschen, schmilzt vor Liebe dahin und entdeckt auf einmal ein Loch in deren oder dessen Kreuz. Sie steckt die Hand hinein, langt hoch und zieht das Herz heraus. Es pulsiert und purzelt in ihrer Hand wie ein frisch geschlüpfter Vogel. Es liegt so schutzlos da! Sie legt es sich in den Mund und versucht, es durch den Hals in ihren Brustkorb zu befördern, ohne daß seine zarte Haut zerkratzt wird oder es aufhört zu schlagen. Es bleibt aber irgendwo hängen, an einem zahnähnlichen Ding im Bereich ihrer Stimmbänder, und zerreißt in zwei Teile. Sie läßt es frei, und es rutscht weg. Sie fängt an zu weinen. Sie wacht weinend auf.

Sie vergräbt das Gesicht im Kissen, damit Sam nichts hört. Sie will, daß ihre Mutter da ist. Sie weiß, es ist Quatsch, aber Jahr für Jahr pumpt ihr Herz Liebe aus, als gehe es nur um Zirkulation, als sei der Geliebte direkt vor ihr, um die Liebe zu empfangen, zu läutern und zurückzuschicken. Sie versucht, sich das Gesicht ihrer Mutter vorzustellen, aber es gelingt ihr nicht. Statt dessen sieht sie das Herz, das sie im Traum herausgeholt hat. Dann sieht sie einen erigierten Penis, ein kompaktes, ganz gewöhnliches Ding, wie eine Vogelstange. Dann ein Gesicht – Sams Gesicht.

Er steht in der Tür. Sie spürt, daß er da ist. Sie schlägt die Augen auf, aber es ist so dunkel, daß es keinen Unterschied macht. Er setzt sich aufs Bett und beginnt, ihr Haar und Rücken zu streicheln. Seine Hand fängt den Kummer auf, zieht ihn ein, entläßt ihn. Als sie sich schließlich beruhigt, schlüpft er unter die Decke und legt sich neben sie.

Ihr nackter Rücken berührt kaum seine nackte Brust. Sie rückt nicht weg. So dankbar ist sie, weil er lang, kompakt und lebendig ist.

Sie schweigen beide. Das Zimmer ist stockdunkel, und sie atmen im Gleichklang. Seine rechte Hand ruht leicht auf ihrem Oberschenkel. Seine Finger sind kühl und halten nicht ganz still. Die Nägel an seiner rechten Hand sind lang, zum Gitarrespielen. Früher hat es sie immer erregt, die Hand auf ihrer Brust zu sehen, wenn er mit Daumen und Zeigefinger an ihrer Brustwarze rieb, bis sie hart wurde.

Sie legt ihre eigene Hand auf ihre Brust. Sie wird sich dessen erst bewußt, als sie spürt, wie seine Finger ihre Knöchel streicheln. Etwas löst sich einfach aus ihrem Kopf, gibt auf. Sie dreht sich um und küßt ihn auf den Mund.

Er wirft den Kopf zurück.

»Es ist gut«, sagt sie und meint damit, daß alles gut ist. Sie meint, daß ihre Liebe allumfassend ist und wie ein Kerzendocht seit dem Abend ihrer Hochzeit lichterloh brennt. Sie küßt ihn noch einmal. Sie schiebt die Zunge zwischen seine Zähne. Sie leckt an seinen Zähnen, beißt in seine Unterlippe. Sie läßt sich auf den Rücken fallen und zieht ihn auf sich.

Als er sich setzen will, klammert sie sich an ihn. Sie meint, er will weg. Aber er kniet sich zwischen ihre Beine und spreizt ihre Schamlippen mit den Fingern. Dann leckt er sie dort. Es ist das erste Mal, daß jemand das mit ihr macht. Sie nimmt an, es gehört zum Vorspiel. Er macht aber weiter, sanft, stetig, hingebungsvoll, leckt sie wie eine Katze, bis ihr Körper sich allmählich entspannt. Ihre Gelenke gehen auseinander. Ihre Vulva macht sich frei und schwebt, und ihre Haut dehnt sich wie Teig, ein wunderschönes, komisches Gefühl und dann ein verstörendes. Und dann ist es ihr einerlei – sie gäbe ihr Leben, damit es dauert.

Ihr Orgasmus ist wie eine Serie elektrischer Schläge. Ihr Unterleib bäumt sich auf, und ihre Vagina zieht sich fast schmerzhaft zusammen. »Ich liebe dich«, sagt Sam eindringlich, als wisse er, daß sie sich auf neuem Terrain befindet. »Ich liebe dich, ich liebe dich«, immer wieder, bis sie ruhig daliegt.

»Mein Gott«, sagt sie dann. »Ich liebe *dich*«, sagt sie. Das hat sie ihm schon seit fünf Monaten nicht mehr gesagt. Einen kleinen Augenblick später sagt sie: »Du bist es, den ich liebe.« Angesichts der Umstände klingt das präziser, es drückt besser aus, um was es geht. Morgen muß er ins Krankenhaus. Er fliegt allein nach Boston. Da sie nicht darüber reden wollte, nicht einmal daran denken wollte, hat sich die Frage nie ergeben, ob sie ihn begleiten soll. Jetzt gestattet sie sich zum ersten Mal die Überlegung, was wohl passieren wird. Sie kann die Einzelheiten immer noch nicht ertragen, aber sie fragt, ob die Operation gefährlich ist.

»Offenbar nicht«, sagt er. »Ich meine, nicht lebensgefährlich.«

Ihr nackter Rücken berührt kaum seine nackte Brust. Sie rückt nicht weg. So dankbar ist sie, weil er lang, kompakt und lebendig ist.

Sie schweigen beide. Das Zimmer ist stockdunkel, und sie atmen im Gleichklang. Seine rechte Hand ruht leicht auf ihrem Oberschenkel. Seine Finger sind kühl und halten nicht ganz still. Die Nägel an seiner rechten Hand sind lang, zum Gitarrespielen. Früher hat es sie immer erregt, die Hand auf ihrer Brust zu sehen, wenn er mit Daumen und Zeigefinger an ihrer Brustwarze rieb, bis sie hart wurde.

Sie legt ihre eigene Hand auf ihre Brust. Sie wird sich dessen erst bewußt, als sie spürt, wie seine Finger ihre Knöchel streicheln. Etwas löst sich einfach aus ihrem Kopf, gibt auf. Sie dreht sich um und küßt ihn auf den Mund.

Er wirft den Kopf zurück.

»Es ist gut«, sagt sie und meint damit, daß alles gut ist. Sie meint, daß ihre Liebe allumfassend ist und wie ein Kerzendocht seit dem Abend ihrer Hochzeit lichterloh brennt. Sie küßt ihn noch einmal. Sie schiebt die Zunge zwischen seine Zähne. Sie leckt an seinen Zähnen, beißt in seine Unterlippe. Sie läßt sich auf den Rücken fallen und zieht ihn auf sich.

Als er sich setzen will, klammert sie sich an ihn. Sie meint, er will weg. Aber er kniet sich zwischen ihre Beine und spreizt ihre Schamlippen mit den Fingern. Dann leckt er sie dort. Es ist das erste Mal, daß jemand das mit ihr macht. Sie nimmt an, es gehört zum Vorspiel. Er macht aber weiter, sanft, stetig, hingebungsvoll, leckt sie wie eine Katze, bis ihr Körper sich allmählich entspannt. Ihre Gelenke gehen auseinander. Ihre Vulva macht sich frei und schwebt, und ihre Haut dehnt sich wie Teig, ein wunderschönes, komisches Gefühl und dann ein verstörendes. Und dann ist es ihr einerlei – sie gäbe ihr Leben, damit es dauert.

Ihr Orgasmus ist wie eine Serie elektrischer Schläge. Ihr Unterleib bäumt sich auf, und ihre Vagina zieht sich fast schmerzhaft zusammen. »Ich liebe dich«, sagt Sam eindringlich, als wisse er, daß sie sich auf neuem Terrain befindet. »Ich liebe dich, ich liebe dich«, immer wieder, bis sie ruhig daliegt.

»Mein Gott«, sagt sie dann. »Ich liebe *dich*«, sagt sie. Das hat sie ihm schon seit fünf Monaten nicht mehr gesagt. Einen kleinen Augenblick später sagt sie: »Du bist es, den ich liebe.« Angesichts der Umstände klingt das präziser, es drückt besser aus, um was es geht. Morgen muß er ins Krankenhaus. Er fliegt allein nach Boston. Da sie nicht darüber reden wollte, nicht einmal daran denken wollte, hat sich die Frage nie ergeben, ob sie ihn begleiten soll. Jetzt gestattet sie sich zum ersten Mal die Überlegung, was wohl passieren wird. Sie kann die Einzelheiten immer noch nicht ertragen, aber sie fragt, ob die Operation gefährlich ist.

»Offenbar nicht«, sagt er. »Ich meine, nicht lebensgefährlich.«

Sie dreht sich zu ihm und legt ihm die Hand zwischen die Beine. Sie weiß, er trägt Unterwäsche, das macht die Sache leichter.

»Nein!« sagt er und dreht sich zur Seite.

»Doch, laß mich«, sagt sie und legt ihre Hand wieder dahin. Sie presst die Handfläche darauf und fühlt sein elastisches Schamhaar. »Genau wie bei mir«, sagt sie, merkwürdig erleichtert.

Er bewegt sich nicht.

»Das bist du«, sagt sie.

»Ja«, sagt er. »Und auch wieder nicht.« Er nimmt ihre Hand und hält sie sich an die Brust. Dann deckt er sie beide zu.

Als sie aufwacht, hält er sie immer noch im Arm. Sein Kopf hängt nach hinten, und er schnarcht, ein sanftes, schnurrendes Geräusch. Es ist Morgen. Zwischen den Vorhängen ist ein Streifen graues Licht, und ein Streifen leuchtet quer über die Zimmerdecke.

Wenn sie jetzt jemand von oben anschaute, denkt Marion – wenn zum Beispiel dieser saubere, rechteckige Lichtfleck der Geist ihrer Mutter wäre –, würden sie wie Mann und Frau wirken. Sie würden zufrieden aussehen, denkt sie. Friedlich und glücklich. Wie zwei Menschen, die keinen Kummer kennen. Sie würden wie zwei glücklich verheiratete, vollkommen normale Menschen aussehen.

© für diese Ausgabe: Verlag Antje Kunstmann GmbH, München 2006
© der Originalausgabe: Barbara Gowdy 1992
Die Originalausgabe erschien unter dem Titel »We so seldom look on Love«
bei Somerville House, Toronto
Die deutsche Originalausgabe erschien 1993 im Verlag Antje Kunstmann
Umschlaggestaltung: Michel Keller, München, unter Verwendung des Bildes
»Burt Lancaster and Lisabeth Scott in ›I Walk Alone, 1947‹« von Friedemann
Hahn (1974), Städtische Galerie, Lüdenscheid
Satz: Reinhard Amann, Aichstetten
Druck & Bindung: Pustet, Regensburg
ISBN 3-88897-420-8